KB072565

전능의 팔찌

THE OMNIPOTENT
BRACELET

김현석 현대 판타지 소설
FUSION FANTASTIC STORY

전능의 팔찌 35

김현석 현대 판타지 소설

초판 1쇄 찍은 날 § 2014년 3월 13일
초판 1쇄 펴낸 날 § 2014년 3월 20일

지은이 § 김현석
펴낸이 § 서경석

편집부장 § 권태완
편집책임 § 박은정

펴낸곳 § 도서출판 청어람
등록번호 § 제387-1999-000006호
등록일자 § 1999. 5. 31
어람번호 § 제1-1804호

주소 § 경기도 부천시 원미구 부일로 483번길 40 서경B/D 3F (우) 420-822
전화 § 032-656-4452 팩스 § 032-656-4453
http://www.chungeoram.com
E-mail § E-mail § chungeorambook@daum.net

ISBN 979-11-5681-926-4 04810
ISBN 978-89-251-2596-1 (세트)

전능의 팔찌

THE OMNIPOTENT BRACELET

35

FUSION FANTASTIC STORY

김현석 현대 판타지 소설

청람

CONTENTS

Chapter 01 도쿄 대첩! 7
Chapter 02 의외의 만남 31
Chapter 03 이주를 권합니다 57
Chapter 04 공정하지 않았잖아! 81
Chapter 05 먹을 건 줄게 105
Chapter 06 누가 심지 말래? 129
Chapter 07 저, 전무하래요 153
Chapter 08 대략 난감한 표정 177
Chapter 09 상쾌한 바람 만들기 201
Chapter 10 징벌도에서 225
Chapter 11 아지즈 상사 249
Chapter 12 이그니스, 종속될래? 273
Chapter 13 정령의 선물 297

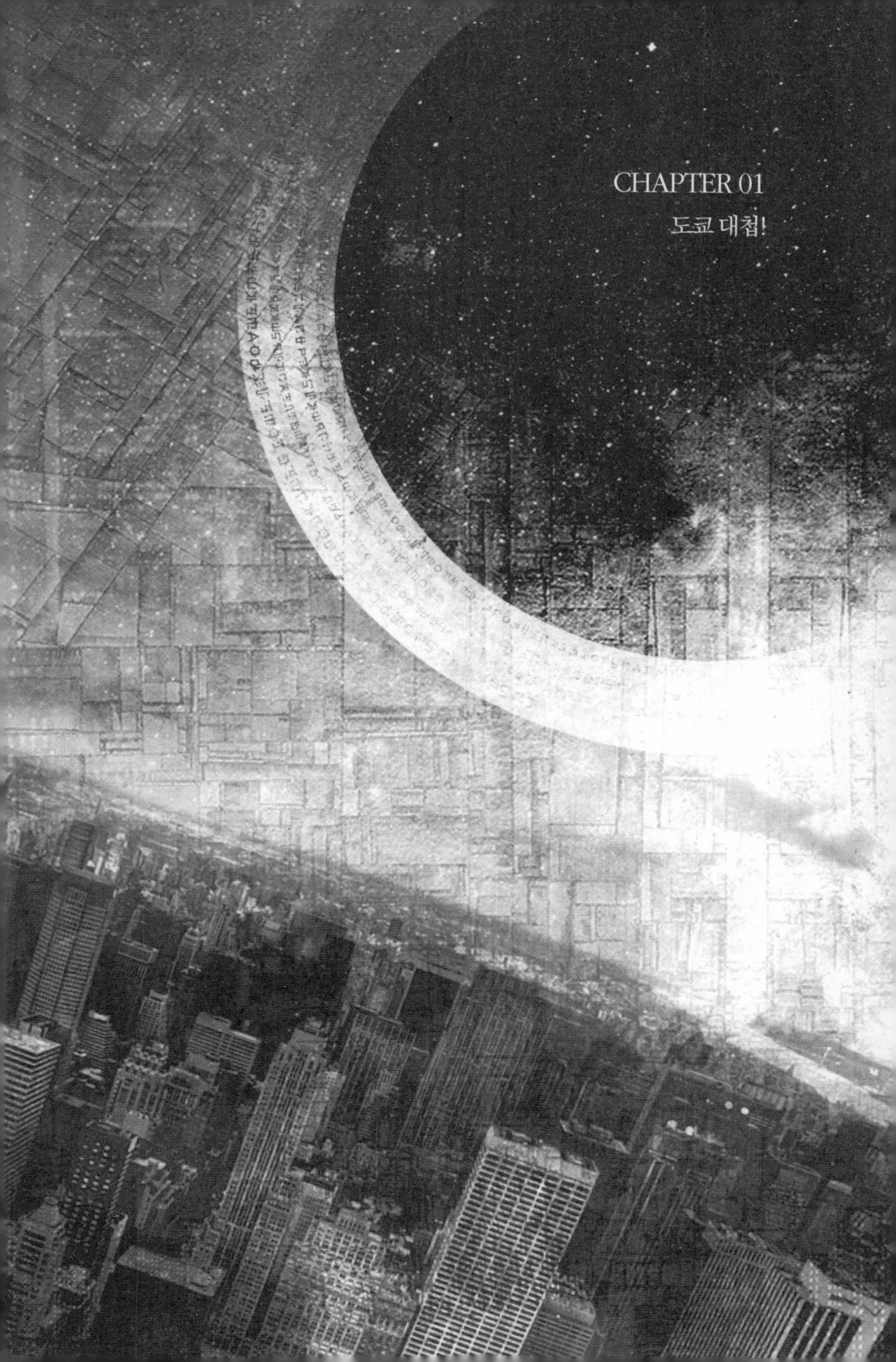

CHAPTER 01

도쿄 대첩!

입국자 선두에 있던 현수와 지현이 뿌연 유리문 가까이 다가서자 자동으로 문이 열린다.

스르르르릉—!

파팟! 파파파파파파파파파팟—!

"와아아아아아! 와아아아아!"

나리타공항 입국장의 자동문이 열리자 엄청난 카메라 플래시 세례에 이어 갑작스런 함성이 터져 나온다.

너무도 눈이 부셔 앞이 보이지 않을 정도이다.

그러고 보니 앞쪽 약간의 공간만 남기고 온통 여자뿐이다.

마치 인의 장벽이 앞을 가로막고 있는 듯한 기분이다. 아마도 누군가를 보기 위해 찾아온 열성팬들인 듯싶다.

"……?"

현수는 탤런트도 아니고 영화배우도 가수도 아니다. 유명한 화가나 음악가도 아니고 저명한 작가 역시 아니다.

뛰어난 스포츠 스타 역시 아니기에 얼떨떨한 표정으로 주위를 두리번거렸다.

어찌 보면 약간은 촌스런 장면이다.

현수의 팔짱을 끼고 서 있는 지현은 너무도 열광적인 환성에 긴장한 듯 슬쩍 팔에 힘을 준다.

"자기야."

"응. 우리 뒤에 누구 유명한 사람이 있나봐. 이 대목에서 뒤돌아보면 창피한 거니까 그냥 나가자."

"그래요."

둘은 천연덕스럽게 입국장에 발을 들여놓았다. 그렇게 두 발짝을 떼었을 때 또 엄청난 함성이 터져 나온다.

파파팟! 파파파파파파파파파팟!

또 엄청난 플래시 세례다.

"와아아아아! 와아아아아!"

"김현수 상, 사랑하므니다! 여길 봐주세요!"

"꺄아악! 김현수 상! 여기 한번 봐주시므니다!"

"곤니치와! 김 상, 아침부터 기다렸으요!"

"……!"

현수의 몸이 슬쩍 굳는다. 설마 자신을 환영하러 이 많은 사람이 와 있을 것이라곤 상상도 못한 때문이다.

현수 본인은 모르지만 나리타공항 환영 인파의 기록이 오늘 깨졌다. 무려 12,000명이나 되는 일본 여인이 왔다.

가히 기록적인 환영 인파이다.

현재 이 공항은 여인들이 완전히 점령한 상태이다.

나리타공항의 경비대원들이 총출동하여 필사적으로 질서 유지를 당부하고 있지만 소용없다.

조금이라도 더 가까이에서 현수를 보고 싶다는 열망 때문에 뒤에서 미는 사람들이 많은 까닭이다.

"와아아아! 와아아아!"

"꺄아악! 김 상! 여기 좀 봐주세요!"

"김 상! 사랑하므니다! 김 상! 여길 봐주세요!"

"와아아아! 와아아아아!"

아무래도 신화창조 티저 영상 때문인 듯싶다. 카리스마 넘치는 박력을 보여준 결과가 이런 인파를 만든 모양이다.

또한 '지현에게' 와 '첫 만남' 이란 곡을 만들어 로맨티스트로 떠오른 때문이기도 할 것이다.

게다가 한국에서 일어난 일들이 인터넷을 통해 전 세계로 퍼지면서 인지도가 상당히 높아진 결과이기도 할 것이다.

어제 한국 사회인축구 우승팀인 오리지날팀이 입국했다.

일본 언론은 한일 양국 사회인축구 우승팀 간의 경기에서 일본이 압승할 것으로 예상하고 있다.

현수가 다소 껄끄러운 전력이지만 두세 명이 따라붙으면 충분히 막을 수 있을 것이라 생각한 때문이다.

어쨌거나 한국 사회인축구 우승팀이 입국하자 기자들의 질문공세가 이어졌다.

그 결과 오늘 현수가 개별 입국한다는 사실이 언론에 보도되었다. 그것을 본 일본 여인들이 대거 출동하여 이런 소란이 빚어진 것이다.

현수 본인은 모르지만 여인들은 오늘 오전 7시부터 공항에 죽치고 있었다. 언제 입국할지 모르기 때문이다.

어쨌거나 엄청난 환영 인파가 열렬한 환호성과 괴성을 질러대는 통에 저도 모르게 걸음이 빨라진다.

빨리 이곳을 벗어나야 한다는 생각이 든 때문이다.

"김현수 상, 이쪽으로……."

제복을 입은 누군가가 다가와 복도로 안내한다.

현수의 주위는 토털가드 경호원들로 에워싸진 상태이다.

같이 비행기를 타고 온 네 명 이외에 미리 입국한 20명이 합류하여 총 24명의 경호원이 보호하는 중이다.

"세상에 맙소사! 이 많은 사람이……."

끝도 없이 늘어서서 손이라도 잡아달라고 애원하는 여인들을 바라본 지현은 안색을 굳힌다.

사랑하는 남편을 탐내는 이웃나라 여인들이 마음에 들지 않은 것이다. 그러면서도 한편으론 이 잘난 사내를 선점했다는 뿌듯함을 느끼는 모양이다.

하여 턱이 약간 앞으로 나오는가 싶더니 발걸음에 당당함이 배어든다. 승리한 자의 오만함이 묻어나는 포스이다.

현수는 지나치며 악수해 줄 수 있는 사람들의 손을 가볍게 잡았다 놓았다. 물론 웃음 띤 얼굴로 시선도 맞춰주었다.

손이 닿은 여인들은 자지러질 듯 환성을 지르며 발을 동동 구르며 좋아한다.

현수교 광신자 같은 모습이다.

공항 관계자의 안내를 받아 밖으로 나오니 공항에서 마련한 차가 서 있다. 현수가 택시를 타겠다고 기다리면 더 큰 사단이 날 듯하여 차를 가져온 모양이다.

그러나 현수는 그 차에 타지 않았다. 먼저 입국해 있던 토탈가드에서 차를 렌트해 둔 때문이다.

"김 상, 다음부터는 저희 공항 말고 다른 공항을 이용해 주셨으면 좋겠스므니다."

"……!"

"경호에 어려움이 너무도 많습니다. 저희는 김 상의 안전 때문에 이런 말을 하는 것이니 오해하지는 마십시오."

"그러죠."

어차피 공식적으로 일본에 올 일은 없다. 그렇기에 흔쾌히 고개를 끄덕여 주었다.

"그럼 안녕히 가십시오."

공항관계자는 이마에 솟은 땀을 닦아내며 뒤로 물러선다.

이제부터는 언제 떠날지 모를 현수를 기다리는 여인들과의 싸움이 시작될 것이다.

보나마나 벌써 출국장에 자리를 잡고 죽치는 여인들이 있을 것이다.

공항 관계자는 고개를 설레설레 흔든다. 여자들의 이런 행태가 좀처럼 이해되지 않기 때문이다.

잠시 후, 현수 일행을 태운 차들이 공항을 빠져나갔다.

그러자 수백 대의 차량이 뒤따르기 시작한다. 극성맞은 일본 여인네들이 도쿄국립경기장까지 따라올 모양이다.

차가 출발하자 앞좌석의 현인구 팀장이 뒤를 돌아본다.

"회장님, 경기장으로 바로 모실까요, 아니면 마련된 숙소로 먼저 가시겠습니까?"

경기장엔 2시까지 와달라고 했다. 그런데 지금은 오전 10시를 조금 넘긴 시각이다. 네 시간 정도 여유가 있다.

"일단 숙소로 가죠."

"알겠습니다."

현수 일행이 당도한 곳은 우라쿠 아오야마 호텔이다. 도쿄 국립경기장에서 1㎞ 이내에 있는 것 중 가장 시설이 좋다.

"휴우! 이제야 조금 괜찮아졌네."

스위트룸 창가에서 밑을 내려다보니 인근 교통이 마비되어 난리법석이 벌어져 있다. 수백 대나 되는 차량이 한꺼번에 길목에 들이닥친 때문이다.

교통경찰이 나서서 수신호로 차를 빼보려 하지만 정체는 풀리지 않는다.

여자들이 차를 빼줄 생각을 하지 않기 때문이다.

일본에선 보기 드문 상황이다.

갈 길 바쁜 누군가가 계속해서 경적 소리를 내지만 여인들이 몰고 온 차들은 호텔로 진입하고야 말겠다는 듯 꼬리에 꼬리를 문 채 요지부동이다.

"우와! 이 사람들이 정말……!"

곁에서 이 광경을 지켜보던 지현이 한 말이다.

호시탐탐 남편을 노리는 여인네들이 너무 많아 짜증이 솟는 모양이다.

"에구! 저걸 보니 나는 외출하기 틀린 것 같은데, 자긴 쇼핑이라도 다녀와."

"쇼핑이요?"

"그래. 일본은 처음이잖아. 가서 구경도 하고 사고 싶은 게 있으면 사."

"네, 그럴게요."

"경기는 다섯 시 시작이니까 그때까지만 입장하면 돼."

"근데 정말 그래도… 돼요?"

지현은 구미가 당긴다는 표정이다. 일본에 대해 듣기는 많이 들었다. 와본 적은 없지만 한 번쯤은 구경하고 싶었다.

일본이라서가 아니라 다른 나라의 모습을 직접 경험한 적이 없기 때문이다.

"당연하지. 참, 이거 주머니에 넣고 다녀."

"이건 뭐죠?"

현수가 건넨 건 작은 철판이다. 가로세로 3㎝쯤 되는 이것의 앞뒷면에는 기하학적인 도형으로 꽉 차 있다.

"정화 마법진이야. 도쿄는 방사능으로부터 안전한 도시가 아니라는 거 잘 알지?"

일본 영토의 70%는 세슘에 오염되어 있다. 그리고 전 영토의 20%는 고농도 오염지역이다.

일본의 수도 도쿄는 고농도 오염지역에 해당된다.

사고가 일어난 후쿠시마 원전으로부터 250㎞나 떨어진 도쿄만 해저 진흙에선 기준치인 8,000베크렐[1)]을 훌쩍 뛰어넘은

2만 7,000베크렐의 세슘이 검출되었다.

세슘-137(Caesium-137, Cs-137)은 핵분열 시 발생하는 주요한 방사성 동위원소 중 하나이다.

공기 중에 떠다니는 수증기를 통해 인체에 들어가며, 일단 흡수되면 배출이 잘 되지 않고 주로 근육에 농축된다.

세슘이 많이 침투할 경우 불임증, 전신 마비, 골수암, 폐암, 갑상선암, 유방암 등을 유발할 수 있다

이런 사실을 잘 알기에 어젯밤 공들여 정화 마법진을 만들었다. 마법진을 기준으로 반경 2m 이내의 모든 것을 정화시킨다. 일반 오염뿐만 아니라 방사능도 포함된다.

이는 혹시 잉태되었을지도 모를 태아와 지현을 보호하기 위함이다. 현수 본인의 경우는 이미 완전체를 이루었기에 어떠한 위해 요인도 체내에서 작용하지 못한다.

예를 들어, 극독이라 할 수 있는 비상을 섭취하거나 코브라에게 물려도 즉각 해독작용이 일어나 목숨을 잃지 않는다. 세슘이 다량 함유된 공기를 흡입해도 체내에서 거부반응을 일으켜 즉각 배출시킨다.

그렇기에 지현과 경호원들을 위한 것만 제작했다. 동료 선수들 것도 준비했지만 줄 기회가 있을지는 모르겠다.

아무튼 경호원에게 지급한 건 신분증 형태로 되어 있다. 하

---

1) 베크렐(Becquerel) : 원자핵이 방사선을 내면서 붕괴되어 가는 비율을 표시한 방사능 단위로 기호는 Bq다.

여 전원이 목에 걸고 있다.

"고마워요. 주머니에 꼭 넣고 다닐게요."

"그래, 구경 잘하고 와."

"자긴 뭐할 건데요?"

"나? 나는 객실에서 명상이나 좀 하지. 문 밖에 두 명만 있으면 되니까 나머지 경호원들은 자기와 함께 가."

"알았어요."

토탈가드에서 파견한 경호원은 여성이 열두 명이다. 지현을 경호하기 위한 인력이다.

지현은 이들과 함께 백화점 순례를 나갔다. 꼭 살 것이 있어서 나간 게 아니라 구경하러 간 것이다.

"흐음! 락!"

철커덕—!

객실 문이 잠긴다. 마나의 힘으로 잠긴 것인지라 마스터키로도 열리지 않을 것이다.

"좌표는……?"

현수는 도쿄교육위원회의 위치를 검색하여 좌표를 확인했다. 이제부터 교육연구센터로 위장한 내각조사처 도쿄 3지부를 털러 가려는 것이다.

출발하기 전에 상하 일체용 보호복을 꺼내서 착용했다. 이건 모자까지 달린 것이다.

일전에 채수병을 구매할 때 혹시 몰라 사두었던 것이다.

다음으로 장갑을 꺼내서 꼈다.

가려는 곳에 지문은 물론이고 머리카락과 유전자 감식이 가능한 어떠한 흔적도 남기지 않으려는 것이다.

"텔레포트!"

샤르르르릉—!

현수의 신형이 스위트룸으로부터 사라졌다.

"퍼펙트 트랜스페어런시!"

지하 2층, 지상 6층짜리 건물 상공에 당도한 현수는 즉시 전능의 팔찌에 마나를 불어넣어 투명은신마법을 구현시켰다.

철컹, 철컹—!

예상대로 옥상으로 통하는 문은 잠겨 있다.

"언 락!"

철커덕!

웨에에에엥, 웨에에에에엥—!

문이 열림과 동시에 요란한 경보음이 터져 나온다.

"꼼꼼하긴 하군."

얼른 안으로 들어서 원상대로 문을 잠갔다.

턱, 턱, 턱턱!

복도 저쪽에서 두 명이 뛰어온다. 손에는 권총을 들고 있다. 내각조사처 도쿄 3지부답다.

"뭐야? 잠겨 있잖아? 오작동인가?"

하나가 고개를 갸웃거리자 다른 하나가 문을 연다.

"일단 확인해야 해. 내가 옥상으로 나가볼 테니 자넨 여기에 있게. 날 엄호하고."

"알겠네."

하나가 후다닥 밖으로 튀어 나간다.

혹시 있을지 모를 침입자를 찾기 위해 재빨리 엄폐물을 찾아 그 뒤에 몸을 숨긴다.

아무런 반응도 없자 고개를 삐죽이 내밀어 주변을 살핀다. 마치 거북이 같은 모습이다.

잠시 후, 밖으로 나갔던 요원이 되돌아온다.

"아무것도 없어. 기기 오작동인가 보네."

"관리실에 보고서 올려야겠군."

"그래, 가세."

문은 원상태로 잠겼고, 두 요원은 복도 저편으로 사라졌다. 그러는 동안 현수는 건물 내부를 살폈다.

복도 쪽 창문이 위쪽에 위치하기에 플라이 마법으로 이동하며 내부를 살폈다.

여느 사무실 같은 모습이다. 각자의 프라이버시와 작업성을 고려한 키높이 칸막이가 업무공간을 구획하고 있다.

"흐음! 일단 여기부터. 언 락!"

철컥—!

사무실 문이 열리자 안으로 들어섰다.

먼저 CCTV부터 확인했다. 여러 곳에 설치되어 있는 이것들의 방향을 슬쩍 꺾어놓았다. 무용지물이 되게 한 것이다.

다음엔 가장 안쪽으로 이동했다. 30대 중반으로 보이는 사내가 무언가 검색하고 있다. 야동이다.

"이런 미친……! 근무시간에……. 슬립!"

"끄응!"

마법이 구현되자마자 눈을 감고 엎어진다. 소리 나지 않게 얼른 이마를 잡아 책상에 기대놓았다.

"아공간 오픈!"

아공간에서 외장하드 하나를 꺼냈다. 그것을 본체 위에 올려놓고 나직이 중얼거렸다

"퍼펙트 카피!"

샤르르르릉—!

녀석이 쓰던 컴퓨터의 하드디스크 내용이 고스란히 외장하드로 전송된다. 로그인 기록이 남지 않는 복사이기에 어느 누구도 눈치챌 수 없는 일이다.

마법을 구현시키고는 바로 옆 칸막이에서 일하던 자 역시 재우고 하드디스크를 복사했다. 사무실을 한 바퀴 돌며 복사된 외장하드를 회수하곤 곧장 옆 사무실로 이동했다.

현수가 사라진 후 엎드려 있던 인물들이 하나둘 고개를 든다. 작업하다 깜박 잠이 들었다 생각하는지 얼른 정색하고는 다시 작업에 몰두한다.

그러는 사이에 옆 사무실의 본체들이 복사되고 있다. 이번에도 CCTV는 엉뚱한 곳을 찍고 있다.

천장이랄지 창밖같이 정말 엉뚱한 곳을 찍어 누가 봐도 이상하다 할 곳이 아니다. 사무실 내부를 찍고는 있다. 하지만 사람이 아닌 칸막이 윗부분이나 화분 같은 곳이다.

사람들이 잠든 장면은 찍힐 수 없는 각도이다. 물론 컴퓨터 본체 위에 놓이는 외장하드 역시 안 찍힌다.

6층을 모두 돌고는 5층으로 내려갔다. 그곳 역시 어렵지 않게 복사해 낼 수 있었다.

4층, 3층, 2층, 1층의 순으로 내려갈 때까지 아무런 문제가 없었다. 지하 1층의 절반은 주차장이기에 가장 시간이 적게 걸렸다.

"생각보다 쉽군. 이제 한 층 남았네. 시간이 많이 남겠군. 남는 시간에 뭘 하……."

계단을 딛고 아래로 내려서던 현수의 움직임이 멈춘다. 지하 2층은 각종 무기 시험장인 듯싶다.

현수가 국방과학연구소 시수로 근무할 때 보았던 특수 시설과 흡사했던 것이다.

사대 반대쪽엔 목표물이 될 금속 마네킹이 있다. 강철처럼 단단하지도 않고 납처럼 무르지도 않은 이것은 탄두가 얼마만한 관통력을 지녔는지 확인할 때 사용하는 특수 장비이다.

"저건……?"

사대엔 똑같은 모양의 병기가 세 개나 있다.

"설마 이건 코일건……?"

국방과학연구소에서 근무할 때 비슷한 물건을 본 바 있다. 이런 걸 개발하려는 노력은 한국에서도 한 것이다.

아무튼 레일건과 더불어 미래의 병기로 불리는 물건이다.

레일건은 탄환에 흐르는 전기와 레일에 걸린 자장의 반발력을 이용한 병기이다.

코일건의 경우는 자장에 끌리는 탄환을 번갈아 끌어당기며 가속시켜 발사시키는 것이다.

레일건은 레일이 쉽게 부서지는 단점이 있다.

반면 코일건은 탄이 레일에 닿지 않는데다 자장 폭발력이 적어 레일이 파괴될 우려가 적다.

게다가 만들기도 쉽고 실용성도 뛰어나다.

그럼에도 아직까지 병장기로 채용되지 못한 이유는 전력 소모량이 너무 많기 때문이다.

주위를 휘휘 둘러보니 은행에서나 볼 수 있는 초대형 금고가 보인다.

"흐으음, 이거 틀림없이 보안이 걸려 있을 텐데. 쩝, 할 수 없지. 언 락!"

좌르륵—! 좌르르륵—!

삐잉, 삐잉, 삐잉, 삐이잉—!

"에구, 그러면 그렇지. 쩝! 앞으로 금고에 대한 공부를 특별히 더 해야겠군."

현수는 슬쩍 자리를 비켜섰다. 잠시 후, 일단의 무리가 출동한다. 모두 총 든 경비원들이다.

"뭐야? 금고에 무슨 문제 있어?"

"그러게. 왜 비상벨이 울리지? 뭐가 잘못된 거야?"

우르르 달려왔지만 지하 2층엔 아무도 없다. 금고도 멀쩡히 잘 잠겨 있다.

"뭐야, 이거? 오작동인 거야?"

"에이, 왜 멀쩡하던 것이 오작동하고 난리인 거야?"

"쩝! 바쁜데 하필이면 이때 왜? 에이, 가자!"

경비원들이 우르르 몰려나갈 때다.

"언 락!"

좌르륵! 좌르르륵—!

삐잉, 삐잉, 삐이잉—!

"에이, 또 왜 지랄이야?"

"빌어먹을! 또야? 단단히 고장 났나 보네."

"그러게. 저 빌어먹을 게 오늘 왜 이러지?"

경비원들은 투덜거리며 발길을 돌렸다. 그러면서도 습관처럼 금고가 단단히 잠겨 있음을 확인한다.

교육 한번 제대로 받았음이 분명하다.

다시 돌아가려는데 또 금고에서 경보음이 울려 퍼진다. 경비원들은 수칙에 따라 다시 확인했다.

그게 다섯 번이 반복되자 결국 금고를 열었다. 아무래도 금고 내부에 문제가 있다고 판단한 모양이다.

그들이 내부를 확인하는 사이 현수는 안개처럼 금고 내부로 스며들었다.

'이건……!'

금고에 들어서서 보니 단순하지가 않다.

겉보기와 달리 지하 금고는 여러 층으로 이루어져 있다. 그리고 사람이 없는 것이 아니다.

최소 100여 명의 연구원이 바쁜 걸음으로 돌아다니고 있다. 주변을 둘러보니 제작기구와 계측기기 등이 널려 있다.

이 정도면 최첨단 신무기 개발연구소이다.

현수가 두리번거리는 사이에 경비원들은 내부에 문제가 없음을 확인하곤 밖으로 나갔다.

'뭐야, 이건?'

천천히 내부를 둘러본 현수가 눈빛을 반짝였다.

'그러고 보니 얻을 게 많은 곳이었군.'

현수는 가장 가까이 있는 컴퓨터 본체부터 카피하기 시작했다. 층고가 8m쯤 되는 세 개 층으로 이루어진 지하금고에는 컴퓨터가 무려 500여 대나 있었다.

모두 카피했다. 물론 아무도 눈치채지 못했다.

카피 작업을 할 때마다 CCTV의 각도를 교묘히 틀어놓았으니 어느 누구도 알아내지 못할 것이다.

"휴우! 드디어 끝이군. 대체 어떤 자료가 들어 있을까?"

우라쿠 아오야마 호텔 스위트룸으로 돌아온 현수는 아공간에 담긴 2,500개의 외장하드를 생각하며 웃음 지었다.

분명 허접한 야동이 절반은 될 것이다. 성진국인 일본이기 때문이다. 처음에 재웠던 놈이 그 증거이다. 그 외에도 그저 그런 자료도 상당수일 것이다.

하지만 쓸 만한 자료가 하나둘쯤은 있을 것이다. 그게 뭔지는 알 수 없다. 나중에 검색해 보면 알 일이다.

'그나저나 지금 시각이 얼마나 되었지?'

휴대폰을 꺼내 시각을 확인해 보니 이제 슬슬 나가야 할 때다. 아공간을 열어 트레이닝복을 꺼내 입었다.

축구화와 선수복이 든 가방도 꺼내 들었다. 일본 사회인 축구팀을 혼내주러 갈 시간이 된 때문이다.

선수대기실에서 경기 전 행사를 모니터로 지켜보았다. 많은 연예인이 나와 춤과 노래로 관객들을 즐겁게 하고 있다.

방송국 카메라는 관중석에 앉은 주요 인물들을 하나하나 캐치해 내며 누구인지를 자막으로 처리하고 있다.

자케로니 일본대표팀 감독이 가장 먼저였다. 그의 곁에는 코치진과 대표팀 선수들이 포진해 있다. 어쩌면 월드컵 무대에서 만나게 될지도 모를 현수를 보러 온 것이다.

다음은 홍명보 감독이다. 대표팀 코치인 박건하와 김태영의 모습도 비춘다.

본선에서 만날 러시아, 알제리, 벨기에의 감독과 코치진도 현수를 보러 왔다.

인터넷을 뜨겁게 달군 무회전 킥을 직접 확인하기 위함일 것이다. 16강에 오를 경우 한국팀과 만날 확률이 매우 높은 영국팀 감독도 보인다.

다음은 브라질, 독일, 프랑스, 이탈리아, 스페인, 미국 대표팀 감독과 코치진이 보인다.

모두들 잔뜩 긴장한 표정이다.

오늘 현수가 얼마만한 경기력을 보여줄지는 아무도 모른다. 만일 인터넷을 떠도는 동영상이 실제라면 대표팀 전술 자체를 수정해야 하는 불상사가 생기게 된다.

이들 근처엔 첼시, 맨체스터 유나이티드, AC밀란, 인터밀란, 유벤투스, 아스날, 레알 마드리드, FC바르셀로나, 바이에른 뮌헨 등의 스카우터들이 눈에 불을 켜고 있다.

일본 방송국 캐스터는 자국 선수들 가운데 누구라도 이들의 눈에 뜨여 해외로 진출하기를 바란다는 멘트를 한다.

이에 현수는 피식 웃어주었다. 다른 사람들은 모르지만 현수는 오늘의 경기 결과를 알고 있다.

한국 사회인 축구 우승팀 대 일본 사회인 축구 우승팀은 7 : 0으로 경기를 마치게 될 것이다.

혼자서 세 골을 넣을 생각이고, 네 골은 절묘한 어시스트가 될 예정이다. 세 골 중 한 골은 경기 시작 직후에 터질 무회전킥으로 인한 것이 될 것이다.

이런 결과가 나오기까지 사포, 크루이프 턴, 라보나 킥, 백숏, 플리플랩, 마르세이유 턴, 헛다리짚기 등 온갖 축구 기술이 난무하게 될 것이다.

그리고 이 기술들은 세상 어떤 선수보다도 능숙하게 시전될 예정이다. 세상 사람들의 혀를 내두르게 만들 생각이다.

현수가 내놓고 현란한 기술들을 보여주려는 것은 따로 생각해 놓은 복안이 있어서이다.

이런 생각을 하고 있을 때 일본 방송국 캐스터들은 일본이 2 : 0으로 이길 것이란 전망을 내놓는다.

현수가 위협적이지만 두세 명으로 집중 마크하면 꼼짝 못할 것이라는 것이다. 이에 한 번 더 실소를 지었다.

이때 양 감독이 다가와 환히 웃는다.

"김 회장님, 오늘도 부탁합니다."

"네? 아, 네, 최선을 다하겠습니다."

"자, 이제 나가서 깨자! 오늘 이기면 상금만 2억이다! 나가자! 이기자! 쟁취하자! 아자, 아자, 아자!"

"와아아아아~!"

오리지날 팀원들이 일제히 함성을 지른다.

현수라는 든든한 플레이메이커 겸 스트라이커가 있기에 어느 때보다도 자신감 넘치는 얼굴들이다.

선수들의 뒤를 따라 경기장에 발을 들여놓자 엄청난 환호성이 울려 퍼지고 있다.

물론 일본 사회인 축구 우승팀에게 보내는 환호이다.

"와아아아! 와아아아아아!"

도쿄국립경기장의 잔디는 상태가 매우 좋았다.

경기장에 들어서며 둘러보니 모두가 푸른색이다. 한국팀 응원 색깔인 붉은색은 찾아보기 힘들다.

"니폰! 니폰! 니폰! 니폰!"

"니폰 반자이! 반자이! 반자이!"

"와아아! 와아아아!"

일본 응원단은 승리를 확신하기에 거의 축제 분위기이다. 잠시 후 엄청 썰렁해질 것이라는 건 아직 아무도 모른다.

"에~ 그럼 지금부터 식전 행사를 거행토록 하겠습니다."

누군지 모를 사회로 한국과 일본 사회인축구 우승팀 간의 친선전이 펼쳐짐이 선언되었다.

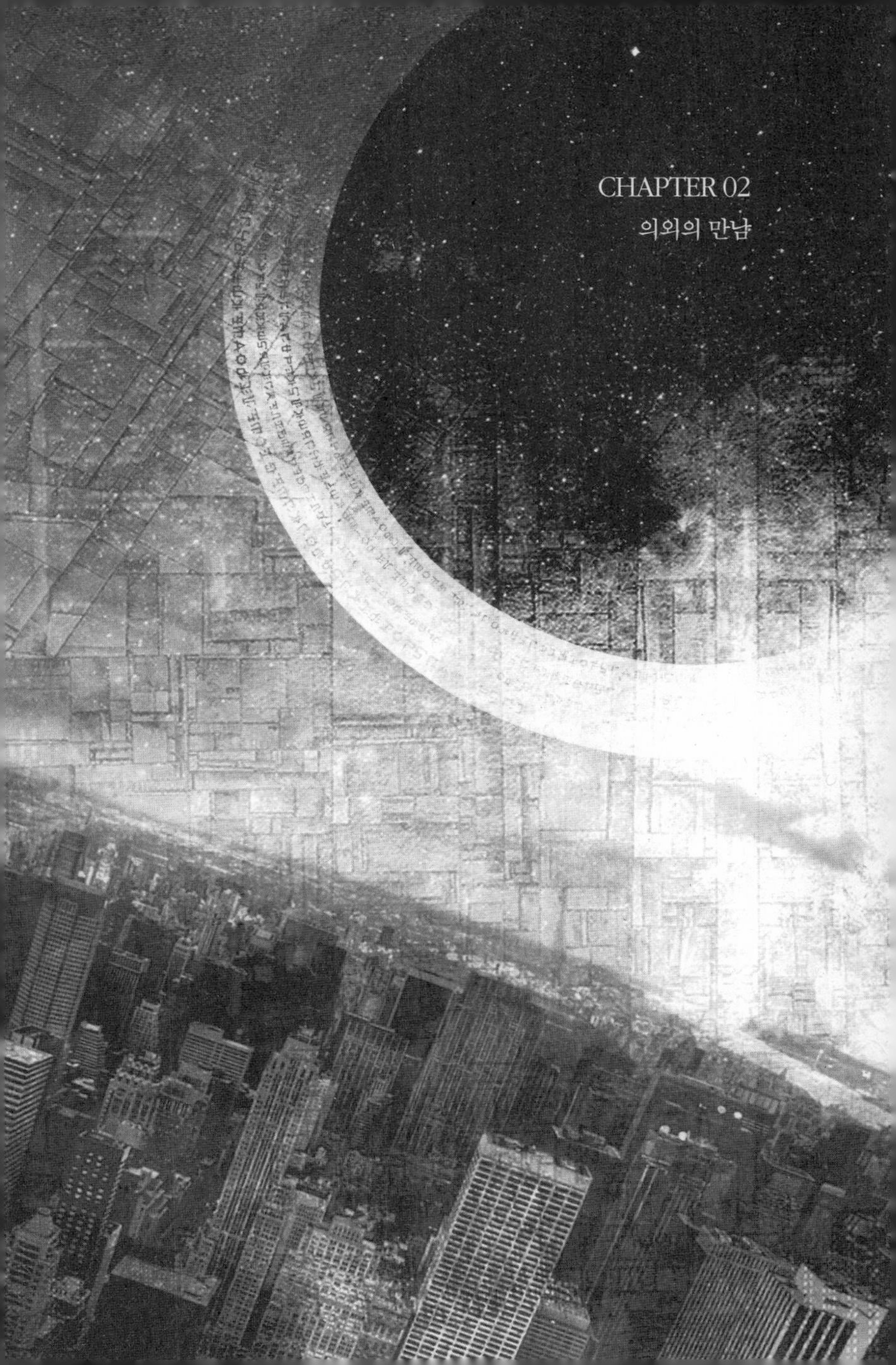

CHAPTER 02

의외의 만남

"와아아아! 와아아아아!"

관중들의 환호성 속에서 양 팀 주장이 센터서클로 향했다. 심판이 동전을 던진 결과 한국팀에게 공격권이 주어졌다.

삐이이익!

경기 시작을 알리는 호각 소리와 동시에 센터서클에 있던 주장이 뒤쪽으로 공을 뺀다. 이를 예상했다는 듯 일본팀 선수들이 거칠게 달려들며 압박을 가한다.

공을 빼앗겠다는 의지보다는 압박에 못 이긴 패스를 하다가 실수를 바라는 뜻이다.

한국팀은 계속 공을 뒤로 뺐다.

결국 현수에게로 공이 왔다. 그런데 아무도 달려들지 않는다. 현수가 아직 한국 진영에 있기 때문일 것이다.

그리고 달려들어 봤자 혼자서는 공을 빼앗지 못함을 알기 때문일 것이다.

툭툭 차며 앞으로 나아갔다. 중앙선 근처까지 올라가자 일본팀 선수 셋이 세 방향으로부터 압박을 시도한다.

이때 사포와 크루이프 턴을 선보였다. 물론 아주 깨끗하게 기술이 먹힌다. 일본 선수들은 말도 안 된다는 표정이다. 거의 동시에 셋이나 달려들었다.

그런데 그 짧은 순간에 사포와 크루이프 턴이라는 기술로 자신들의 압박을 무위로 돌렸다는 것에 놀란 것이다.

그러거나 말거나 현수는 전방을 향해 전진했다. 일본팀 전체가 그에 맞춰 조금씩 후퇴한다.

바로 이때이다. 전방을 슬쩍 바라본 현수의 발이 공의 중심부를 강하게 타격한다.

뻐엉―!

느닷없는 가격에 찌그러들었던 공은 강한 반발력을 보이며 허공을 비행하기 시작한다.

중앙선을 두어 발자국쯤 남긴 곳이 시발점이다. 그리고 특유의 무회전 킥이다.

이리저리 휘어지며 쏘아져 가는 공은 일본팀 골대를 향해 그야말로 무시무시한 속도로 날아간다.

약간 높아 골대 위로 지나갈 것 같다는 느낌이 들었을 때, 갑작스레 공이 아래로 꺾이며 구불구불한 전진을 계속한다.

"으아앗! 안 돼!"

놀란 일본팀 골키퍼가 얼른 왼쪽 골포스트 쪽으로 이동했다. 하지만 그의 반응 속도는 늦었다.

"어어? 어어어어!"

요란한 함성을 지르던 일본팀 응원단에서 나지막한 경악성이 터져 나온다. 그 순간 엄청난 속도로 쏘아져 간 공이 골대 왼쪽의 탑 코너를 쑤셔 버린다.

출렁~!

"……!"

경기 시작 12초 만에 터진 무시무시한 무회전 킥이다.

"와아아아! 와아아아!"

경기장 한쪽에서 환호성이 터져 나온다. 힐끔 바라보니 푸른 바다 한가운데 붉은 섬처럼 한국팀 응원단이 있다.

"세, 세상에! 어, 어떻게 이런 골이……!"

"아! 일본이 한 골을 먹었습니다! 상대는 한국팀 김현수 선수입니다! 세계 최고의 IQ의 소유자이며, 수학 6대 난제를 모조리 풀어낸 천재입니다! 그리고 유능한 기업인입니다!"

“맞습니다. 근데 그런 사람이 이렇듯 축구까지 잘해도 되는 겁니까? 이건 말도 안 됩니다. 한국은 항상… 아! 정말 이건 말도 안 되는 골입니다.”

“맞습니다. 골키퍼가 전혀 손을 쓸 수 없을 정도로 빨랐습니다. 그리고 왼쪽 탑 코너는 야신[2)]도 막을 수 없는 곳입니다. 이게 정녕 김현수 선수가 의도한 것이라면 우린 지구 최강의 축구선수를 보고 있는 겁니다.”

일본 방송국 캐스터가 입에 거품을 물며 해설을 이어간다.

“호날두도 메시도 이런 실력은 되지 못합니다. 축구 역사상 어떤 선수도 이 정도는 못 된다는 것이 제 생각입니다. 오늘 우린 정말 강적을 만났습니다.”

“맞습니다. 아까 경기 시작 전에 김현수 선수를 셋이서 마크하면 충분할 것이라던 제 의견은 전적으로 잘못된 겁니다. 사과드리며 철회합니다.”

캐스터가 고개를 끄덕이며 말을 받는다.

“맞습니다. 셋이 아니라 열이 달려들어도 막기 어려울 겁니다. 조금 전에 보셨지요? 사포과 크루이프 턴. 누구도 그처럼 부드럽고 정확하게 시전할 수 없을 겁니다. 완성되었을 뿐만 아니라 극도의 숙달이 엿보였습니다.”

방송국 캐스터들이 거품을 물며 말을 이을 때 관중석의 각

---

2) 레프 야신(Lev`Ivanovic Yashin) : 골키퍼의 신화로 알려져 있는 축구 스타.

국 대표팀 감독들의 얼굴은 창백하기 그지없었다.

무시무시하게 빠르면서도 정확한 무회전 킥에 강렬한 인상을 받은 것이다.

그러거나 말거나 경기는 속행되었다. 그리고 보았다.

김현수의 현란을 넘어 극치에 달하는 각종 축구기술과 정확한 볼 배급, 그리고 확실한 골 결정력을!

패스 성공률 100%, 상대팀 공격 차단 100%, 자로 잰 듯한 어시스트 4회, 엄청나게 빠른 드리블 등을 보여주었다.

도쿄국립경기장은 현수가 첫 골을 넣은 이후 계속 고요함을 유지했다. 딱 한 군데 시끄러운 곳이 있었으니 붉은 옷을 입은 한국팀 응원석이다.

경기가 진행되는 동안 2ch 등 일본 인터넷 사이트엔 넷 우익들의 발광이 계속되었다.

경기 끝난 후 확인된 바에 의하면 이번 한일전에서 공 점유율은 93 : 7이다. 완벽하게 경기를 지배한 것이다.

일본 선수가 공을 몰고 중앙선을 넘은 건 손으로 꼽을 정도이다. 한국팀은 최종 수비수만 남겨놓은 채 전부 상대 진영에서 패싱 축구를 했다.

"아아! 이건 도쿄대첩입니다!"

도쿄대첩은 1998년 FIFA 월드컵 아시아지역 최종예선 B조 3차전 경기에서 대한민국 축구 국가대표팀이 홈팀이었던 일본 축구 국가대표팀에 2 : 1로 역전승한 통쾌한 경기를 일컫는 말이다.

이날 경기에서 한국은 먼저 한 골을 먹었다. 그리고 후반 38분까지 0 : 1로 리드 당했다.

그러다 서정원 선수의 동점 헤딩골이 터졌다.

간신히 1 : 1이 된 것이다. 그리고 3분 후 이민성 선수의 30m짜리 중거리포가 터져 역전 승리를 거머쥐었다.

이 경기는 현재 '한국 축구 100년사' 에 기록되어 있다.

그런데 오늘 비록 국가대표팀 간의 경기는 아니지만 일본의 축구 성지인 도쿄국립경기장에서 7 : 0이라는 전무후무할 경기가 치러졌다. 그렇기에 한국 방송국 관계자의 입에서 도쿄대첩이라는 말이 튀어나온 것이다.

"정말 자랑스럽습니다. 한국 사회인축구 우승팀이 일본 우승팀을 맞아 7 : 0이라는 경기결과를 만들어냈습니다. 제가 장담합니다. 이건 신화가 될 겁니다."

"맞습니다. 이건 신화입니다. 그리고 원맨쇼입니다. 김현수 선수 한 사람의 발끝에서 만들어진 기적이기도 합니다. 정말 자랑스럽습니다."

"네! 이제 6월이 되면 월드컵이 치러지게 되죠? 누가 뭐래도 김현수는 국가대표팀 선수가 되어야 합니다."

"맞습니다. 김현수 선수가 대표팀에 가세하게 되면 우리 한국은 지난 2002년 월드컵에서 거둔 4강 신화를 재연해 낼 뿐만 아니라 우승까지 넘볼 수 있을 겁니다."

"네, 관중석을 보십시오. 브라질, 영국, 프랑스, 독일, 이탈리아 등 그야말로 쟁쟁한 축구 선진국 대표팀 감독들이 있습니다. 한국의 김현수 선수를 보고 모두 놀란 표정입니다."

한국 시청자들은 실제로 각국 대표팀 감독과 코치진이 비춰진 화면을 보고 있다. 모두들 썩은 표정이다.

현수를 감당할 수 없음을 직감한 때문일 것이다.

"정말 자랑스럽습니다. 어쩌면 이번 월드컵은 우리가 들어올릴 수도 있을 겁니다. 그러기 위해 김현수 선수를 반드시 대표팀에 포함시켜야 할 것입니다."

"맞는 말씀입니다. 김현수 선수가 가세하면 우리 국가대표팀은 그야말로 무적이 될 것입니다. 오늘 경기에서 김현수 선수가 보여준 각종 축구기술을 보십시오. 놀랍습니다. 직장인들의 신화로 불리는 김현수 선수는 한 번도 축구선수인 적이 없다고 합니다."

"이런 진주가 있었음에도 우리는 보는 안목이 없었던 것 같습니다. 이 대목에서 모두가 반성해야 합니다."

"네, 얼마 전 언론 보도에 따르면 축구대표팀 이사 가운데 하나는 김현수 선수가 매우 건방지다는 표현을 썼습니다. 이 정도면 건방짐의 도를 넘어도 관계없습니다."

"네, 김현수 선수는 살아 있는 축구의 신입니다. 선수 생활을 한다면 지구 역사상 가장 뛰어난 축구선수 반열에 오를 것이 틀림없습니다. 안 그렇습니까?"

둘은 정신을 잃기라도 한 듯 속사포로 대화를 이어간다.

"당연한 말씀입니다. 호날두와 메시가 아무리 축구를 잘한다 하더라고 김현수 선수의 발끝에도 미치지 못합니다. 혼자서 경기를 지배했습니다. 모든 공격이 김 선수로부터 시작되었습니다. 아까 보셨지요? 자로 잰 듯한 패스! 확인해 보니 오늘 패스 성공률이 100%였습니다. 김현수 선수는 이런 선수입니다. 정말 자랑스럽습니다."

한국 방송사 관계자들이 정신없이 떠벌리고 있을 때 근처 부스엔 영국 스포츠 방송국인 스카이스포츠 역시 방송을 송출하고 있다.

그쪽 역시 수다스럽고 소란스럽기는 마찬가지이다. 사방에 침을 튀며 온갖 감탄사를 늘어놓고 있다.

16강전 이후 영국이 한국과 만나는 경우의 수를 이야기하며 가급적 그런 일이 일어나지 않기를 바란다고 한다.

현수가 가세한 한국을 상대하여 이길 것이라는 전망은 아예 없다. 패배는 기정사실이며 방금 전과 같은 치욕적인 스코어를 면해야 한다며 걱정스런 대화를 이어가고 있다.

아무튼 경기는 끝났다.

그라운드에 시상식장이 준비되었고, 일본 사회인축구협회 회장이 대회 주최자 자격으로 시상에 나섰다.

우승 상금은 2억 원이다. 아울러 승자에겐 황금으로 만든 메달이 수여되었다. '2014 한일 사회인축구 통합우승' 이라는 글귀가 새겨진 것이다. 메달 하단엔 '2014년 3월 8일 도쿄 국립경기장' 이라고 새겨져 있다.

이것을 제작할 땐 일본 사회인축구 팀원이 받을 것이라 생각했다. 한국팀을 도쿄로 불러 전 국민이 보는 가운데 통쾌하게 패배시킬 것이라 예상했던 것이다.

하여 하나당 순금 20돈(75g)씩이 포함되어 있다.

그런데 한국팀에 수여를 하려니 속이 쓰린지 시상자의 표정이 밝지 못하다.

"다음은 대회 MVP에 대한 시상식이 있겠습니다. 오늘의 MVP는 한국 사회인축구팀의 김현수 선수입니다. 김 선수는 단상으로 올라서 주십시오."

장내 아나운서의 멘트에 따라 현수는 시상대에 올라섰다.

"김현수 선수, 축하합니다. 정말 장하십니다."

이번 시상자는 한국 사회인축구 협회장이다. 그렇기에 만면에 환한 미소를 짓고 있다.

꽃다발에 이어 현수가 받은 메달은 순금 100돈(375g)으로 만든 것이다. 이것 역시 일본선수가 받을 것이라 생각하고 제작한 것이다.

시상식이 끝났을 즈음 관중석은 거의 비어 있었다.

남아 있는 사람들은 붉은 옷을 걸친 한국팀 응원단과 푸른색 옷을 입은 일본 여인네들이다.

현수와 선수들은 남아 있는 관중들을 향해 머리 숙여 예를 표했다.

"와아아아! 잘하셨어요! 자랑스럽습니다!"

짝, 짝, 짝, 짝짝짝짝!

한국 응원단이 일제히 함성을 지르며 박수를 친다.

선수들은 응원에 감사한다는 뜻으로 다시 한 번 예를 갖췄다. 그리곤 라커룸 쪽으로 걸음을 옮겼다.

"김현수 상! 여길 봐주십시오!"

어눌한 한국어였지만 자신을 불렀기에 시선을 돌렸다.

"……!"

"김 상, 오랜만이므니다."

"응?"

언젠가 본 모습이다. 그러다 문뜩 떠오른 사람이 있다.

"아! 그때……."

현수가 연희와 영국에 머무를 때 강도당한 사내 곁에 있던 일본 여인이다.

"아! 안녕하십니까?"

현수가 자신을 기억하는 듯 시선을 맞추고 웃음을 지어주자 여인 역시 환한 웃음을 짓는다.

"잠시 시간을 내주시므니다."

한국어가 서툴다. 현수는 즉시 유창한 일본어로 대꾸했다.

"잠시만 기다리십시오. 옷 좀 갈아입고 나오겠습니다."

"네, 여기서 기다리겠스므니다."

현수가 뒤늦게 라커룸으로 들어서자 샴페인 세례가 쏟아진다. 오늘의 주인공을 기다리고 있었던 듯하다.

"하하! 하하하! 만세, 만세입니다!"

"오늘 정말 대단했습니다. 감사합니다. 덕분에 통쾌하게 이겼습니다."

오늘 한국팀은 단 한 번의 위기도 겪지 않았다. 경기 내내 일본 진영에서 패스연습을 했다 해도 과언이 아니다.

실수로 공을 빼앗겼을 때 현수가 가로채서 되돌려 준 것만 여덟 차례나 된다.

덕분에 아주 편안한 마음으로 경기를 풀어나갔다.

게다가 전방에 있던 네 명은 모두 골 맛을 보았다. 기막힌 어시스트였기에 발만 가져다 대면 골이 만들어졌다.

당연히 기분이 좋다. 그렇기에 한바탕 잔치가 벌어진 것이다. 모두 환한 얼굴이다.

"자자! 오늘 수고한 김현수 선수! 이쪽으로 오세요!"

"네?"

"이쪽으로 오시라구요.

양영만 감독이 가방 속에서 꺼내 드는 건은 푸른색 벨벳으로 싸인 상장 비슷한 것이다.

현수가 앞에 서자 이것을 펼쳐 들고는 내용을 읽는다.

"감사장! 한국 사회인축구 오리지날팀은 김현수님의 도움을 얻어 일본 사회인축구 우승팀과의 경기에서 승리할 수 있었습니다. 이에 감사하는 마음을 담아 이 감사장을 드립니다. 오리지날팀 양영만 감독 이하 선수 11명."

다 읽고는 감사장을 건넨다. 기꺼운 마음으로 받았다.

"다음은 감사의 뜻을 표시하는 상품 증정이 있겠습니다."

"또 있는 겁니까?"

"맨입으론 안 되는 거잖아요. 하하!"

말을 마친 양 감독이 곁에 있는 가방에서 포장된 큼지막한 박스를 꺼낸다.

"약소합니다. 우리의 마음을 담은 겁니다. 받으십시오."

"네, 감사합니다."

박스를 받아 포장지를 찢어내니 투명 아크릴로 만든 얇은 상자가 드러난다. 안에는 오리지날팀 선수복 상의가 고정되어 있다. 등 번호는 10번이고 김현수라 쓰여 있다.

10번은 스트라이커에게 주는 번호이다.

현수의 이름 아래에는 오리지날 팀원들의 마음을 담은 글귀가 쓰여 있다. 모두가 고맙다는 뜻이다.

"감사합니다. 잘 보관하겠습니다."

"네, 이제 김현수 사장님은 우리 오리지날팀 명예 팀원입니다. 저희도 오래도록 기억하겠습니다. 감사합니다."

"하하! 하하하!"

기꺼운 웃음소리가 라커룸에 울려 퍼졌다.

"참, 이 메달은 이영식 씨에게 전해주십시오. 제 친구 때문에 다리를 다쳐 이번 대회에 참석조차 못했잖습니까."

현수가 건넨 것은 이번 시합 우승 메달이다.

"이건……!"

어떻게 이런 걸 주느냐는 표정이다. 돈으로 따져도 제법 가치가 있는 것이기에 그런 모양이다.

"제겐 MVP 메달이 있잖습니까."

"아! 감사합니다. 잘 보관했다가 귀국하는 대로 영식이에게 전달하겠습니다. 좋아할 겁니다."

양 감독이 크게 고개를 끄덕이며 환히 웃는다. 현수의 마음 씀씀이가 좋았던 것이다.

"영식 씨야말로 오리지날팀의 오리지널 멤버니까 받을 자격이 충분합니다."

"알겠습니다. 참, 잠시 후 인터뷰가 있다고 합니다. 샤워부터 하십시오."

"네."

선수들 모두 샤워들 마치고 나와 한일 양국 취재진 앞에 섰다. 당연히 현수에게 질문이 쇄도했다.

현수는 묻는 말에 잘 대답해 줬다. 그러는 내내 카메라 플래시 세례가 있었다. 이제 세계적인 유명인사가 된 것이다.

"휴우! 이제 끝이네. 오늘 어땠어? 괜찮았어?"

"오늘 정말 멋졌어요. 자기, 최고였어요."

밖에서 기다리고 있던 지현이 팔짱을 끼며 환히 웃는다.

"하하, 그래? 그나저나 기다리라고 했는데 어디 있지?"

지현과 함께 관중석으로 올라온 현수는 주변을 둘러보았다. 그런데 있어야 할 여인이 보이지 않는다.

"여기서 누구 만나기로 했어요?"

"응. 영국에 여행 갔다가 강도를 만난 여인을 구해준 적이 있는데 할 말이 있다고 해서."

"그 여자 예뻐요?"

지현의 표정을 본 현수는 슬쩍 장난기가 돋는다.

"응. 많이 예뻐. 이거 진심이야."

"……!"

지현은 대꾸 대신 현수를 슬쩍 바라본다. 진짜냐는 표정이다. 이때 관중석으로 올라서는 인영이 있다.

"아! 김현수 상, 여기 계셨군요."

"네, 어디 다녀오셨나 봐요?"

"한참을 기다려도 안 오셔서 혹시 잊으셨나 해서 한국팀이 쓰던 라커룸에 다녀왔어요."

"아, 미안해요. 동료들과 잠시 할 일이 있었습니다."

오래 기다리게 했으니 계면쩍은 웃음을 지어 보였다.

"참, 이쪽은 제 아내입니다."

"권지현이에요."

지현의 일본어가 제법 능숙하다.

"반가워요. 저는 사사키 노조미라고 해요."

"네? 사사키 노조미 씨요?"

"네, 사사키 노조미 맞습니다."

지현이 다시 이름을 확인할 때 현수가 끼어들었다.

"다시 뵈니 다행입니다. 그때 그분 괜찮으시죠?"

"네, 덕분에 아주 건강히 잘 지내고 있으므니다. 시간 되시면 식사라도 대접하고 싶스므니다."

"아이고, 아닙니다. 별일도 아닌데요."

"어머! 아니에요. 그때 정말 큰 도움을 받았스므니다. 병원에서 조금만 더 늦었으면 큰일 났을 거라고 했거든요."

사사키 노조미는 그때를 생각해 보면 지금도 끔찍하다는

듯 묘한 표정을 짓는다.

"아! 그랬나요?"

현수의 기억으론 후두부의 상처가 컸을 뿐 뇌출혈은 없었다. 하여 연희의 손수건을 찢어 상처 부위를 묶어주었다. 보는 눈이 둘이나 있어 힐 마법을 펼칠 수 없어서였다.

"노인수 씨를 대신해서 다시 한 번 깊은 감사를 드려요."

"노… 인수 씨요? 그때 그 사람 한국인이었나요?"

"재일교포 3세예요. '리브21' 이란 기업을 일으킨 노 사장님의 막내아들이죠."

"아! 그래요?"

현수의 뇌리로 인터넷에서 보았던 기사 내용이 검색된다.

리브21은 일본 최초로 '모발 관리 클리닉' 이란 개념으로 시작된 기업이다.

1976년 1호점을 시작으로 현재 120여 개 직영점이 성업 중이다. 연매출 1조 2,000억에 달하는 일본 최대 모발관리 기업으로 종업원 수만 2,600여 명이라 한다.

현수가 뭐라 말을 이으려 할 때 곁에 있던 지현이 참을 수 없다는 표정으로 끼어든다.

"저… 혹시 신의 물방울이란 드라마에서 세라 역을 맡으신 그 사사키 노조미 씨가 맞는가요?"

"어머! 절 아세요? 그거 종영된 지 오래되었는데."

사사키 노조미는 모처럼 자신을 알아봐 주는 사람을 만나 반갑다는 표정이다.

"맞는군요. 그거 참 재미있게 봤어요."

"아! 그래요? 와인 좋아하시나 봐요?"

"네? 아, 네."

지현이 신의 물방울이란 일본 드라마를 본 이유는 권철현 당시 지검장 때문이다.

그때는 거의 매일 술을 마시던 때다. 어머니가 요양원에 있던 시절인지라 뭐라 말할 수 없었다.

어느 날 갑자기 모든 것에 똑 부러지던 아내가 일곱 살짜리 지능을 갖게 되었다는데 멀쩡할 남편이 어디에 있겠는가!

최고 엘리트 코스만을 밟아온 권철현에겐 어찌 대처해야 할지 난감한 시기였을 것이다.

하여 날마다 술을 마시고 귀가했다. 지현은 이를 몹시 걱정스러워했다. 이러다 건강을 잃을까 싶었던 것이다. 그러던 어느 날 와인의 장점에 관한 이야기를 들었다.

항산화 물질을 함유하고 있어 신진대사가 원활하도록 도움 주고 지방을 분해해 주는 데 효과가 있다는 것이다.

게다가 식욕을 돋워준다. 당시의 권철현 지검장은 아내 걱정 때문에 나날이 살이 빠지던 중이다.

내친김에 조금 더 알아보니 이뇨작용에 도움을 주며, 적당

량을 섭취한 경우 노화억제 효과까지 있다고 했다.

그런데 종류가 너무나 많다.

지현이 와인에 관해 어찌 학습할 것인지 고심할 때 친구가 신의 물방울이란 일본 만화를 권했다.

와인에 관한 전문적인 내용이 많다는 것이다.

하여 만화책 대신 드라마를 보았다. 퇴근 후 매일 한 편씩 감상하면서 와인에 대한 지식을 키운 것이다.

사사키 노조미는 1회부터 출연했다. 주인공 중 하나인 토미네 잇세이의 배다른 여동생 역이다.

그때 참 예쁘다는 생각을 했기에 기억에 남은 듯하다.

"반가워요. 저도 권지현 씨 알아요. 뉴스에서 보았어요. 정말 아름다우세요."

"네? 아, 네. 사사키 노조미 씨도 참 예뻐요."

"정말요? 호호, 고마워요. 참, 이거요."

사사키 노조미가 핸드백에서 자그마한 상자를 꺼내 현수에게 건넨다.

"이게… 뭡니까?"

"그때 손수건을 찢어서 붕대처럼 쓰셨잖아요. 최대한 비슷한 걸로 골랐어요."

"아! 네."

현수는 거절치 않고 받아 챙겼다. 이걸 사려고 준비했을 마음을 생각해서이다.

"바쁘시지만 식사라도 같이 했으면 해요."

"…좋습니다. 그러죠."

"아! 다행이에요."

사사키 노조미가 환한 미소를 짓는다. 그리곤 뒤에 서 있는 사내에게 뭐라 소곤댄다. 로드매니저인 듯싶다.

경기장 밖으로 나가자 사사키 노조미가 준비한 차가 서 있다. 11인승 스타크래프트 밴이다.

"저희가 모실게요."

"…그래요. 타지."

"네."

지현과 현수가 타자 사사키 노조미가 승차한다.

이 차를 중심으로 까만 차 일곱 대가 전후좌우를 경호하며 이동했다. 토탈가드 소속 경호원 24명과 사사키 노조미의 개인 경호원들이 탄 차이다.

목적지는 신주쿠에 있는 조조엔(叙叙苑)이다. 고급 불고기점의 대명사로 한국인 박태도 사장이 운영하는 곳이다.

조조엔 신주쿠점은 8층짜리 건물에 자리 잡고 있다. 이 건물 전체가 식당으로 운영되는 중이다.

긴자(銀座)에는 세계적인 레스토랑 평가지 미슐랭 가이드로부터 별 두 개를 받은 한식당 '윤가(尹家)' 라는 곳이 있다.

'2014년 미슐랭 가이드 도쿄' 에 소개된 곳이다.

원래는 이곳으로 가려 했다.

뛰어난 음식 맛과 정성에 비해 저렴한 가격이기에 북적이기는 하지만 적자인 곳이기 때문이다.

그런데 교통 상황이 좋지 않다고 한다.

그리고 다행히도 현수와 지현은 까다롭게 음식을 가리는 사람이 아니다.

그렇기에 아무 곳이나 괜찮다고 하자 전화 통화 몇 번 하고는 조조엔을 목적지로 삼은 것이다.

동경은 처음이라고 하자 가는 동안 이곳저곳 소개하고 설명해 줬다. 현수는 귀를 쫑긋 세우고 잘 들어두었다.

이곳에 올 일이 많을 듯하기 때문이다.

"어서 오십시오. 노인수입니다. 영국에서 큰 도움을 주셨는데 제대로 된 인사도 못 드렸습니다."

"아! 네, 반갑습니다. 김현수입니다."

말끔한 정장 차림의 노인수는 선한 눈빛을 지닌 잘생긴 청년이다.

"이렇게 멀쩡한 모습을 보니 다행입니다. 상처는 잘 치료되었지요?"

"덕분에 무사합니다."

"이쪽은 제 아내입니다."

"아! 안녕하세요? 권지현입니다."

"네, 만나 뵙게 되어 반갑습니다. 노인수입니다."

지현에게 정중히 고개 숙여 예를 갖춘 인수가 손짓한다.

"자, 예서 이럴 게 아니라 안으로 드시지요."

"그러시죠."

노인수의 안내를 받아 조조엔으로 들어갔다. 계단을 오르니 토끼 모양의 장식물이 계단마다 놓여 있다.

인상적이다.

"참, 오늘 경기 잘 봤습니다. 축구를 정말 잘하시더군요. 제가 본 축구선수 중 최고이십니다."

"에구, 과찬이십니다."

"아이고, 아닙니다. 농담 아니고 진짜 최고였습니다. 7 : 0이라니요. 사회인축구 시합이지만 그런 스코어는 어렵잖습니까. 그치? 사사키도 축구 좋아해서 잘 알잖아."

"그럼요! 오늘 정말 멋지셨어요. 사포 같은 건 실전에서 쓰기 어려운 기술인데 너무도 자연스러웠어요. 대단하셔요."

"에구, 그게 뭐 대단하다고."

현수는 겸양 어린 대꾸였지만 축구선수들이 들으면 화를 낼 만한 말이다.

실전에서 사용되는 사포는 대단한 기술이기 때문이다.

아무튼 축구에 관한 이야기를 하며 계단을 딛고 올라 룸으로 안내되었다.

일행이 안으로 들어단 뒤 현수가 경호팀장에게 다가간다.

"현 팀장님, 나가지 마시고 팀원들과 함께 식사하세요."

"아, 아닙니다. 저흰 바깥에 나가……."

토탈가드 제7팀장인 현인구는 조조엔이 어떤 곳인지 안다.

물가 비싸기로 이름난 도쿄에서도 만만치 않게 비싼 집으로 손꼽히는 곳이다.

한 끼 식사에 일인당 8,000엔은 있어야 한다.

이번 일본행을 위해 24명의 경호원이 출동했다. 그들 모두 이곳에서 식사를 하게 되면 식대만 19만 2,000엔이다.

한국 돈으로 치면 192만 원쯤 된다.

한 끼 식대치고는 너무 과하다. 그렇기에 얼른 손사래를 치며 물러선다. 이때 현수가 소매를 잡는다.

"아니에요. 여기까지 오셨는데 저희가 식사라도 한번 대접해야지요."

"……!"

현 팀장이 대꾸하지 않자 말을 이었다.

"저 돈 많은 거 아시죠? 비용 걱정 마시고 마음 편하게 드시고 싶은 거 있으면 다 드셔도 됩니다."

"그래도 어떻게……?"

너무 과한 금액이 지출될 것이기에 저어하는 표정이 역력하다. 부담스러운 것이다.

"콩고민주공화국에 가면 제 소유의 노천금광이 있습니다. 그게 뭔지 아시죠? 금덩이를 막 줍는다는 뜻입니다. 그러니 부담 갖지 말고 마음껏 드세요."

"…알겠습니다. 감사합니다."

현 팀장이 진심을 담아 정중히 고개 숙인다.

잠시 후, 경호원들은 룸의 좌우와 바깥쪽 테이블, 그리고 위아래 층 출입구 근처에 자리를 잡도록 했다.

맛있는 걸 사준다니 즐거운 마음으로 식사는 하겠지만 본연의 임무는 잊지 않는다는 뜻이다.

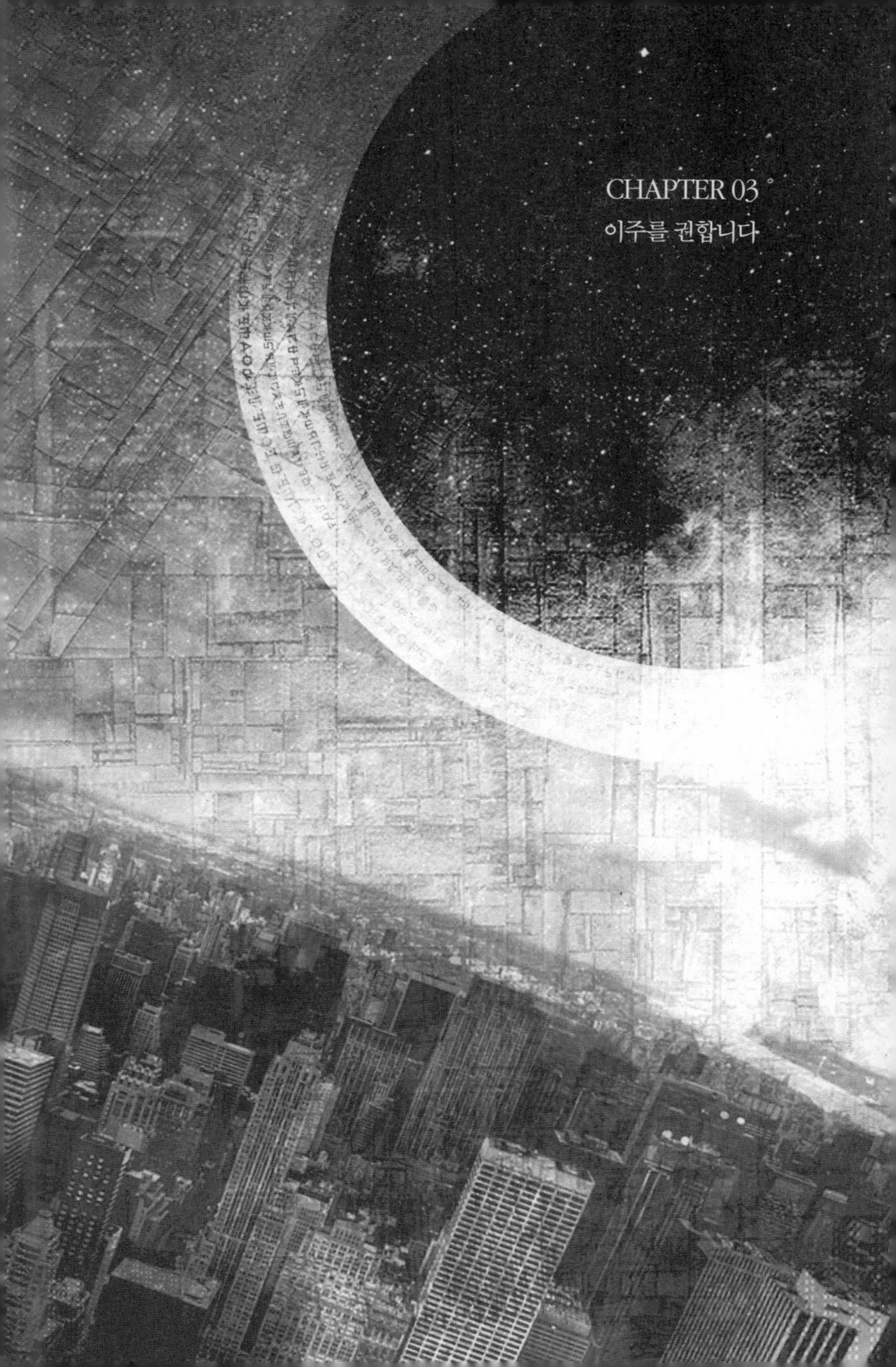

CHAPTER 03
이주를 권합니다

"자, 이쪽으로 앉으시죠."

노인수가 안내한 자리는 당연히 지현의 옆 좌석이다. 둘씩 커플을 이뤄 마주 앉은 것이다.

"부인이 정말 미인이십니다."

"네? 아, 네, 감사합니다."

아내가 예쁘다고 칭찬하는데 뭐라 하겠는가!

"그런데 두 분은 어떤 사이신지요?"

"사사키와 전 재일교포 3세입니다. 미래를 함께하고 싶어 서로를 알아가는 중이지요."

"아! 그렇습니까?"

현수는 새삼스런 눈으로 사사키 노조미를 바라보았다. 어쩐지 일본인 치고는 큰 키라 생각했다. 168㎝ 정도 된다.

그런데 재일교포 3세라 하니 저절로 고개가 끄덕여진다. 종자가 다르니 큰 키가 이해된 것이다.

이때 지현이 끼어든다.

"그럼 할아버님들 고향이 우리나라겠군요."

"네, 제 할아버지의 고향은 공주이고, 사사키의 조부는 평택이 고향이라고 했습니다."

사사키 노조미는 맞는다며 고개를 끄덕인다.

"제가 멀고 먼 영국에서 도움을 드릴 수 있었던 게 참으로 다행입니다."

강도당하는 사람을 구해준 것이지만 왜놈이 아닌 교포라 하니 기분이 좋았던 것이다.

"네, 그땐 정말 고마웠습니다."

노인수와 사사키 노조미가 다시 한 번 정중히 고개 숙여 예를 갖춘다.

"그나저나 아버님이 참 대단하십니다. 적수공권으로 리브21이라는 기업을 일으키셨으니 말입니다."

현수의 말에 노인수가 뒷머리를 긁적인다.

"에구, 자본금 5조 400억짜리 은행장께 이런 말씀을 들으니 참으로 난감합니다."

"맞아요. 이실리프 상사, 이실리프 무역상사, 이실리프 모터스, 이실리프 어패럴 등 그야말로 쟁쟁한 기업들을 가지셨잖아요. 거기에 비하면 리브21은 큰 것도 아니에요."

사사키는 한국어가 조금 어눌하다. 어머니가 일본인인데 한국말 배우는 걸 말렸던 때문이라 한다.

"참, 우리 둘 다 일본어 잘해요. 그러니 편하게 말씀하셔도 됩니다."

"죄송합니다. 한국어 공부, 조금 더 열심히 하겠어요."

사사키가 고개를 숙이며 민망해한다.

"아무튼 이렇게 모시고 식사하게 되어 좋습니다. 먼저 맥주부터 한잔하시지요."

"네, 좋습니다."

노인수가 지현과 현수, 그리고 사사키의 잔을 채웠다. 현수는 노인수의 잔을 채워주었다.

"자, 이렇게 뵙게 되어 반갑고 고맙습니다. 김현수 사장님의 앞날이 더욱 번창하길 빕니다."

"고맙습니다."

노인수의 건배 제의에 기꺼이 응했다.

잔을 기울여 맥주를 마시려는데 묘한 위화감이 느껴진다.

"잠깐만요."

"네?"

현수의 말에 잔을 비우려던 셋이 의아하다는 표정을 짓는다. 그러거나 말거나 현수는 빈 캔을 들어 바닥을 살폈다.

B/3251이라 쓰여 있다.

아사히 맥주는 일본 내에 여덟 개의 공장이 있다.

원전 사고가 일어난 후쿠시마에서 생산되는 것은 H/****로 표기되고, 이바라키 것은 B/****로 표시된다.

후쿠시마와 인접한 이바라키는 방사능의 영향을 비교적 강하게 받는 곳이다.

2013년 7월, 일본 문부과학성은 방사성 물질 데이터를 발표한 바 있다.

후쿠시마 379M 베크렐, 이바라키 11.4M 베크렐, 그리고 도쿄 신주쿠 6.6M 베크렐이다.

현수가 느끼기에 조금 전의 위화감은 맥주가 방사능에 오염된 듯하기 때문이다.

"저, 이 맥주는 안 마시는 것이 좋을 것 같습니다."

"네? 그건… 왜죠?"

"이건 방사능의 영향을 받았을 확률이 높습니다. 아사히 맥주 이바라키 공장에서 만들어진 것이거든요."

"네? 그, 그런 겁니까?"

"맞습니다. 근데 좀 이상해요. 제가 알기로 후쿠시마와 이

바라키 공장에서 만들어진 것들은 동북부 지역에서 자체 소진되고 있는 걸로 아는데 이게 어떻게 도쿄까지 들어왔을까요?"

노인수는 대꾸 대신 캔을 들어 바닥을 살핀다.

하지만 현수 같은 전문적인 지식이 없기에 대체 뭘 보고 이런 소리를 하는지 알 수 없다는 표정이다.

"자기가 그렇다면 그런 거죠. 그럼 다른 걸로 바꾸죠."

지현의 말이다.

잠시 후 다른 맥주가 들어왔다. 이번엔 별다른 느낌이 오지 않기에 다시 잔을 채웠고 단숨에 비웠다.

"그나저나 방사능 때문에 걱정이겠습니다."

"그렇지 않아도 신경이 많이 쓰입니다. 그런데 그러다가도 나도 모르게 방심할 때가 많아 골치가 아픕니다. 그 순간에 피폭될 우려가 있으니 말입니다."

"……."

노인수의 말에 사사키가 고개를 끄덕인다.

여배우이기 이전에 인간이다. 행복을 만끽하며 무병장수하길 바라지만 도쿄를 떠나기 어려운 상황이다.

방사능으로부터 안전한 나라에서 수입한 생수를 마시지만 야채와 육류 및 어패류 등은 구입할 때마다 방사능 수치를 꼼꼼히 따져보아야 하는 피곤한 삶을 사는 중이다.

그렇기에 노인수의 말에 동감한 것이다.

"전문가들의 의견에 의하면 점점 더 방사능 농도가 심해질 거라 하는데 혹시 이주해 볼 생각은 없으십니까?"

"맞아요. 도쿄도 방사능으로부터 전혀 안전하지 않다는 말을 들었어요."

지현이 끼어들자 노인수가 심각한 표정으로 바라본다.

"혹시… 이실리프 자치구를 말씀하시는 겁니까?"

노인수의 물음에 고개를 끄덕인다.

"네, 콩고민주공화국, 에티오피아, 우간다, 케냐, 러시아, 몽골 중 원하는 곳이 있다면 받아들일 용의가 있습니다."

"많군요."

노인수는 의미 모를 대꾸를 해놓고는 잠시 고심하는 표정을 짓는다. 일본을 떠나 부친이 일군 리브21을 전파시킬 수 있는 기회이다. 그럼에도 많이 망설여지는 모양이다.

하긴 나서 자란 곳이 이곳이니 그럴 것이다. 사사키의 경우는 직업 자체를 포기해야 한다.

당연히 쉽게 결정할 일이 아니다.

이쯤해서 당근을 던져주어야 한다.

"재일교포들이 이실리프 자치구로의 이주를 원할 경우 특별한 결격사유가 없는 한 허용할 생각입니다. 오시면 직업과 주거할 곳이 주어질 겁니다."

"으음."

둘은 대꾸 대신 낮은 침음을 낸다.

원전 사고가 일어나기 전에도 그랬지만 재일교포에 대한 차별이 점점 더 노골화되어 가고 있다.

갈 곳만 있다면 옮기고 싶지만 그러기가 쉽지 않다.

우선 목구멍이 포도청이다. 옮겨 가서 현재와 같은 벌이가 있기 쉽지 않다. 특별한 기술이 있고 이를 인정받을 수만 있으면 괜찮은데 대다수는 그렇지 않다.

그렇기에 울며 겨자 먹는 심정으로 버티고 있다.

현수가 이런 제안을 한 것은 이유가 있다.

한국과 일본은 현재 독도와 청산되지 않은 과거사 때문에 대립하는 중이다. 그렇기에 제대로 된 의식이 박혀 있는 사람들은 일본에 대한 감정이 결코 좋지 못하다.

하여 친일 청산 문제 등이 사회적 이슈이다.

언젠가는 일본과 크게 한번 붙을 것이라 예상된다.

지금은 친일파들이 득세하여 권력을 잡고 있지만 정권이 교체되고 나면 분명히 대대적인 친일파 숙청작업이 이루어지게 될 것이다.

그게 순리이고 정의이기 때문이다.

그때 더 이상 일본의 오만방자함을 좌시하지 말자는 의견이 크게 대두될 것이다.

우리가 참으려 해도 일본이 계속해서 자극하는 경우도 있을 것이다. 하여 국지전이든 전면전이든 벌어질 확률이 있다.

그때가 되었을 때 발생될 피해를 최소한으로 줄여 나가는 것이 현명한 선택이다.

현재의 한국은 일본으로부터 상당한 양의 부품과 소재를 수입하고 있다. 상당 부분을 일본에 의존하고 있는 것이다.

그렇기에 대일무역은 거의 항상 적자였다.

늘 수출은 적고 수입만 많은 상태가 유지된 것이다.

만일 둘 사이에 본격적인 분쟁이 발생되면 수출입은 전면 중단된다. 그러면 서로 타격을 받게 된다.

어떤 학자의 의견에 의하면 일본보다 한국이 입을 피해가 크다고 한다. 수출로 먹고사는 나라가 한국이다. 그런데 부품과 소재 없는 제품은 없기 때문이다.

이것을 미연에 방지하기 위해 일본으로부터 수입하고 있는 각종 부품 및 소재 전부를 직접 생산해 내기 위한 이실리프 기계공업단지 조성이 준비되고 있다.

이는 북한의 낙후된 경제를 끌어올리고 일본에 대한 의존도를 대폭 낮추는 것이니 일석이조가 된다. 또한 값싼 인력이 동원되기에 부품 및 소재의 가격 인하를 기대할 수 있다.

이로 인해 자동차 등의 가격을 낮출 수 있게 되면 수출 경쟁력이 상승되는 부가 효과도 얻을 수 있다.

이제 문제는 사람이다.

2009년 통계청 자료에 의하면 일본엔 시민권자 26만 168명, 영주권자 53만 1,758명, 일반 체류자 12만 1,729 명이 있다. 합계 91만 2,655명으로 조총련[3]계를 제외한 숫자이다.

이들까지 모두 포함시키면 약 180만 명 정도가 있는 것으로 추산된다.

한일 간에 본격적인 분쟁 내지 전쟁이 발발할 경우 이들에 대한 박해는 명약관화한 일이다.

1923년 9월 1일, 지금의 도쿄를 포함한 관동지방에 진도 7.9짜리 대지진이 일어났다.

엄청난 피해가 발생되자 일본 정부는 민심을 다른 곳으로 돌리기 위해 의도적으로 유언비어를 퍼뜨렸다.

조선인들이 혼란을 틈타 폭동을 준비 중이다.

조선인들이 의도적으로 방화를 해서 피해가 더 커졌다.

조선인들이 우물에 독을 넣어서 사망자가 더 늘었다.

이런 근거 없는 소문이 번지자 분노한 민중들은 조선인 학

---

3) 조총련 : 재일본 조선인총연합회(在日本朝鮮人總聯合會)의 약칭으로 친북한계 재일본인 단체이다. 산하 단체로는 「재일조선인청년동맹」을 비롯한 20개와 「조선신보사」등 27개 사업체를 거느리고 있다. 조총련은 일본과 국교가 없는 북한의 사실상의 공관 역할과 재일교포의 문제 해결을 위한 정부 간 교섭 창구 역할, 그리고 북한에 대한 경제적 · 물질적 지원과 친북 재일동포에 대한 교육 사업 등의 기능을 하고 있다.

살을 시작했다.

일반 민중뿐만 아니라 경찰과 자경단까지 나섰다. 이때 약 2만 3천여 명이 목숨을 잃었다.

한일 전쟁이 벌어지면 거의 즉각적으로 재일교포에 대한 박해 내지는 학살 사건이 벌어질 확률이 매우 높다.

일본인의 민족성 자체가 그러하기 때문이다.

이런 상황을 대비하려면 지금부터라도 재일교포의 숫자를 확실하게 줄여놓는 것이 좋다.

그런데 이들이 한국으로 옮겨 가는 것은 바람직하지 않다.

현재 재일교포는 3세가 주류이다. 이들은 일본에서 태어나 일본식 교육을 받으며 성장했다.

그리고 일본 문물만을 접한 경우가 많다. 당연히 문화적 충돌이 자주 일어나게 될 것이다.

그렇기에 한국이 아닌 몽골의 이실리프 자치구 같은 곳으로 이주시키는 것이 좋을 것이다.

필요한 인원을 충족시킴과 동시에 미래에 도래할지 모를 피해를 최소한으로 줄이는 효과가 있기 때문이다.

노인수와 사사키가 대답 대신 표정을 굳히고 있자 현수가 한마디 더했다.

"이실리프 자치구들의 공통점은 훼손되지 않은 자연이 완벽하게 보존된 청정 지역이라는 것입니다. 방사능이 유전자를 변형시킨다는 거 잘 알고 계시죠?"

일본인만큼 방사능에 대해 잘 아는 국민은 없다. 후쿠시마 원전 사고 이후에 알게 된 일이다.

방사능은 급격한 진화를 촉진한다. 하여 태어나게 될 아기들이 지금의 인류와 다른 모습일 수도 있다.

기존 인류 입장에선 재앙이다.

아가미가 달린 아기, 꼬리가 있는 아기, 머리가 둘 달린 아기 등을 어찌 편안한 시선으로 바라볼 수 있겠는가!

"두 분이 나서서 이주를 권해주시면 좋겠습니다. 물론 아주 은밀해야겠지요."

"…네, 알겠습니다."

노인수가 고개를 끄덕인다. 자연이 훼손되지 않은 청정 지역에서의 삶을 떠올린 것이다.

"저도 그래볼게요. 하지만 큰 기대는 하지 마세요. 저는 일개 배우일 뿐이니까요."

"그런 의미에서 건배 한 번 더 할까요?"

현수의 제의에 모두가 잔을 들었다. 그리곤 화기애애한 분위기 속에서 식사를 했다.

현수는 자체적인 정화 능력이 있으므로 아무것이나 섭취해도 관계가 없다. 지현은 고성능 정화 마법진을 소지하였으므로 방사능에 오염된 고기나 채소를 먹어도 된다.

반명 노인수나 사사키는 그대로 노출되어 있는 상태이다.

둘이 결혼하여 아기를 잉태했을 때 정상적일 것이라 아무도 장담하지 못한다. 둘의 활동 근거지인 도쿄는 이미 방사능으로부터 안전하지 않은 곳이기 때문이다.

"이건 제 명함입니다. 늘 소지해 주고 있다 제게 연락할 일이 있으면 전화 주십시오."

"아, 네."

노인수와 사사키는 현수가 건넨 명함을 살피고 있다.

이실리프 상사 회장의 명함이다. 이 명함은 다른 것에 비해 무겁다. 뒤쪽에 정화 마법진이 부착되어 있기 때문이다.

경호원들에게 주기 위해 만든 신분증을 떼어내고 명함을 부착시킨 것이다.

"감사합니다. 오늘의 만남, 잊지 않겠습니다."

"네, 또 뵐 수 있었으면 좋겠습니다."

서로의 미래를 걱정해 주는 미소를 지으며 헤어졌다.

"그나저나 자기, 오늘 정말 멋졌어요."

"그랬어?"

지현은 오늘 있었던 축구 경기를 떠올리며 자랑스럽다는 표정을 짓고 있다.

둘이 호텔로 이동하는 동안 일본의 방송국들은 계속해서

오늘 있었던 경기를 분석하는 내용을 방영했다.

일본 사회인축구팀이 무능하다는 내용이 아니다.

현수가 너무나 뛰어난 선수였기에 막는 것이 불가능했음을 강조하는 내용이다. 실력이 없어서 진 게 아니라 상대가 너무 뛰어났으므로 크게 실망하지 말라는 의도이다.

한편, 유튜브엔 오늘 있었던 현수의 경기 내용이 흘러넘치고 있다.

이 사람이 신화창조 티저 영상에 나왔던 그 사람이야?

우와! 너무 멋지다!

세상에, 맙소사! 축구의 신이군.

호날두와 메시의 주급이 줄겠네.

으아아! 이건 말도 안 되는 경기력이다!

이건 레전드가 아니야! 이건 갓이야!

수없이 많은 코멘트가 달리기 시작한다. 아직 반나절도 지나지 않았건만 무회전 킥 동영상은 조회수 1억을 훌쩍 뛰어넘었다. 그리고 무서운 속도로 숫자를 더해가는 중이다.

현수의 두 번째 골은 코너킥이 골로 연결된 것이다. 누군가 센터링한 걸 현수가 넣은 게 아니다.

오른쪽 코너에서 갈긴 슛이 엄청난 각도로 휘어지며 왼쪽 탑 코너에 쑤셔 박힌 것이다.

무시무시하게 낙차 큰 커브였다. 하여 일본팀 골키퍼는 멍한 표정으로 바라보고만 있어야 했다.

우와! 이게 말이 되는 각도야?
세상에, 이거야말로 진정한 바나나킥이야.
맞아! 난 이런 골은 상상도 못해봤어.
올해 브라질 우승은 물 건너갔네. ㅠ.ㅠ
맞아, 올해 월드컵은 한국이 가져갈 거야.

수없이 많은 코멘트가 달렸고, 이것 역시 조회수 1억을 넘어갔다. 사람들은 또 다른 골의 동영상을 찾아다녔다.

현수의 세 번째 골은 단독 드리블에 이은 강력한 캐논 슛이 만들어낸 것이다.

오늘 경기가 있기 전까지 캐논 슛 이야기를 하면 누구나 제라드, 슈바인슈타이거, 호날두, 즐라탄, 램파드를 꼽았다.

최근의 캐논 슛은 2014년 1월 19일(한국 시간)에 레알 마드리드와 레알 베티스 전에서 크리스티아누 호날두가 기록한 시속 132㎞짜리이다.

일반적으로 시속 130㎞대 슈팅은 페널티킥 위치에 놓고 골키퍼 없이 슈팅할 때나 가끔씩 나오는 속도이다.

그런데 오늘 현수가 갈긴 캐논 슛은 시속 210㎞였다. 제아무리 뛰어난 골키퍼라도 반응할 수 없는 속도이다.

운 좋게 공의 방향을 파악하여 몸을 날렸어도 골이 기록되었을 것이다. 공이 가진 운동에너지가 너무 커서 골키퍼까지 골대 안으로 밀어 넣었을 것이기 때문이다.

세 번째 골이 골망을 흔들 때 골대까지 진동한 것이 이에 대한 반증이다.

우와! 이건 못 막은 게 다행이다. 막았으면 골키퍼 틀림없이 부상이다.

맞아! 공이 너무 세서 잘 보이지도 않았어.

인간이 어떻게 이렇게 강력한 골을 넣을 수 있지?

축구의 신이니까 가능한 거야.

캐논 슛의 궁극이다. 단언컨대 아무도 이 기록 못 깬다.

이 동영상에도 수없이 많은 코멘트가 달렸고, 이것 역시 조회수 행진을 시작했다.

현수가 어시스트해서 들어간 동영상에도 많은 소감이 달린다. 그것들 대부분 완벽한 배급에 의한 골이라는 의견이 주를 이룬다. 스트라이커가 잘했다는 건 아주 드물다.

이날 이후 축구 팬들에게 있어 가장 환상적인 골 1, 2, 3은 현수의 무회전 킥, 바나나킥, 캐논 슛으로 고정된다.

더 이상의 슛이 있을 수 없기 때문이다. 하여 유튜브 조회수는 끝없이 올라간다. 심지어 세대가 바뀌는 동안에도 계속된다. 다만 현수를 알게 된 사람들이 신화창조 티저 영상까지 보게 되므로 이것의 기록은 깨지 못한다.

호텔로 되돌아온 현수는 지현에게 양해를 구하곤 텔레포트했다. 아까 보아두었던 신주쿠의 뒷골목으로 간 것이다.

'자, 어찌 되는지 한번 두고 볼까?'

현수가 아공간에서 꺼내놓은 건 일본, 부산, 안산, 목포에서 한국 사회를 좀먹고 있던 삼합회 소속 조직원들이 입고 있던 의복이다.

지금쯤 발가벗은 채 연옥도에서 타란툴라 호크와 사투를 벌이고 있는 놈들의 것이다.

"크으! 냄새! 더러운 놈들……!"

의복에서 풍기는 악취에 코를 틀어쥐고는 몇 발짝 물러섰다. 그러고 보니 상당히 많다.

겨울철인지라 의복이 두꺼워서이다.

"자, 그럼 잘들 해보라고. 텔레포트!"

샤르르르릉—!

신주쿠에서 사라진 현수의 신형이 나타난 곳은 북경이다.

국안부 3국을 털러왔을 때 온 곳이다.

주변을 둘러보니 행인이 별로 없다.

"좋아, 아공간 오픈!"

이번에 꺼내놓은 건 일본 내각회의 때 납치한 아소 다로를 비롯한 15명과 신오오쿠보 거리에서 혐한 시위를 일삼던 재특회원들의 의복이다.

신분증과 돈이 될 만한 것은 모두 제거된 상태이다.

"흐음, 이것도 제법 많군. 근데 옷이 확실히 작군. 왜놈은 왜놈이야. 자, 그럼 되돌아갈까? 텔레포트!"

샤르르르릉—!

또 한 번 신형이 사라진다.

이때 신주쿠 뒷골목에선 난리가 벌어지고 있다.

악취 풍기는 의복더미가 있다는 신고를 받고 온 일본 경찰들이 방독면을 쓴 채 수거작업을 하기 때문이다.

주민 대부분이 저녁식사를 한 지 얼마 안 된 시각이다.

그런데 너무도 고약한 냄새 때문에 골목 곳곳이 토사물로 오염되어 있다. 그것 가운데 몇은 처음 신고를 받고 출동한 경찰이 토해놓은 것이다.

그렇기에 빨리 치워 가라는 아우성 때문에 시끌벅적하다.

한편, 북경의 뒷골목에선 수북하게 쌓인 옷가지를 헤집는 손길이 있다.

난데없이 나타난 양복들을 보곤 환장해서 달려든 행인들이다. 저마다 제 몸에 맞는 옷을 고르느라 여념이 없다.

하지만 뜻을 이룬 자는 거의 없다.

의복들이 너무 작은 때문이다. 허리가 맞으면 기장이 짧고 어깨가 맞으면 소매가 짧다.

"에이, 어디서 이런……."

원하는 바를 이루지 못한 사람들은 여기저기 내동댕이쳐 놓고 총총히 사라졌다.

북경 공안이 신고를 받은 건 이런 소동이 일어나고 대략 세 시간이 지나서이다.

시민의식 한번 확실하게 후진 나라이다.

결국 기장과 소매가 짧아 어느 누구의 선택도 받지 못한 옷은 수거된다.

그런데 이를 이상히 여기는 사람이 있다. 양복의 상표 거의 대부분이 일본이었기 때문이다.

"어때, 즐거웠어?"

"네, 좋았어요. 그래도 우리나라가 더 좋아요."

"그치?"

김포공항에 내린 지현과 현수는 행복한 웃음을 지으며 스피드로 다가갔다. 이때 또 한 번 위화감이 느껴진다.

갑자기 날카로운 살기가 느껴진 것이다.

"잠깐!"

지현의 앞을 가로막은 현수는 안력을 높여 사방을 훑었다.

"와이드 센스!"

삽시간에 반경 2km를 검색했다.

"현 팀장님, 아니, 아닙니다."

"네? 왜요?"

갑작스레 현수가 멈추자 웬일인가 싶어 따라서 멈춘 현인구 팀장이 의아하다는 표정을 짓는다.

이때 현수가 몇 발짝 옆으로 이동했다.

2km 전방에 저격수가 있음을 알기 때문이다.

당장 다가가 잡아내고 싶다. 그런데 보는 시선이 많아 마법을 쓸 수가 없다.

"왜 그러십니까?"

"잠깐만 여기 계십시오."

현수의 표정이 굳어 있기에 현 팀장 및 지현 등이 대체 왜 이러나 하는 얼굴로 바라본다.

그러거나 말거나 후다닥 달리기 시작했다. 저격수가 있는 쪽이다.

"김 회장님!"

경호 대상의 느닷없는 질주에 놀란 경호원들이 따라나섰

다. 하지만 어찌 현수의 속도를 따라잡겠는가!

삽시간에 거리가 벌어졌다. 그럼에도 현수는 멈추지 않고 달린다. 이때 뇌리로 스치는 상념이 있다.

'흑룡이라는 놈일 거야.'

지나건축공정총공사가 국안부 3국을 통해 암살 명령을 내린 바 있다. 현수가 아는 암살 시도는 두 번이다.

이외에도 여러 차례 노렸다. 본인이 다른 데 정신이 팔려 느끼지 못했을 뿐이다.

'이런 제기랄!'

약 500m를 달린 현수가 멈춘다. 흑룡이라 짐작되는 암살자가 장비를 챙긴 뒤 오토바이를 타고 도주한 때문이다.

달리는 동안에도 와이드센스 마법을 구현시켰기에 아는 일이다.

그랜드마스터가 되어 인간의 범주를 넘어섰지만 오토바이의 속력을 능가할 수는 없다.

125cc짜리 오토바이도 120km/h의 속도를 낸다.

물론 수랭식이 아닌 공랭식이니 무한정 이런 속도는 못 낸다. 엔진에 무리가 가기 때문이다.

그런데 방금 흑룡으로 짐작되는 암살자가 타고 간 오토바이는 평범한 125cc짜리가 아닌 게 분명하다.

멀어져 가는 속도는 아무리 작게 잡아도 시속 150km 정도

되는 것 같다. 아무래도 오토바이의 황제로 불리는 할리데이비슨인 듯싶다.

"으으음, 흑룡을 잊고 있었네."

뒤돌아선 현수는 터덜터덜 걸어 주차장으로 되돌아왔다.

"조금 전엔 왜 그러신 겁니까?"

현 팀장이 물었지만 대답해 줄 수 없다.

2㎞ 떨어진 곳에서 누군가 암살하려 조준한 걸 느꼈다는 것을 어찌 설명하겠는가!

"그냥요. 가죠."

"네? 아, 네."

노란색 스피드를 몰고 공항을 떠난 현수는 천지건설 강당으로 향했다. 이실리프 정보에서 일할 직원들과 상견례를 하기 위함이다.

차가 천지건설에 당도한 것은 5시 50분이다.

CHAPTER 04
공정하지 않았잖아!

"어서 오십시오, 회장님!"

"어서 오십시오."

강당 입구엔 이실리프 정보 제1국장 엄규백과 2국장 이성원, 그리고 3국장 최찬성과 4국장 배진환이 있다.

현수가 차에서 내리자 90°로 허리를 숙이며 맞이한다. 절대충성 마법인 앱솔루트 피델러티 때문이다.

안내를 받아 강당 안에 발을 들여놓으니 이실리프 정보 소속 요원 1,317명이 일제히 일어난다.

"아! 앉으십시오."

단상에 오른 현수가 한마디 하자 찍소리 않고 자리에 앉는다. 이들 중 362명은 국정원 출신이다.

나머지는 경찰, 검찰, 군부대 출신이다.

"여러분을 만나게 되어 반갑습니다. 김현수입니다."

현수의 말이 시작되자 모두의 시선이 쏠린다.

단상에 선 현수는 요원들에게 이실리프 그룹에 관해 간단히 브리핑을 했다.

그 과정에서 본인도 놀랐다. 이실리프라는 이름을 단 회사들이 상당히 많았기 때문이다.

그리곤 신분증을 배포했다. 이름과 소속을 기록하느라 잠시 소란스러웠으나 이내 정리되었다.

다시 단상에 오른 현수는 직원들을 둘러보았다. 이 중엔 국정원 등에서 파견한 자들도 포함되어 있다.

그들까지 모두 낚을 생각이기에 웃는 얼굴이다.

"모두 집중해 주십시오! 매스 앱솔루트 피델러티."

현수의 말 한마디에 시선을 모은 직원들에게 마나가 뿜어져 나간다. 나중의 말은 아주 작은 음성이었기에 이를 들은 사람은 아무도 없었다.

어쨌거나 각자에게 마법이 구현됨과 동시에 신분증에서 작은 빛이 잠깐 반짝였다.

빛의 근원은 이실리프 그룹의 로고인 날개 달린 작은 천사가 들고 있는 스태프에 박힌 보석이다. 겉보기엔 보석이지만 마나석이다. 이로써 모든 마법이 구현되기 시작했다.

신분증 역할뿐만 아니라 현수가 구상한 여러 기능이 발휘되는 것이다.

국정원 등에서 자신들의 사람들을 심어놓았을 수도 있다. 하지만 이제 끝이다. 직원 전부 현수의 사람이 된 때문이다.

몇 마디 당부의 말을 더 하곤 상견례를 마쳤다.

그리곤 자리를 옮겨 엄규백 국장 등에게 일전에 지시했던 임무를 즉시 개시하라는 명령을 내렸다.

* * *

"왔어요?"

현수와 지현이 현관을 열고 들어서자 연희가 앞치마 차림으로 환히 웃으며 맞이한다.

"응. 별일 없지?"

현수가 고개를 끄덕이자 연희가 배시시 웃는다.

"그럼요. 근데 배 안 고파요?"

"배? 고프지. 음식 만들던 중이야?"

"호호! 네. 모처럼 솜씨 좀 부려봤답니다. 자, 손부터 씻고 오셔요."

“그래? 뭘 만들었는데?”

지현이 궁금하다는 표정을 짓는다.

“호호! 그건 가보시면 알아요.”

지현과 연희가 주방으로 들어가자 현수는 편한 옷으로 갈아입고 손을 씻었다.

‘흑룡, 이놈 참 골치 아프네.’

국안부 3국의 자료에 의하면 흑룡은 암살자로서의 능력이 매우 뛰어나다고 평가되어 있다.

골치 아픈 건 한 번 임무가 부여되면 그것이 성사되기 전까지 본부에 연락하지 않는다는 것이다.

매우 영리하여 놈은 휴대폰을 소지하지 않는다. 늘 공중전화만 쓰기에 찾아내는 것이 몹시 어렵다.

“흐음, 어떻게 해야 놈을 잡아내지?”

현수는 미간을 좁혔다. 본인은 아무래도 상관없다.

무의식 상태에 있을지라도 전능의 팔찌와 켈레모라니의 비늘이 두 겹의 앱솔루트 배리어로 보호할 것이기 때문이다.

영어 사전을 찾아보면 ‘Absolute’는 완전한, 확고한, 절대적이라는 의미를 갖는다.

비슷한 뜻을 가진 어휘로 ‘Perfect’가 있다.

이것도 완벽한, 완전한, 전적인이라는 뜻을 갖는다.

마법의 효율을 극대화시킨 멀린이 퍼펙트 배리어라는 명

칭 대신 앱솔루트 배리어는 이름으로 정한 것은 앱솔루트가 보다 강조된 의미가 있다고 생각한 때문이다.

다시 말해 앱솔루트가 더 상위 개념이라 여긴 것이다.

아무튼 본인은 관계없다. 문제는 지현이다.

현수의 아내라는 걸 온 천하가 다 안다. 만일 해코지 대상을 지현으로 변경한다면 막아내기 힘들다.

수퍼포션과 마나 마시지를 통해 수명이 대폭 늘어났고 실제 나이보다 다섯 살이나 어린 스물세 살로 보이지만 평범한 인간이다.

저격용 체이탁을 떠난 총알에 맞으면 목숨을 잃는다.

현수는 라이세뮤리안에 의해 10서클 마스터로 추정되고 있다. 하지만 완벽한 마스터는 아니다.

마나 효율이 극대화되어 모든 마법이 엄청난 위력을 보이지만 아직 한 가지를 구현시킬 능력이 없기 때문이다.

그건 신의 영역에 속한 리절렉션(Resurrection)이다.

10서클의 영역은 스승인 멀린조차 밟아보지 못했다. 당연히 이실리프 마법서에도 부활 마법에 관한 주문이 없다.

숨만 끊이지 않았다면 어떠한 상태든 치료할 능력은 있다. 하지만 아직은 죽은 사람을 살려낼 방법은 없다.

시간을 내서 부활 마법을 연구해야 할 것이다.

'결계를 치고 들어가 앉아도 그것을 완성시킨다는 보장은

없다. 그렇다면 뭔가 대책을 세워야 해.'

지현에게 준 반지엔 앱솔루트 배리어 마법진이 그려져 있다. 유사시를 위한 것이다. 이 정도면 체이탁을 떠난 탄환도 막아낼 수 있다. 하지만 안심되지 않는다.

암살자가 꼭 총을 쓰는 건 아니다. 독극물을 이용한 암살도 생각해 볼 수 있다. 이를 대비해야 하는 것이다.

"일단 독극물 탐지 마법진부터 그려줘야겠군."

푸틴과 메드베데프에게 주었던 반지를 떠올리고는 아공간에서 반지를 꺼냈다. 하지만 도로 집어넣었다.

반지며 목걸이가 이미 있다. 그런데 또 반지를 끼라고 하면 거추장스러워할 수도 있기 때문이다.

화장실을 나온 현수는 곧장 식탁으로 갔다. 지현이 환히 웃으며 맞이한다.

"자기야, 둘째 솜씨 정말 끝내줘요."

"그래? 우와, 이게 다 뭐야?"

식탁에 차려진 음식을 본 현수는 탄성을 내지 않을 수 없었다. 오방색까지 갖춘 여러 요리가 차려져 있다.

구절판, 갈비찜, 대합찜, 육회, 신선로, 탕평채, 조기구이, 찜닭 등 그야말로 호화로운 식탁이다.

"이걸 다 연희가 만든 거야?"

"네, 소녀, 하루 종일 식재료와 씨름했사옵니다, 전하!"

연희가 장난스럽게 사극 흉내를 낸다.

"전하, 애썼으니 상을 내리시와요."

지현까지 가담한다. 어찌 가만히 있겠는가!

"그래? 알겠느니라. 내 오늘 중전들의 노고를 높이 평가하여 특별히 바이롯 두 병을 들이켜겠노라."

"에엑? 아, 안 돼요."

"마, 말도 안 돼요! 바이롯이라뇨? 전하, 그건 너무 과한 상이옵니다. 그건 멀리 아라사[4]에 있는 이리냐 중전을 만날 때 쓰시옵소서. 이리냐 중전은 지난 며칠간 독수공방하여 몹시 외로울 것이옵니다, 전하!"

"맞사옵니다, 전하! 통촉하여 주시옵소서. 바이롯은 너무 과한 상인 것으로 사료되옵니다, 전하!"

지현과 연희가 필사적으로 손을 내젓는다. 바이롯 한 병을 비운 날 이리냐까지 있었지만 죽을 뻔했다.

현재는 둘밖에 없다. 그런데 두 병을 복용한다면 몸살 정도로는 끝나지 않을 것이다.

그렇기에 뭐 이런 상이 있느냐는 표정이다.

"하하! 두 중전이 그리도 과하다 하니 그럼 한 병으로 줄이는 것은 어떻겠소?"

"아, 아니 되옵니다, 전하! 소첩들은 한 병도 감당할 능력이

4) 아라사(俄羅斯) : 러시아를 칭하는 옛말. 노서아(露西亞)·노국(露國)·아국(俄國)이라고도 한다.

아니 되옵니다."

"맞사옵니다. 밥이 보약이니 밥이나 드시옵소서."

"하하! 하하하하!"

현수는 짐짓 왕이라도 된 듯 앙천광소를 터뜨렸다.

"칫! 이거 준비하느라 하루 종일 애썼는데 못됐어요, 정말! 그쵸? 언니!"

"그러게. 이 대목에서 웬 바이롯? 해도 너무해."

"왜? 그거 그렇게 싫었어?"

"아뇨. 좋기는 한데 죽을 거 같아서 그러죠."

"맞아요. 다시는 그거 쓰지 마세요. 아셨죠?"

"하하, 알았어. 자, 밥 먹자."

셋은 수저를 들고 즐거운 저녁 식사를 마쳤다. 후식으로 수정과까지 먹고 소파에 앉아 리모컨을 잡는데 전화가 온다.

부우우웅, 부우우우우웅—!

"응? 강 기자가?"

H일보 강민경 기자가 이 시각에 웬일인가 싶다.

"여보세요."

"김 회장님, 안녕하시죠? 강민경이에요."

"네, 반가워요. 근데 이 시각에 웬일이세요? 기자들은 일요일에도 안 쉽니까?"

"취재할 게 있으면 못 쉬는 게 당연하죠. 그나저나 축구 엄청 잘하시더군요. 프로로 전향 어때요?"

어투로 미루어 짐작컨대 농담이라는 느낌이 강하다. 하여 편안한 음성으로 대꾸했다.

"에구, 강 기자님까지 왜 이러십니까? 어쩌다 그렇게 된 겁니다. 개 발에 땀난 거라고요. 그나저나 무슨 일 있어요?"

"개 발에 땀이요? 에구, 땀 두 번 나면 아주 큰일이 나겠네요. 그쵸? 그나저나 북한에서 일 저지르셨지요?"

"북한이요? 아! 이번에 체결한 이실리프 기계공업단지 조성 말이군요. 네, 그거 하기로 했습니다."

"그것 말고도 또 있으시잖아요."

"몽골 건이요?"

"그것 말고 또 있잖아요."

"글쎄요? 그것 말고는……. 아! 러시아에 금괴 600톤 팔기로 한 거요?"

"…또요."

"이거 은근슬쩍 넘겨짚는 거죠?"

"호호, 눈치채셨어요?"

강 기자는 속내를 감추지 않는다.

이실리프 기계공업단지 조성에 관한 것은 북한 담당 기자로부터 전해 들었기에 안다.

북한에서 공식적인 발표를 하기 전까진 보도를 자제해야

하는 사건이기에 아직 언론에 보도되지 않은 내용이다.

워낙 큰 건을 많이 터뜨리는 사람이기에 슬쩍 찔러봤더니 몽골 건이 있다고 한다. 뭔지 모르지만 또 대형일 것이다.

게다가 금괴 600톤을 러시아에 매각하기로 했다고 한다.

콩고민주공화국 내의 이실리프 자치구에서 생산한 것이니 대한민국과는 무관하겠지만 이것도 뉴스이다.

더 찔러봤지만 현수가 눈치챘기에 얼른 자백한 것이다.

"내일 아침에 천지건설 취재하러 오세요."

"참, 내일 오전 10시에 천지건설에서 중요한 발표가 있다고 들었는데 혹시 그 건도 김 회장님과 관련 있는 거예요?"

"글쎄요? 회사에서 그런대요? 저는 그것까지는 잘 모르겠습니다. 아무튼 내일 뵙죠."

"네, 내일 봬요. 근데 어디로 가죠?"

"34층 기획영업단 사무실로 오세요. 1층 안내데스크에 말해놓을게요."

"네, 내일 봬요."

전화를 끊자 지현이 묻는다.

"누구예요?"

"응, H일보 강민경 기자. 내일 취재하러 오겠대."

"아! 그 기자 분이요?"

연희가 아는 척하고 나선다. 현수에 관한 우호적인 기사를 여러 번 보았기에 호감을 가졌는지 부드러운 표정이다.

"응. 그나저나 우리 텔레비전 좀 보자."

대꾸를 기다리지 않고 리모컨을 꾹 눌렀다.

켜자마자 아나운서의 상기된 음성이 들린다.

"그럼 어제 도쿄에서 있었던 김현수 선수의 통쾌한 골 장면을 다시 한 번 보시겠습니다."

"끄응!"

현수는 나직한 침음을 냈다. 무회전 킥과 바나나킥, 그리고 캐논 슛 장면이 차례로 나온 때문이다.

"정말 다시 봐도 대단합니다. 모쪼록 김현수 선수가 우리 대표팀 명단에 끼기를 바랍니다."

여자 앵커의 말이 끝나자 남자 앵커가 말을 받는다.

"다음 소식은 어제 제주도 서귀포시 마라도 남서쪽 해역에서 발생된 지나 어선들의 침몰사고에 관한 내용입니다."

"어제 사고로 불법 조업을 하던 지나 어선 712척이 침몰되었습니다. 현재 지나와 우리 해경들에 의해 구조 작업이 진행중인데요, 이 소식, 현장에 나가 있는 강경호 기자와 연결하여 알아보겠습니다. 강 기자 나오세요."

화면이 바뀌면서 구조선 난간을 잡고 있는 기자의 모습이 보인다. 사고 해역에 비가 내리는지 우비 차림이다.

"네, 강경호 기자입니다."

"강 기자, 그쪽 상황 전해주시지요."

앵커의 말에 고개를 끄덕인 기자가 입을 연다.

"저는 현재 마라도 남서쪽 해역 사고현장에 나와 있습니다. 제 뒤로 보이는 저 바다에서 어제 712척의 지나 어선이 침몰하였습니다. 기상청 기록에 의하면 어제 이 바다엔 강풍이 불었습니다."

"지나 어선들은 바람이 불면 선박끼리 결속하여 대항하는 것으로 알고 있습니다. 그렇게 했음에도 침몰할 정도로 바람이 거셌나요?"

"그건 아닌 것 같습니다. 기상청에 확인해 본 결과 어제의 바람은 강하긴 했지만 어선이 침몰할 정도는 아니었다고 합니다. 하여 이 사고 역시 지난 2월 격렬비열도와 NLL 해역에서 벌어졌던 것과 유사하다 여기고 있습니다."

기자는 거센 바람을 동반한 비를 맞는 것이 고통스러운지 연신 얼굴을 찡그린다.

"현재까지 구조된 인원은 얼마나 됩니까?"

"불행히도 생존자는 없습니다. 익사한 선원들의 시신 인양 작업만이 벌어질 뿐입니다."

"아! 그렇습니까? 그럼 그 숫자는 얼마나 되는지요?"

강 기자는 정확한 숫자를 보도하기 위해 메모해 둔 쪽지를 보며 읽는다.

"지나 당국의 발표에 따르면 어제 침몰한 어선 수는 712척이며 승선해 있던 선원의 수는 9,256명입니다. 척당 13명의 선원이 있었다고 합니다."

"현재 인양된 시신 수는 얼마나 됩니까?"

"약 7,000구의 시신을 인양했으며 현재도 작업 중에 있습니다."

"그렇군요. 생존자 발견 가능성은 얼마나 된다고 합니까?"

"침몰 사고가 난 지 오래되었고 수온이 낮아 가능성이 거의 없다고 합니다."

"아! 그렇군요. 알겠습니다."

화면이 다시 데스크로 돌아왔다.

"이번에도 상당히 많은 인원이 목숨을 잃었군요."

"네, 그렇습니다."

"다음은 전남 신안군 가거도 해역에 나가 있는 기자를 연결해 보겠습니다. 이곳 역시 어제 지나의 불법조업 어선이 침몰된 사고가 벌어진 곳입니다."

"현장에 최종만 기자 나오세요."

화면이 또 바뀐다. 이번에도 기자는 구조선 위에 승선해 있는 듯하다.

"네, 여기는 전남 신안군 가거도 인근 사고해역입니다."

"사고내용을 보도해 주시죠."

"네, 어제 오전 이곳 가거도 해역에선 불법조업을 하던 지나 어선 438척이 침몰되는 사고가 빚어졌습니다. 이 시각 현재 지나와 우리 해경이 합동 구조작업을 하고 있습니다만 보다시피 비바람이 거세서 작업에 어려움을 겪고 있습니다."

화면은 거의 사선으로 쏟아지는 굵은 빗물을 비추었다. 마라도 쪽보다는 기상 상태가 좋지 않아 보인다.

"그쪽 일기가 상당히 좋지 않군요. 어제 비슷한 시각에 마라도 남서쪽 해역에서도 어선 침몰사고가 있었는데 가거도 쪽은 생존자가 있습니까?"

"아닙니다. 아직 발견하지 못했습니다."

"그럼 생존자를 아직 한 명도 못 본 겁니까?"

"네, 확인한 바에 의하면 이곳엔 438척의 어선이 있었습니다. 총 6,130명의 선원이 승선해 있었구요. 현재 시신 3,000구를 인양했고 계속 수색작업이 진행되고 있습니다."

"아! 수온이 차가워 생존자가 없는 모양입니다."

앵커는 짐짓 안타깝다는 표정을 짓는다.

"네, 어제 사고소식을 접수한 지나 정부는 우리 정부에 연락하여 긴급 구조작업을 요청한 바 있습니다. 이에 우리 해경이 사고해역에 긴급 출동하였습니다."

"사고 접수로부터 얼마나 되어 현장에 당도한 겁니까?"

"해경 당직자의 말에 의하면 세 시간 삼십 분 정도 경과되었다고 합니다."

데스크 앵커가 안경을 고쳐 쓰며 묻는다.

"지나에선 언제 당도했다고 합니까?"

"해경이 당도하고 약 일곱 시간 후에야 왔다고 합니다."

"우리 해경이 당도했을 때 생존자가 없었다는 겁니까?"

"네, 생존자는 발견되지 않았다고 합니다."

"아! 그렇군요. 추가로 보도할 내용 있습니까?"

"아닙니다. 없습니다."

"알겠습니다. 그럼 계속 수고해 주십시오."

또 데스크로 화면이 바뀌었다.

"우리 바다를 침범한 지나 어선들의 침몰사고가 계속해서 일어나고 있습니다. 이를 정리해 보면 지난 2월 24일에 충남 태안군 격렬비열도 해상에서 226척이 침몰하였습니다."

여성 앵커가 말을 받는다.

"그날 NLL 인근 해역에서도 318척이 침몰하였습니다. 그리고 어제 마라도 남서쪽 해역 712척, 신안군 가거도 해역 438척이 또 침몰했습니다."

"합계 1,794척이군요."

"맞습니다. 격렬비열도 2,402명, NLL 인근 해역 3,983명, 마라도 해역 9,256명, 그리고 가거도 해역은 6,130명의 선원이 조업 중이었습니다."

“이 중 겨우 세 명만이 생존했고, 나머지 2만 1,768명이 사망, 또는 실종 상태입니다.”

“상당히 많은 인원이군요.”

앵커가 크게 고개를 끄덕이며 말을 받는다.

“네, 이 침몰사고의 공통점은 우리 해역에서 불법조업을 했다는 것과 모두 지나 어선이라는 것입니다.”

남자 앵커는 뭐라 말을 더 넣고 싶은 모양이다.

하지만 방송에서 남의 나라 바다에 불법적으로 들어와 어족을 싹쓸이하더니 꼴좋다는 말은 할 수 없다. 하여 묘한 표정을 지을 뿐이다.

“다음 소식은 영화와 관련된 소식입니다. 오늘 오전 어처구니없는 사건이 빚어졌습니다. 모 영화사…….”

계속된 보도는 권투경기를 주제로 한 영화촬영 중 빚어진 폭행사건에 관한 것이다.

영화 제목은 ‘사각의 링’ 이라 한다.

이 영화는 국가대표 선수가 되기 위해 맹훈련을 한 주인공이 편파판정의 희생양이 되는 것으로 시작된다.

부심들이 돈을 받고 표 나게 상대 선수에게 점수를 높이 준 결과 주인공은 대표선수 선발에서 탈락된다.

억울함을 참을 수 없던 주인공은 고의적으로 편파판정을 한 부심을 찾아간다. 그리곤 언성을 높이다가 분을 이기지 못해 그를 폭행하는 장면을 찍었다.

그런데 지나치던 행인이 이를 진짜인 것으로 오해하고 주인공을 폭행했다. 전직 격투기 선수였다고 한다.

부심은 50대이고 주인공은 20대이다. 주인공이 욕을 하며 주먹을 휘두르기에 의협심을 발휘했다고 한다.

이 사고로 주인공은 안와 골절을 당했고 앞니가 부러졌다. 주인공은 현실에서 억울한 일을 당한 것이다.

이를 보고 지현과 연희는 '어머! 어떻게 해'를 연발했다. 그런다 하여 바뀌는 것은 아무것도 없다.

치료야 받겠지만 주인공은 얼마나 억울하겠는가!

이때 현수의 뇌리로 스친 사건이 있다.

2014년 2월에 치러진 소치 동계올림픽에서 김연아 선수가 금메달을 도둑맞은 사건이다.

'그건 정의가 아니었어. 은퇴 경기였는데…….'

경기가 끝난 후 시상 받기 전 눈물을 흘리던 장면을 떠올린 현수는 어금니를 지그시 물었다.

"누구보다도 공정해야 할 심판들이었는데……."

지현과 연희가 TV를 보고 있는 동안 현수는 슬그머니 서재로 올라갔다.

서재로 들어가면 웬만한 일이 아니면 불러내지 말라는 부탁을 했으니 이제 혼자만의 시간이 된 것이다.

서재의 벽에는 방음 마법진이 부착되어 있다. 곧 이사를 가야 하기에 영구 마법진은 아니다.

휴대폰을 꺼내 이실리프 정보 3국장을 맡은 최찬성의 번호를 검색해서 걸었다.

착신음이 세 번 울리자 전화를 받는다.

"네, 회장님."

최 국장 등 네 명의 국장에겐 절대충성 마법인 앱솔루트 피델러티가 중첩된 상태이다. 하여 더없이 공손한 어투이다.

"추가 지시 사항이 있습니다."

"네, 말씀하십시오."

"이번 소치 동계올림픽 여자 싱글 피겨 경기 때 쇼트 및 프리 경기 심판진 전부의 인적 사항 및 위치를 파악해 주십시오."

"심판은 아홉 명인데 그들 모두입니까?"

"그들뿐만 아니라 테크니컬 컨트롤러와 테크니컬 스페셜리스트, 그리고 테크니컬 어시스턴트 스페셜리스트와 총괄심판인 레프리, 마지막으로 리플레이 오퍼레이터까지 조사해 주세요."

"알겠습니다."

"아울러 ISU 오타비아 친콴타 회장과 타티아나 타라소바의 위치도 파악해야 합니다."

"그것 또한 알겠습니다."

"그리고 미국 야후스포츠 기자 중 '한국은 판정 결과를 받아들어야 한다' 는 기사를 쓴 놈과 일본 닛칸스포츠에 '김연아 소동, 오심도 스포츠의 일부다' 라고 쓴 기자 새끼도 찾아주세요."

"알겠습니다. 확인되는 대로 보고 드리도록 하겠습니다."

"참! 일본의 히라마츠 준코와 스위스의 미리암 로리울, 그리고 미국의 게일 탱거, 수잔 린치, 알렉산더 커닉도 찾아야 합니다. 슬로바키아의 주자나 코바 역시 마찬가지입니다.

"으음! 모두 김연아 선수에게 불공평한 점수를 주었던 심판이군요."

"맞습니다. 이들의 행적을 즉시 파악해 주십시오."

"명을 받듭니다."

최찬성에겐 절대 군주의 지시이다. 그렇기에 왜 찾느냐는 등의 토를 달지 않는다.

"좋아요."

전화를 끊고 4국 국장이 된 배진환의 번호를 검색하여 같은 내용을 지시했다.

배 국장 역시 찍소리 않고 명령을 접수한다.

이후로도 오랫동안 여러 사안을 점검했다.

앞으로 어떻게 추진할 것인지, 자금 조달은 어떤 방법으로 할 것인지를 따로 메모했다.

한꺼번에 너무 많은 일이 일어나므로 혼선이 생기거나 누군가에게 꼬투리 잡히지 않아야 하기 때문이다.

정리를 마치고 내려오니 지현과 연희가 화장대 앞에 나란히 앉아 수다 떨고 있다.

"언니, 혹시 아까 우리가 한 말이 빌미가 되어 현수 씨가 바이롯을 먹고 내려오는 거 아닐까요?"

거울을 보며 머리카락을 정리하던 지현이 대꾸한다.

"설마! 우리 둘뿐인데. 그거 두 병이면 오늘 우린 죽는 거야. 생각이 있는 사람이니 아마 안 그럴 거야."

"그렇죠? 근데 전 되게 긴장돼요. 혹시 그럴까 봐."

이때 현수의 모습이 거울에 나타난다.

"으이그! 오늘은 그냥 잘 거야. 그러니 그런 걱정일랑 말라고. 그리고 내가 전에 말했잖아. 난 그런 거 필요 없다고."

현수가 끼어들자 듣던 중 반가운 소리라는 듯 반색하며 돌아앉는다.

"정말요? 다행이에요. 내일 출근해야 하는데."

"어머! 언니, 그럼 안 돼요."

연희가 펄쩍 뛴다. 잘못하면 독박을 쓰게 되는 일이 벌어질 수도 있기 때문이다.

"으이그! 그냥 잔다니까. 자, 잡시다."

현수가 먼저 침실로 갔다. 잠시 후 지현과 연희는 고른 숨을 쉬고 있다. 슬립 마법의 결과이다.

서재로 올라간 현수는 지난 2008년 ISU(국제빙상연맹) 주최 컵 오브 차이나 대회 때 김연아에게 석연치 않은 롱 엣지 판정이 있었음을 확인했다.

2013년엔 김연아의 완벽한 플립엔 감점을 주고, 아사다 마오의 두 발 착지에는 가산점을 준 경기도 있었다.

2012년 런던 올림픽 펜싱경기 때 신아람 선수는 길고 긴 1초로 인해 승리를 도둑맞았다.

유도에선 조준호 선수가 억울한 판정 번복으로 승리를 빼앗긴 바 있다.

수영의 박태환은 자유형에서 억울한 실격을 당했다.

2004년 아테네 올림픽 때엔 도마의 신 양태영이 남자 체조에서 억울한 판정을 받았다.

2002년 솔트레이크시티 동계올림픽 때엔 1,500m 결승에서 안톤 오노의 할리우드 액션에 김동성이 실격되었다.

이때 오심했던 호주인 제임스 휴이시는 2010년 캐나다 밴쿠버 동계올림픽 때 여자 3,000m 쇼트트랙 결승에서 세계신기록을 세우고 우승한 한국팀을 실격시켰다.

모든 스포츠 경기는 땀 흘리며 운동한 선수들이 공정한 경기 규칙을 적용받으며 우열을 가릴 수 있어야 한다.

그런데 누구보다도 공정해야 할 심판들이 농간을 부려 억울한 선수들을 만들어낸다.

그로 인해 한 나라 국민 전체가 울화통을 터뜨리는 경우가 종종 있다.

현수는 이들을 모조리 징벌도에 데려다 놓을 생각이다. 죽을 때까지 고통 받으며 살라는 뜻이다.

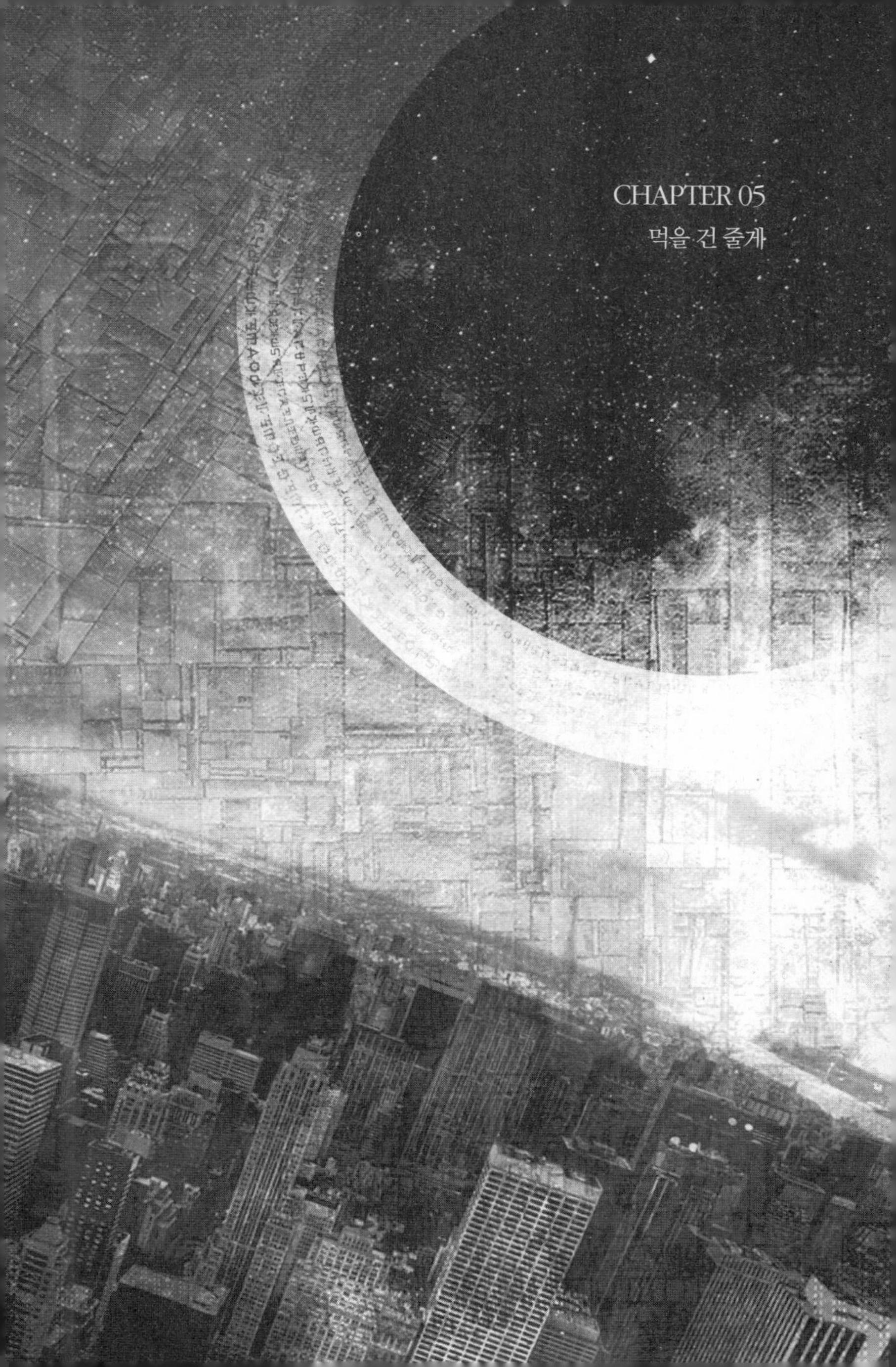

CHAPTER 05

먹을 건 줄게

지옥도와 연옥도는 가급적 먹을 것을 주지 않을 생각이다. 음식도 아깝기 때문이다.

그럼에도 얼마 전 지나 놈들에게 먹을 것을 준 이유는 빨리 죽지 말고 더 고통당하라는 뜻이다.

징벌도는 다르다. 지옥도의 총알개미나 연옥도의 타란툴라 호크에 비하면 전투모기는 고통의 강도가 약하다.

하여 가끔 먹을 걸 줄 것이다. 죽지 말고 오래오래 고통을 겪으라는 친절한 배려이다.

물론 넉넉하게 줄 생각은 없다. 치열한 생존경쟁을 겪으면서 상호 간에 혹독한 폭력을 겪으라는 의도이다.

어쨌거나 잘못된 판정은 한국과 관련된 경기에만 국한되는 것이 아니다. 세상에 존재하는 모든 경기이다.

프로든 아마든 관계없다.

모든 스포츠는 공정해야 한다. 이 원칙을 지키지 않은 자들은 모조리 징벌도 대상이다.

한번 그곳으로 가게 되면 영원히 원래의 삶으로 돌아가지 못한다. 그렇게 해줄 마음이 조금도 없기 때문이다.

따라서 인간으로서의 존엄성은 모두 잃고 본능만이 남아 있는 벌레나 짐승 같은 삶을 살게 될 것이다.

그리고 전투모기에 물리는 건 일상사가 될 것이다.

* * *

"어서 오십시오, 사장님!"

천지건설 사옥 1층 안내데스크로 현수가 다가가자 정갈하게 차려입은 아가씨가 환한 미소를 지으며 고개를 숙인다.

이제 대한민국에서 현수를 모르는 사람은 없다.

도쿄국립경기장에서의 활약은 전 국민의 마음을 통쾌하게 해줬다. 하여 토요일 저녁 맥주 및 소주 판매량 신기록을 세웠다고 한다.

모든 삼겹살집이 문전성시를 이뤘다. 치킨집 배달원들은 1초도 쉬지 못하고 배달해야 했다.

이례적으로 거의 모든 술집과 치킨집이 심야 영업을 했다. 밀려드는 손님을 감당할 수 없을 지경이었기 때문이다.

방송국은 새벽 6시까지 일본과의 경기를 반복해서 방영했고, 수많은 패널이 긴급 투입되어 저마다의 입담을 뽐냈다.

"오늘 H일보 강민경 기자가 저를 찾아올 겁니다. 그 일행을 34층 기획영업단 사무실로 안내해 주세요."

"네, 알겠습니다, 사장님."

안내데스크 아가씨가 방긋 웃는다. 현수 덕에 천지건설은 호황이다. 하여 지난해 연말에 보너스를 두둑이 받았다.

그렇기에 아주 환한 미소를 짓는다.

"참, 사장님께서 사장님 오시면 사장실로 와달라는 말씀이 있었습니다, 사장님."

"아! 그래요? 알았습니다."

사장님이란 어휘의 남발이었지만 다 알아들었다.

엘리베이터를 타고 곧장 신형섭 사장의 방으로 갔다.

"어서 오세요, 사장님!"

조인경 대리가 환한 웃음을 지으며 맞이한다. 사랑하는 예비 신랑을 일 지옥에 빠뜨린 인물이다.

콩고민주공화국, 러시아, 몽골에는 각각 대한민국 영토보다 넓은 이실리프 자치구가 있다.

에티오피아+우간다+케냐를 하면 또 하나의 대한민국 영토보다 넓은 자치구가 된다.

결국 대한민국 네 개 정도 되는 드넓은 땅의 모든 건축물을 책임지고 설계하라고 했다.

혼자서는 불가능한 일이다. 그렇기에 한창호는 스트레스를 받았다. 그러다 어제 해결책이 마련되었다.

인맥을 총동원하여 능력 있는 건축사들을 불러 모았다. 그 인원만 2,000여 명이다.

영문 모르고 일요일 회합에 참석한 건축사들은 한창호로부터 엄청난 일감에 관한 이야기를 들었다.

2,000명으로도 감당 불가능한 일이다. 그렇기에 각자의 인맥을 동원하여 이번 주 일요일에 다시 모이기로 했다.

하여 풍납동 올림픽 체조경기장을 긴급 대관했다. 15,000명을 수용할 수 있는 공간이다.

이날엔 건축사뿐만 아니라 구조 기술사, 현장소장, 토목 관계자들도 대거 참석한다. 대한민국이 지금껏 경험해 보지 못한 엄청난 건축 붐을 해결할 고급 인력이다.

어쨌거나 한창호 혼자 일을 하는 게 아니다. 정점에 올라 일을 배분하는 역할 정도면 충분하다.

바야흐로 대한민국 건설계에 일대 바람이 불려 한다.

"아! 어서 오게."

"네, 잘 다녀오셨지요?"

"그럼! 자네 덕에 아주 융숭한 대접을 받고 왔네. 모두 자네 공일세. 고맙네."

"고맙기는요. 임원으로서 당연히 할 일을 한 것뿐입니다."

"하하! 이 사람 겸손하기는. 그나저나 토요일 축구 경기 잘 봤네. 그렇게 축구를 잘하는지 몰랐는데 대단하더군."

"에구! 남세스럽습니다."

현수가 부끄럽다는 듯 고개를 숙이자 신 사장이 호탕한 웃음을 터뜨린다.

"하하! 아무튼 자네 덕에 계약 잘했네. 그래서 오늘 10시에 기자회견을 할 예정이네. 같이 가세."

"저도요?"

"당연한 일 아닌가? 박 과장에게 물어보니 다 자네의 공이라더군. 그러니 가세. 그래야 자세한 전말을 알지 않겠나?"

국민의 알 권리를 이야기하려는 표정이다.

"알겠습니다. 시간 맞춰 강당으로 가겠습니다."

"그래, 바쁠 테니 일단 급한 업무부터 보시게."

"네, 사장님."

사장실을 나선 현수는 기획영업단으로 향했다.

"아! 안녕하십니까, 부사장님?"

"좋은 아침입니다, 사장님!"

박진영 과장과 김지윤 대리가 환히 웃으며 맞이한다.

"오늘 아제르바이잔 계약 건으로 기자회견이 있다 들었습니다. 우리가 준비할 건 뭐랍니까?"

"없습니다. 그냥 참석만 하시면 될 겁니다."

"계약 금액은 얼마라 합니까?"

"172억 달러입니다. 우리 돈으로 약 20조 6,400억짜리 공사지요."

박진영 과장은 대답하면서도 뿌듯하다는 표정이다. 어찌 되었건 이번 일에 관여되어 있기 때문일 것이다.

현수는 이번 공사의 조건이었던 90억 달러를 챙겨두어야 함을 되새겼다. 피터 로스차일드가 추가로 매입한 금괴 대금으로 충당하면 된다.

"다른 특이사항은 없었답니까?"

"없습니다. 참, 아제르바이잔 통신기술부와 건설부, 그리고 국방장관께서 만나고 싶다는 전갈을 보내왔습니다."

"그분들이 왜죠?"

현수가 고개를 갸웃거리자 박 과장이 대꾸한다.

"그건 저도 잘 모르겠습니다. 후세인굴루 바기로프 환경천연자원부 장관께서 비서를 통해 메모를 보내신 것뿐입니다."

"그래요? 언제 보자는 거죠?"

"'가급적 빠른 시일 내'라고 하셨으니 부사장님 편한 시간이면 될 듯합니다."

"흐음, 그 밖의 보고 사항은요?"

"브라질 리우데자네이루 건에 대한 접근방법을 결정해 주셨으면 합니다."

그동안 여러 각도에서의 접근방법을 보고서 형태로 올린 바 있다. 꼼꼼히 읽어봤지만 혹하는 것이 없어서 아무런 지시도 내리지 않았다.

"제안서 제출기한이 4월 아닌가요?"

"그전에 계획 설계라도 해야 하기 때문입니다. 접근방법이 결정되지 않으면 하기가 어렵습니다."

현수는 고개를 끄덕였다. 설계를 하루아침에 하는 건 아니기 때문이다.

"내 생각엔 강연희 대리가 제출했던 안이 가장 좋을 것 같습니다. 그걸 기본으로 하여 설계를 시작하도록 하십시오."

"알겠습니다. 강연희 대리에게 연락하겠습니다. 혹시 콩고민주공화국으로 보내셨습니까?"

"아뇨. 국내에서 자료조사를 하도록 했습니다. 연락하면 연결될 겁니다."

"네, 알겠습니다."

박진영 과장이 고개를 끄덕일 때 황만규 주임이 문을 열고 들어선다.

"부사장님, 강당으로 가셔야 할 시각입니다."

"아, 그래요? 알았습니다."

파팟, 파파파파파파팟!

현수가 강당 단상으로 통하는 문을 열고 들어서자 카메라 플래시가 수없이 명멸한다.

그제는 사회인축구팀의 일원으로서 이런 세례를 받았다. 지금은 능력 있는 기업인으로서 주목받는 순간이다.

"자! 그럼 지금부터 새로 수주한 공사에 대해 발표하겠습니다. 질문은 브리핑이 끝난 후에 받기로 하겠습니다."

단상에 선 신형섭 사장이 입을 열자 조명이 다 꺼진다. 그와 동시에 스크린에 영상이 떠오른다.

신형섭 사장이 아제르바이잔으로 날아가 주무장관인 후세인굴루 바기로프 환경천연자원부 장관과 공사 계약 후 환히 웃으며 찍은 장면이다.

"우리 천지건설은 아제르바이잔 정부가 발주한 석유화학단지 건설을 수주하였습니다. 제 뒤로 보이는 장면은 계약서에 사인하는 장면입니다. 이 공사는……."

잠시 공사 규모와 일정 등에 관한 내용이 언급되었다.

"에, 이 공사는 우리 회사의 김현수 부사장이 기획영업단을 이끌고 성사시킨 겁니다. 이 공사에 관한 일화가 궁금하실 듯합니다. 하여 잠시 마이크를 당사 기획영업단 박진영 과장에게 넘기겠습니다. 박 과장!"

"네, 사장님!"

박진영 과장이 기다렸다는 듯 단상으로 다가섰다.

"안녕하십니까? 천지건설 기획영업단 박진영 과장입니다. 저희가 처음 이 공사에 관한 정보를 얻었을 때……."

잠시 박 과장의 설명이 이어졌다.

자한지르 아디고자로브 아제르바이잔 석유공사 부과장과 접촉했던 시점부터 이야기를 풀어나간다.

제법 재미있게 이야기하였기에 듣고만 있었다. 이건 기자들도 마찬가지이다. 질문은 나중에 받기로 했다.

그렇기에 묻고 싶은 것이 있어도 꾹 참고 있다.

그런데 계약의 전말을 잘 구성된 이야기로 듣고 있으니 시선을 집중하고 있는 것이다.

지나건축공정총공사와 동북연화공정 유한공사 컨소시엄과 미국의 벡텔과 일본 미쓰이 화학 컨소시엄이 경쟁 상대였다는 말에 다들 크게 놀란다.

천지건설이 많이 크긴 했지만 지나건축공정총공사나 벡텔

에 비하면 작다. 게다가 한 번도 석유화학단지 건설에 참여한 바 없으므로 엔지니어링 분야는 아예 백지 상태이다.

그렇기에 이기기 힘든 경쟁상대였다는 것을 인정하지 않을 수 없기 때문이다.

천지건설 쪽에서 제안한 모든 것이 저쪽에 흘러들어 간 순간 박 과장은 공사를 포기했음을 이야기했다.

이때 현수가 나타났다.

그리고 자가용 비행기를 타고 날아갔다.

아제르바이잔에 당도하여 그곳 대통령과 장관 등 주요 인물들과 약 두 시간에 걸친 회담을 했고, 전격적으로 계약에 합의하였다.

박 과장은 이번 경쟁에서 승리할 수 있었던 결정적 요인이 현수라는 것을 부각시켰다.

모든 대화가 아제르바이잔어로 이루어졌다. 현수는 이 계약을 위해 그 나라 언어를 독학하는 열성을 보여주었다.

짝, 짝, 짝짝짝짝!

박 과장이 단상에서 고개를 숙이며 자신의 발표가 끝났음을 표하자 모든 기자가 기립박수를 친다.

박 과장의 이야기가 조리있고 재미있었다는 뜻도 있지만 그보다는 현수에게 보내는 박수이다.

잠시 후, 신 사장이 다시 마이크 앞에 선다.

"우리 박 과장이 이야길 참 잘하지요? 이런 재능이 있는지 저도 처음 알았습니다. 앞으로 우리 회사의 모든 공식행사 진행을 맡겨야겠습니다. 자, 그럼 질문 받겠습니다."

"K일보 강하율 기자입니다. 이번 공사에 경쟁자들이 상당히 대단했습니다. 그들의 견제를 이긴 비결이 정말 김현수 부사장님의 아제르바이잔어입니까?"

"물론 그게 매우 중요하게 작용했습니다. 계약을 체결하러 갔더니 그 나라 장관님께서 마중을 나오셨더군요. 김 부사장 같은 사람이 있는 회사의 사장은 대체 어떤가 알고 싶다고 나온 거더군요. 아무튼 보자마자 제가 그랬습니다."

참을성이 부족한 어떤 기자가 묻는다.

"뭐라 하셨습니까?"

" 'Necə var? Bu cavab şərəfdir' 라고 했습니다."

"에? 그게 무슨 말입니까?"

"아제르바이잔어로 '안녕하십니까? 만나 뵙게 되어 영광입니다' 라는 뜻입니다."

"…그랬더니 뭐라고 합니까?"

"저쪽 장관께서 한국말로 '만나서 반갑다' 고 하더군요."

"……!"

기자들은 서로 상대방 나라의 말로 인사하는 장면을 상상하는지 잠시 말이 없었다.

"근데 그 양반이 존댓말을 못 배웠나봅니다. 하하하!"

신 사장이 너털웃음을 터뜨린다. 처음 '만나서 반갑다' 라는 말을 들었을 때 잠시 당황한 기억을 떠올린 것이다.

"하하! 하하하하!"

기자들도 그 장면을 상상하는지 박장대소한다.

"조금 전의 질문에 대한 답변을 조금 더 하겠습니다. 이번 계약엔 조건이 걸려 있었습니다. 총공사비 중 90억 달러를 차관해주는 것이었습니다."

"……!"

90억 달러라면 10조 8,000천억 원이다. 너무 액수가 커서 그런지 아무도 대꾸하지 않는다.

그러다 침묵을 깬 기자가 있다.

"그걸 어떻게 해결하고 계약한 겁니까?"

국내 은행 가운데 그만한 금액을 차관으로 제공할 곳은 없다. 그렇기에 물은 것이다.

"김 부사장이 운영하는 이실리프 뱅크가 전액 차관에 동의했습니다."

"네? 이실리프 뱅크는 자본금이 5조 400억 원이고, 여신을 전문으로 운영하는 것으로 알고 있습니다. 그런데 어떻게……?"

"그건 우리 부사장께 직접 듣는 것이 좋을 것 같군요."

신형섭 사장은 자연스럽게 마이크 앞자리를 현수에게 양보했다.

"방금 전에 말씀하신 대로 저희 이실리프 뱅크는 여신 전문입니다. 그럼에도 이번 계약에 차관을 약속한 것은 증자 계획이 있기 때문입니다."

"증자요? 언제 얼마나 증자하실 계획이십니까?"

허락을 구하지 않은 질문이다. 하지만 모두가 궁금해할 사항이기에 타박하지 않았다.

"이미 보도되었듯 콩고민주공화국 이실리프 자치구에는 노천금광이 있습니다. 이곳에서 채굴한 황금 중 200톤을 영국에 수출하기로 했습니다. 지금은 국제 금값이 많이 올랐지만 100톤당 45억 달러일 때 계약했습니다. 그 금액 전부가 증자될 것입니다."

"90억 달러 전부 말씀이십니까?"

"그렇습니다. 그래서 이실리프 뱅크의 자본금은 5조 400억에서 15조 1,200억 원으로 늘어나게 됩니다."

"……!"

기자들은 다들 입을 벌린 채 말을 잇지 못한다.

방금 전의 말은 국가 시책 발표가 아니다. 개인이 본인 소유 개인은행의 자본금을 늘리겠다는 말이다.

그런데 그 금액이 너무나 어마어마했기에 질린 것이다.

"90억 달러는 전액 천지건설 기성고[5]로 지출될 겁니다."

"아제르바이잔어에서 그 나라 말로 대화를 하셨다는데 얼마나 공부하신 겁니까? 그리고 어느 정도 수준입니까?"

"일주일 공부했습니다. 그리고 모국어 수준입니다."

"헐!"

모두들 또 한 번 입을 딱 벌린다.

문자마저 생소한 남의 나라 말을 모국어 수준으로 익히는데 겨우 일주일 걸렸다니 어찌 기겁하지 않겠는가!

"김 부사장님은 번번이 지나건축공정총공사에서 노리던 공사를 따오시는데 혹시 그쪽으로부터 협박을 받거나 하는 일은 없었습니까?"

시선을 돌려보니 강민경 기자이다. 안위가 걱정된다는 표정으로 바라보고 있다.

"공정하게 경쟁해서 수주한 겁니다. 우리가 얕은 수를 쓰거나 기만책을 쓴 경우는 한 번도 없었습니다. 그쪽에선 약이 오를 수 있지만 저도 최선을 다한 겁니다."

방금 한 말은 기사로 나갈 것이다. 그렇기에 들으라는 듯 이야기했다.

"북한에서도 큰일을 하신다 들었습니다. 그에 대한 발표는 언제 하실 겁니까?"

---

5) 기성고[Completed Amount, 旣成高] : 공사의 진척도에 따른 공정을 산출해 현재까지 시공된 부분만큼의 소요 자금을 나타내는 것이다.

"…그건 이 자리에서 하지요. 저는 얼마 전 방북하여 김정은 제1위원장과 몇 가지 사항에 대해 합의한 바 있습니다."

신형섭 사장을 비롯한 천지건설 직원들조차 모르는 이야기이기에 모두의 시선이 쏠린다.

신화 김현수! 또 하나의 대형사고.

이실리프 그룹의 총수 김현수 회장은 북한 평안남도 안주군에 대단위 기계공업단지를 조성키로 했다.

김 사장은… 〈하략〉.

석간 1면을 장식한 톱기사이다.

천지건설이 아제르바이잔 석유화학단지 공사를 턴키베이스로 수주한 건 그 아래로 밀렸다.

그럼에도 천지건설은 아무런 불만도 없다. 이실리프 기계공업단지 공사에 일정 부문 참여할 것이기 때문이다.

단지 규모는 약 2,000만 평으로 시화공업단지(462만 평)와 반월국가산업단지(247만 평)를 합친 것보다도 크다.

이곳에는 약 1,000개의 공장이 자리 잡는다.

언론에선 보다 자세한 정보를 얻고자 혈안이 되었지만 이 건에 대해 아는 사람은 현수 하나뿐이다.

하지만 현수는 접근 불가이다.

많은 경호원 때문이기도 하지만 34층 기획영업단에서 나올 생각을 하지 않기 때문이다.

"정말 대단하세요. 그런 큰일을 어떻게 그렇게 척척 해내시는지 정말 궁금하네요."

"궁금하긴요."

공식적인 기자회견이 끝난 후 강민경 기자가 34층으로 올라왔다. 물론 사진기자가 동행해 있다.

부사장실 소파 상석에 앉은 현수를 보고는 눈빛을 빛낸다. 오늘 캐낼 것이 많기 때문이다.

"먼저 이실리프 기계공업단지에 대한 이야길 해주세요. 어떤 목적으로 그런 구상을 하셨는지요?"

일본과의 불투명한 미래 때문에 그랬다는 것과 북한의 낙후된 경제를 끌어올리려 한다는 것은 이야기하지 않는다.

일본의 부품 산업계와 소재 기업들의 경계심을 유발시킬 것이기 때문이다. 또한 북한을 편드는 종북으로 몰릴 수도 있기 때문이기도 하다.

사실 현수는 일반인과 많이 다르다.

현 정권과 아주 첨예한 각을 이룬다 해도 이제는 권력으로 찍어 누를 수 없는 존재가 되었다.

러시아에서 임명한 특임대사라는 직책 때문에 그런 것이

아니다. 이미 전 세계에 알려진 인물이다. 게다가 엄청난 거금을 소유한 거부이다.

함부로 대했다가는 국제적인 지탄을 받을 수 있다. 그렇기에 종북으로 몰릴 수 있음을 감안하지 않아도 된다.

김정은을 비롯한 북한 수뇌부 전원은 절대충성 마법의 영향을 받는 중이다. 현수 본인을 국왕으로 추대하라는 명을 내리면 즉시 이루어지게 될 것이다.

이처럼 본인이 모든 것을 좌지우지할 수 있는데 어찌 종북이 되겠는가!

그래도 이토록 발언에 주의하는 이유는 그래 봤자 좋을 게 없어서이다. 그리고 종북으로 몰아가려는 세력들과 말을 섞는 것조차 싫기 때문이다.

하여 일반적인 이야기로 설명했다.

"알다시피 이실리프 그룹은 콩고민주공화국과 러시아에 대규모 농업생산 단지를 계획하고 있습니다."

"네, 실로 엄청난 규모이지요. 두 나라 다 10만㎢ 이상의 조차지잖아요. 콩고민주공화국 200년, 러시아 100년이죠?"

"아뇨. 러시아는 150년입니다. 그쪽 의회에서 개발 비용과 시간을 배려하여 조차기간을 50년 늘려주었습니다."

"아! 그래요? 그거 잘된 거네요."

강민경 기자와의 인터뷰는 순조로웠다. 녹음기를 대고 녹음을 하다가도 잘못된 부분은 삭제 후 다시 녹음했다.

러시아에 금괴 600톤을 팔기로 한 것도 이야기했다.

그리고 몽골에도 추가로 10만㎢짜리 조차지가 생김도 이야기했다. 강 기자는 놀라서 입을 딱 벌린 채 5분을 있었다.

이 내용은 현수가 공식적인 발표를 할 때까지 엠바고[6]를 유지하기로 약속했다.

양쪽에서 동시에 발표하기로 한 때문이다. 그럼에도 상세한 이야기를 해준 이유는 곧 발표할 것이기 때문이다.

강 기자와의 인터뷰는 거의 다섯 시간이나 계속되었다.

중간에 신형섭 사장 등과 구내식당에서 점심을 먹었는데 이 자리까지 좇아왔다.

박준태 전무는 박진영 과장을 잘 부탁한다면서 환히 웃는다. 자식이 애쓴 보람을 인정받아 차장으로 승진하는 게 모두 현수 덕분임을 알기 때문이다.

이날 석간의 1면은 모두 현수의 기사로 채워졌다.

가장 상단은 몽골에도 대한민국 영토보다도 큰 이실리프 자치구가 생긴다는 것이다.

이것에 대한 자세한 소식 이외에도 콩고민주공화국과 러시아의 이실리프 자치구에 관한 내용이 다시 한 번 상세히 보도되었다.

---

6) 엠바고(Embargo) : 일정 시점까지 보도금지를 뜻하는 매스컴 용어. 원래는 한 나라가 상대편 나라의 항구에 상업용 선박이 드나드는 것을 금지하도록 법으로 명령하는 것을 의미.

국민들이 이실리프 자치구들을 대한민국의 전진기지쯤으로 여기는 듯하기 때문일 것이다.

그다음이 천지건설이 아제르바이잔에서 대규모 석유화학 단지 공사를 수주했다는 내용이다.

현수의 역할이 지대했음이 기사가 되었다.

독자들의 눈을 끈 건 아제르바이잔어를 1주일 동안 독학하여 모국어 수준으로 대화했다는 내용이다.

어학 공부를 하는 학생들 모두 부러움을 금치 못했을 것이다. 하지만 시기하거나 질투하진 않는다.

본인의 IQ가 255에 못 미친다는 걸 알기 때문일 것이다.

스포츠면 역시 현수에 관한 것이다.

호날두와 메시는 물론이고 시대를 풍미했던 과거의 축구 선수들까지 망라되어 비교 당했다.

당연히 모두가 깨졌다. 인류 역사상 최고의 축구선수로 우뚝 서게 된 것이다.

인터넷엔 즉각 폴이 세워졌다. 김현수를 축구 국가대표팀으로 보내야 하느냐 마느냐를 묻는 것이다.

의견은 50 : 50이다.

대표선수로서 뛰는 것도 중요하지만 국가 발전을 위해 큰 공사를 따오는 것도 중요하다는 의견이 팽팽한 것이다.

같은 시각, 전 세계 스포츠 기자들이 한국행 비행기를 타고 있다. 걸출한 축구선수 김현수를 취재하기 위함이다.

러시아, 알제리, 그리고 벨기에는 전략을 새로 짜고 있다. H조 1위로 16강에 가는 팀은 한국이라 써놓은 전략이다.

다시 말해 세 나라가 피 터지는 혈전을 벌여 한 팀만 올라간다고 생각하기 시작한 것이다. 그것도 조 2위이다.

한국이 H조 1위로 올라갈 경우 G조 2위와 붙는다. 하여 G조에 속한 미국, 포르투갈, 가나, 독일도 비상이 걸렸다.

조 2위로 16강에 올라가면 무조건 탈락이기 때문이다.

부우우웅—! 부우우웅—!

강민경 기자가 떠난 후 커피 한 잔 마시려는데 휴대폰이 진동한다.

"여보세요."

"형! 나 현우."

"오! 그래, 잘 지냈지?"

"응. 근데 형, 원래 그렇게 공을 잘 찼어?"

현수와 같은 부대에 근무했던 현우는 토요일의 경기가 믿어지지 않는다. 군복무 시절 많은 경기를 소화했기에 축구를 제법 한다는 걸 알지만 이 정도는 결코 아니었다.

호날두와 메시가 쌍으로 눈물 흘리며 사부님이라 붙잡을 실력은 아니었던 것이다.

그런데 생중계된 경기 영상을 보니 둘이 사부님이라 부르면서 무릎을 꿇어도 시원치 않을 정도로 클래스가 다른 차원이 되어 있다.

굳이 피겨로 비교하자면 피겨 여자 싱글 1위 퀸 연아와 꼴찌의 차이이다.

지금껏 축구 영웅으로 지칭되던 호날두와 메시가 아무것도 아닌 것이 되어버린 것이다.

아무리 생각해 봐도 아니기에 현수의 번호를 누른 것이다.

"어쩌다 보니 그런 거야. 개 발에 땀난 거라고."

"에이, 아닌데. 이거 뭔가 야로가 있는 거지? 혹시 마약했어? 도핑 테스트 해봐야 하는 거 아냐?"

급기야 험한 말까지 나온다.

'쩝! 그때 그렇게 세게 차는 게 아닌데.'

세 골 모두 강력한 킥 파워가 만들어낸 것이다.

그랜드마스터의 힘이 3분지 1쯤 실린 킥이었다. 있는 힘껏 찼다면 공이 터졌을 것이다.

"형, 바쁜 거 알지만 이건 나중에라도 꼭 해명해 줘야 해. 나 축구 얼마나 좋아하는지 형도 알지? 이건 사기야!"

"아이구! 알았다, 알았어. 나중에 공 한번 차자. 내 진정한 실력을 보여주마."

"아! 정말? 정말 한 게임 뛰어줄 거야?"

"그래. 가급적이면 주말이 좋겠다. 알았지?"

"오케이! 좋았어! 아싸, 가오리!"

현우는 뭐가 그리 신나는지 얼른 전화를 끊는다. 그리고 부지런히 전화를 돌린다.

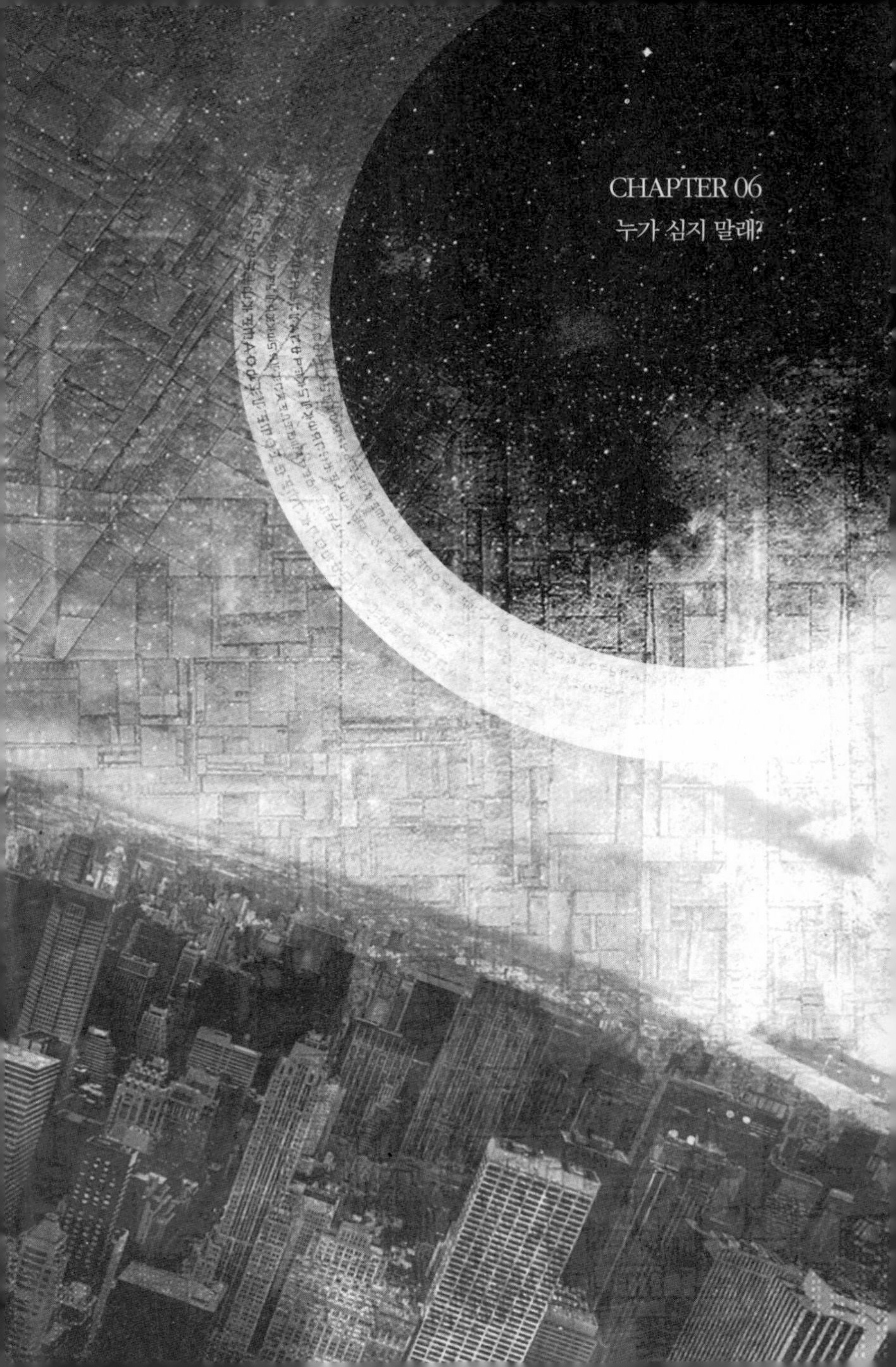

CHAPTER 06

누가 심지 말래?

현우는 건강을 위해 술과 클럽을 끊었다.

이수정이 결혼 조건으로 건강을 꼽은 때문이다. 4㎞를 20분 이내에 달리기는 것이 합격 기준이다.

하여 조기축구회에 가입했다. 그리곤 매일 아침 운동장에 나가 공을 찬다. 그러다 보니 여러 팀을 알게 되었다.

종종 내기 축구를 하기 때문이다. 현우는 아직 젊은데다 제법 공을 잘 찼기에 입회와 동시에 주전 선수로 뛰고 있다.

그런데 현우가 속한 조기축구회가 매번 지는 팀이 있다.

이웃 동네 팀이다. 그동안 내기 축구를 하여 그쪽 팀 회식

비를 20번쯤 내줬다고 한다.

현우가 금방 팀원이 된 이유가 여기에 있다. 기존 팀원들이 떨어져 나가면서 결원이 있었던 것이다.

회장은 40대 후반으로 개인택시 운전자인데 저쪽 팀을 한 번이라도 이겨보는 게 소원이라고 입버릇처럼 말한다.

하여 날짜를 잡으려 한다. 하지만 엔트리에 현수 이름이 있자 모두가 기겁하며 도망가 버린다.

조기축구회에서 아무리 공을 잘 찬다 해도 어찌 세계 최강을 상대하겠는가! 20 : 0으로 질 것이 뻔하니 아예 경기 자체가 성립되지 않는다.

결국 현우네 팀은 그 팀을 이겨보지 못한다.

* * *

"저희 이실리프 그룹은 몽공의 실카 강과 케룰렌 강 사이 초이발산 북쪽 지역에 10만 8,123㎢ 이르는 조차지를 얻었음을 발표합니다. 다른 국가와 마찬가지로 이 지역은 치외법권이며, 조차 기간은 200년입니다."

"……!"

연일 계속되는 대형 사고에 기자들은 더 물어볼 기력을 잃었다는 듯 멍한 표정으로 입을 벌리고 있다.

콩고민주공화국과 러시아에서 이미 대한민국보다 넓은 땅을 조차 받았다. 그런데 그만한 것 하나가 더 추가된다니 할 말을 잃은 것이다.

서울시는 지난 2007년에 용산구 한강로 3가에 위치한 51만 5,483㎡의 부지에 용산 국제업무지구 개발 사업이라는 걸 추진한 바 있다. 환산하면 0.515483㎢이다.

새롭게 업무, 상업, 주거 시설을 조성하는 복합 개발 프로젝트였다.

결국엔 무산된 이 사업을 지칭할 때 흔히들 '단군 이래 최대' 라는 수식어를 붙였다. 큰 사업이라는 의미일 것이다.

그런데 오늘 발표한 몽골의 조차지는 단군 이래 최대 사업이라는 수식어를 달고 있던 부지의 1만 5,758배 규모이다.

사업비는 얼마가 소요될지 아무도 모른다.

참고로 용산 국제업무지구 개발사업의 사업규모는 총액 31조 원이다.

몽골 이실리프 자치구 개발사업에 들어갈 돈은 당연히 이것보다 훨씬 많은 돈이 들어갈 것이다.

어쩌면 수천, 수만 배가 될지도 모를 사업이다.

이 정도면 단군 이래 최대사업이 아니라 인류 역사상 최대의 사업이다. 이런 것이 무려 세 개나 된다.

그것도 동시에 진행된다.

대한민국의 1년 예산 정도는 껌 값처럼 쓰여야 할 것이다. 그렇기에 더 할 말을 잃은 것이다.

그러거나 말거나 현수의 발표는 계속된다.

"이 지역에서도 무공해 곡물 및 각종 육류와 여러 유제품 등이 생산될 것입니다."

"그렇게 되면 국내 농업 기반이 완전히 무너져 내립니다."

어느 기자의 발언이다.

현수는 그에게 시선을 주며 말을 이었다.

"2008년 세계적 곡물 파동이 일어났습니다. 가격이 폭동하자 30여 개 나라에서는 폭동까지 일어났지요. 당시 식량 수출국들은 곡물을 전략 상품[Strategic Commodity]로 지정하고 수출 통제에 나섰습니다. 그때 우리는 어땠지요?"

"……!"

어느 누구도 대답하지 않았기에 말을 이었다.

"당시의 한국은 이 곡물 파동에 별다른 타격을 받지 않았습니다. 농민들이 경찰이 휘두르는 곤봉에 맞아가면서 쌀 시장 개방을 반대해 자립기반을 지킨 덕택입니다."

현수의 말이 끝나기 무섭게 누군가 손을 들고 묻는다.

"그렇다면 이실리프 자치구에선 쌀을 생산하지 않을 계획입니까?"

"아뇨. 합니다. 아실지 모르겠습니다만 현재 우리나라는 쌀 생산량이 급격하게 감소하고 있습니다.

"……?"

잘 모르는 분야인지 묻는 기자가 없다.

"그럼에도 국민들은 아직도 쌀이 남아돈다고 인식하고 있습니다. 지난 2007년엔 27년 만에 큰 흉년이 들어 쌀 생산량이 441만 톤으로 줄었습니다."

구체적인 숫자가 나오자 메모를 한다. 확인해 볼 사항이라는 뜻이다. 그러거나 말거나 말을 이었다.

"2010년 이후엔 내리 3년간 흉년이 들었지요. 2010년 429만 톤, 2011년 422만 톤, 2012년 400만 톤입니다. 계속 쌀 수확량이 감소했습니다."

모두들 부지런히 받아 적느라 묻는 이가 없다.

"분명히 국민 1인당 쌀 소비량은 줄고 있습니다. 그와 동시에 농지는 축소되고 있고 흉년이 겹쳐 곡물 자급률은 더 떨어졌습니다."

"그게 사실입니까? 그리 멀지 않은 과거에 쌀이 남아돈다고 난리이던 때도 있었습니다."

제법 나이 지긋한 기자가 안경을 고쳐 쓰며 묻는다.

"사실입니다. 하지만 이제는 수입해야 먹고살 수 있습니다. 대한민국의 경지 면적은 178만ha에 불과합니다. 미터법으로 환산하면 178㎢입니다. 2012년의 곡물 자급률은 23.6%에 불과했지요."

현수가 조차 받은 10만 8,123㎢는 대한민국 전체 경작지의 600배가 넘는 땅이다.

이 드넓은 땅에서 각종 곡물을 생산하면 자급률이 100%도 가능하다고 생각하는 모양이다.

떡 줄 사람은 생각도 않는데 김칫국부터 마시고 있다.

"한국은 연간 1,400만 톤 내외의 곡물을 수입하고 있는 세계 5위의 곡물 수입국입니다. 그런데 미국, 지나, 호주 등 일부 국가에서만 집중적으로 수입하기에 수급 여건이 불안정합니다."

"아! 그렇습니까?"

누군가의 추임새였지만 무시하고 말을 이었다.

"2007년 당시 여러분이 잘 알고 계시는 CJ 같은 대기업도 곡물 수급에 어려움을 겪었습니다. 정부는 곡물 시장을 점점 더 개방하고 있습니다. 그런 시기가 다시 오면 우리도 성난 민중들의 폭동을 경험할 수 있습니다."

"……!"

억지와 비약이 많은 발언이지만 기자들은 이에 대한 반론을 내놓지 못한다.

"생각해 보십시오. 지금도 엄청난 곡물을 수입합니다. 육류도 마찬가지입니다. 이실리프 자치구는 저렴하고 안정적으로 쌀과 육류를 공급해 주는 기지가 될 것입니다."

"그래도 우리 농업에 많은 영향을 미치지 않겠습니까?"

"외국의 투기자본에 의한 곡물 파동은 괜찮습니까? 아무리 나라가 어려워도 이실리프 자치구에서 생산하는 곡물은 단 한 톨도 국내로 반입하지 않는 것이 옳겠습니까?"

"네? 그건 아니지만……."

말꼬리를 흐리며 슬그머니 다른 기자 뒤로 숨어든다.

"이실리프 자치구에서 본격적으로 곡물을 생산해 내려면 앞으로 많은 시간이 필요합니다. 그사이에 국내 농업인들은 부가가치가 더 큰 특용작물[7] 등을 눈여겨보시길 권합니다."

"고부가가치 작물만 재배하라고요?"

"그건 아닙니다. 원하시는 것은 어떤 것이든 재배하셔도 됩니다. 다만 비용이 많이 들어 경쟁력을 잃게 될 것은 가급적 피하시라는 뜻입니다. 애써 일해 놓고도 돈을 벌지 못하는 경우가 생길 수도 있으니까요.

"……!"

또 아무도 이야기하지 않는다.

기자회견장이 농업 분야에 대한 토론장이 될 것이란 생각을 하지 않아 기본 지식이 부족한 때문이다.

"이실리프 자치구에선 가급적 형질이 우수한 토종 작물들

---

7) 특용작물 : 식용작물을 보통작물이라고 하는 데 대한 대칭의 의미로 공예작물, 공업작물, 원료작물이라고도 한다. 목화, 닥나무, 깨, 땅콩, 해바라기, 인삼, 당귀, 차, 사탕무, 쪽, 장미, 라일락, 라벤더, 고구마, 감자, 각종 버섯 등이다.

을 재배해 볼 생각입니다. 예를 들어 우리 밀이 있습니다. 토종 밀을 지칭하는 것으로 수입밀보다 면역 기능이 두 배나 높고 항노화 효능 또한 월등히 높은 것으로 밝혀진 겁니다."

"우리 밀, 아니, 토종 밀을 경작하겠다는 겁니까?"

"가능하다면 그렇게 하고 싶습니다. 경작지의 토질과 기후 등도 고려되어야 하니까요. 더 물으실 말 없으시면 발표를 이어가도록 하겠습니다."

말을 끊고 잠시 기다렸으나 누구도 손을 들지 않는다.

"러시아와 몽골에 개발할 이실리프 자치구에서는 지하자원이 있을 경우 이를 적극적으로 개발할 계획입니다. 아시다시피 몽골은 미네랄 러시가 벌어지고 있습니다."

이때 누군가 끼어든다.

"조금 전에 말씀하신 지역을 확인해 보니 우라늄이 있는 것으로 나타나고 있습니다. 그럼 그걸 캐 오실 생각입니까?"

"우라늄은 생각해 보지 않아 뭐라 대답할 수 없겠군요. 그런 게 있다면 신중히 생각하여 개발토록 하겠습니다. 그리고……."

현수는 약 5분에 걸쳐 발표문을 낭독했다. 놀랍게도 질문하는 기자가 없다. 마음대로 해보라는 표정이다.

어제 오후 H일보는 특종을 터뜨렸다.

평안남도 안주군 일대에 2,000만 평 규모의 이실리프 기계공업단지가 들어설 것이라는 것이 그것이다.

다른 신문사에서는 취재하지 못한 상세한 내용이 담겨 있어 특종으로 분류되었다. 그 내용 중 하나가 북한의 권력자인 김정은과 합법적인 조약을 맺었다는 것이다.

이 뉴스가 보도된 직후 국정원과 통일부로부터 전화가 걸려왔다. 그리곤 사전 협의를 하지 않았음을 강하게 질타했다.

그런데 이 조약의 당사자인 현수는 대한민국 국민 개인으로서 사인한 것이 아니다.

콩고민주공화국 이실리프 자치구 대표 자격이다.

자치구는 공식적인 치외법권 지역이다. 타국의 영토 내에 있지만 자체적인 규율에 의해 유지된다.

그 안에 있는 한 자치구 규약 이외의 어떠한 법으로도 다스릴 수 없는 것이다.

현수는 대한민국 국적을 가지고 있다.

이 신분으로 북한과 일을 하는 것은 많은 제약이 따른다.

늘 국정원과 통일부 등 국가기관 사람들과 대화를 해야 하고, 사전 양해를 얻어야 하기 때문이다.

문제는 정권의 하수인인 이들과 코드가 맞지 않을 때이다. 사사건건 대립하고 딴죽을 건다면 일을 진행시키기 어렵다.

그렇기에 편법 아닌 편법을 썼다. 누가 정권을 잡든 손도 못 대게 하기 위함이다.

이실리프 자치구 대표 자격은 남북한의 모든 제약을 단숨에 뛰어넘을 수 있는 신분이다.

사업비용은 대한민국과 전혀 관련 없는 이실리프 자치구 노천금광에서 캔 금으로 충당된다.

하려는 일은 전혀 불법적이지 않고 누구에게 해를 끼치려는 의도도 없다.

오히려 미래에 도래할 한민족 화합에 큰 도움이 된다.

통일이 된다면 그 비용 자체를 대폭 축소시키는 일이기 때문이다.

어쨌거나 국정원과 통일부는 즉각 출두를 요구했다.

하지만 가지 않았다.

이실리프 자치구의 대표는 평범한 개인이 아니다.

200년이란 조차 기한이 정해져 있지만 왕국 선포를 하면 국왕이 된다. 따라서 처음부터 걸고넘어질 빌미를 주지 않기 위해 출석 요구를 거절한 것이다.

아직은 왕국 선포를 전혀 고려하지 않고 있다. 그럼에도 끝까지 물고 늘어지면 그것도 한 가지 방법이다.

세상에서 가장 작은 나라는 로마교황청이 있는 바티칸 시티이다. 면적 0.44㎢, 인구 800~900명이다.

작지만 독립국가인 만큼 독자적인 통신, 금융기관, 화폐, 방송국, 군대 등을 보유하고 있으며, 정부 각료도 존재한다.

두 번째로 작은 나라는 모나코이다. 면적 1.95㎢, 인구 3만 2,796명이다.

세 번째는 나우루공화국이다. 면적 21㎢, 인구 9,000명인 소국이다.

만일 이실리프 자치구를 왕국으로 선포한다면 엄청나게 넓은 영토를 가진 국가에 해당된다.

대한민국은 99,720㎢로 세계 109위 국가이다.

콩고민주공화국과 러시아, 그리고 몽골에 있는 이실리프 자치구들이 각각 왕국 선포를 한다면 108, 109, 111위가 되고 대한민국은 112위로 밀려난다.

세 나라 자치구를 모두 합쳐 하나의 왕국을 선포한다면 폴란드에 이어 71위 국가가 된다.

여기에 에티오피아, 우간다, 케냐의 자치구를 더하면 이라크에 이어 60위로 껑충 뛰어오른다.

대한민국 영토의 네 배가 넘는 국가가 되는 것이다.

이실리프 자치구가 왕국이 될 때 부족한 것은 국민이다.

하지만 다음과 같다면 국민은 금방 생겨날 것이다.

1. 세금 없음

2. 정년퇴직 없음

3. 강제 국민연금 없음

4. 강제 건강보험 없음

5. 치열한 입시 지옥 없음

6. 강제 징집 없음

7. 청정한 자연

8. 모든 주거 무상 제공

9. 지극히 저렴한 물가

모르긴 해도 대한민국 국민 가운데 절반 이상이 즉각 이주하고 싶다고 할 것이다.

이를 조금 더 풀어쓰면 다음과 같다. 이실리프 자치구엔 어떠한 명목으로도 세금을 걷지 않는다.

대한민국의 내국세는 총 열세 가지이다.

소득세, 법인세, 상속세, 증여세, 종합부동산세, 부가가치세, 개별소비세, 주세, 인지세, 증권거래세, 교육세, 교통에너지환경세, 농어촌특별세이다.

이 밖에 지방세가 더 있다.

취득세, 등록면허세, 레저세, 지방소비세. 지방교육세, 공동시설세, 지역개발세, 담배소비세, 주민세, 지방소득세, 재산세, 자동차세, 도축세, 주행세로 총 열네 가지이다.

자치구에는 이런 세금이 하나도 없다.

휘발유는 리터당 200원 대에 판매된다. 소주나 맥주의 경우는 군대 PX[8]에서 파는 가격보다도 쌀 것이다.

자동차를 구입할 경우 개별소비세, 교육세, 부가세, 취득세 등이 부과된다. 등록할 때엔 공채 매입 절차가 있다.

구입 후엔 매년 자동차세를 내야 한다.

이런 것들 다 빼고 나면 얼마나 저렴하겠는가!

게다가 일 년에 딱 두 번만 주유소를 가게 된다.

한국에서 버는 것의 절반만 벌어도 더 윤택한 삶을 살 수 있을 것이다. 거주지가 무상으로 주어지기 때문이다.

그 집이 싫다면 토지를 불하 받아 집을 지을 수는 있다. 하지만 이를 팔아 양도 차익을 거두는 것은 금지이다.

*　　*　　*

"아, 김 사장님! 안녕하시죠?"

"네, 실장님. 그간 안녕하셨습니까?"

전화를 걸어온 이는 에티오피아 대통령 비서실장 비아니 아자한이다. 특유의 부드러운 음성이 마음을 편하게 해준다.

"저희 쪽은 조인식 준비가 다 되었습니다. 언제쯤 오실 건지 알아보라는 대통령님의 지시가 있어 전화드렸습니다."

"에구, 늦어서 죄송합니다. 가장 빠른 시일 내에 출국하여

8) PX(Post Exchange) : 일상용품이나 음식물 따위를 면세 가격으로 파는 군부대 기지 내의 매점.

찾아뵙도록 하겠습니다."

"오실 때 철도공사와 도로공사 비용이 얼마나 될지 대강의 금액을 알아봐 주십시오. 저희도 규모를 알아야 어찌할 건지 예산을 움직이니까요."

"알겠습니다. 최대한 빨리 규모를 파악하겠습니다."

전화를 끊고 곧장 해외영업부장을 불렀다.

"부르셨습니까, 부사장님?"

"어서 오세요, 최규찬 부장."

예전엔 하늘같은 상사였는데 지금은 가끔 갈궈줘야 일을 잘하는 아래 직원이다.

하여 신 사장에게 가지 앉고 먼저 부른 것이다.

"자리에 앉으세요. 근데 윤 차장이 안 보이네요."

"금방 들어올 겁니다."

"그래요? 그럼 잠시 기다립시다. 참, 차 한 잔 하죠."

현수가 인터컴을 누르자 강연희 대리가 받는다.

"강 대리, 여기 커피 두 잔, 아니, 석 잔 부탁해요."

"네, 알겠습니다, 사장님."

연희의 천연덕스런 음성이다.

이때 문이 열리고 해외영업부 윤 차장이 들어선다.

"죄, 죄송합니다. 갑자기 배탈이 나서. 죄송합니다."

"괜찮습니다. 요즘 접대가 많았나 봅니다."

"네? 아, 네. 과민성 대장증세 때문에……. 죄송합니다, 부사장님."

윤 차장이 얼른 고개 숙여 사과한다. 금장 안경을 쓴 30대 초반의 샤프한 이미지의 사람이다.

S대를 졸업하여 단 한 번도 승진에서 누락되지 않아 이른 나이지만 차장 자리에 있다.

박진영 과장이 은근히 추월해 보고 싶어 하는 인재이다.

딸깍—!

부사장실 문이 열리고 아이보리색 투피스를 걸친 김지윤 대리가 들어선다.

"응? 강 대리는 어디 갔습니까?"

"네, 조금 전 설계팀장님께서 긴급 업무협조 요청을 하셔서 그쪽으로 갔습니다."

이 시각 현재 박진영 과장과 강연희 대리는 설계팀장과 대화 중이다. 리우데자네이루 재개발사업의 정확한 콘셉트를 브리핑하는 중인 것이다.

"그래요? 알겠습니다. 김 대리도 잠시 자리에 앉죠."

"…네……."

지윤은 잠시 머뭇거렸지만 이내 착석한다.

"두 분을 부른 이유는 아직 회사에서 알지 못하는 두 건의 공사 때문입니다."

"……?"

최 부장과 윤 차장, 그리고 지윤의 시선이 쏠린다.

"우선 이 지도부터 봐주십시오."

현수는 에티오피아 지도를 찾아 펼쳤다. 전지 크기(788×1,090㎜)인 이것은 얇은 비닐로 덮여 있다.

먼저 아와사 지역을 찾아 그 위에 원을 그렸다.

그리곤 아디스아바바까지 선을 그었다. 다음은 아와사로부터 소말리아 북부의 항구 베르베라까지 그었다.

수성펜을 거둬들이자 셋은 이게 대체 무엇을 의미하는 선이냐는 표정으로 바라본다.

"이곳은 아와사란 지역입니다. 이곳부터 에티오피아의 수도 아디스아바바까지는 4차선 고속도로 공사를 할 겁니다. 그리고 이곳 베르베라까지는 표준궤 철도를 공사할 거구요."

아디스아바바와 베르베라가 있는 곳에도 원을 그렸다.

셋은 웬 뜬금없는 고속도로와 철도냐는 표정이다.

"……!"

아디스아바바를 빼놓고는 한 번도 들어보지 못한 지명이다. 그렇기에 지도 위의 지명을 확인하려 했지만 붉은 원이 그려져 있어 식별하기 어렵다.

하여 잠시 머뭇거리는데 현수의 말이 이어진다.

"해외영업부에서는 우리가 이 공사의 설계부터 시공까지 완수하는 데 얼마나 비용이 들지, 시간은 얼마나 걸릴지를 산출해 줘야 합니다."

"설마……. 이 공사도 수주하신 겁니까?"

최 부장은 도저히 믿을 수 없다는 눈빛이다.

이것들은 잉가댐 및 발전소 공사와 킨샤사 · 비날리아 간 고속도로 공사에 맞먹는 것이다. 그런데 아무런 소리 소문 없이 또 수주한 듯하니 어찌 의외가 아니겠는가!

"정말요? 정말 이 공사도 우리가 하는 겁니까?"

동석한 윤 차장의 눈도 휜자위가 많아진다.

평안남도 안주에 세워질 2,000만 평 규모 이실리프 기계공업단지 공사도 엄청나게 큰 공사이다.

시화공단과 반월공단, 그리고 인천의 남동공단[9]을 동시에 건설하는 것보다도 훨씬 큰 공사이기 때문이다.

다행히 이 공사는 국내 팀이 맡기로 했다.

국내의 건설경기가 별로인지라 진행 중인 아파트 분양사업팀만 남기고 모두 이것에 투입된 것이다.

부지 조성은 물론이고 설계부터 시작하여야 하기에 인원이 부족하여 사람을 더 뽑는다는 말이 나왔다.

그런데 큰 공사가 또 있다. 두 건이라고 한다.

---

9) 남동공단 : 남동공업단지의 준말, 조성 면적 290만 평, 수도권 내 용도 지역 위반 이전 대상 공장의 이전과 수도권 정비 및 공업 재배치 촉진을 목적으로 조성되었다.

그런데 하나하나가 엄청나게 큰 초대형 공사이다.

"맞습니다. 제가 수주했습니다."

"헐! 세상에! 맙소사!"

"부사장님, 혹시 마법사세요?"

엘리트 코스만을 걸어온 윤 차장마저 넋을 잃는다.

아버지가 현직 장관이라 상당히 콧대 센 사람이다. 하여 안하무인이라는 평가를 받기는 하지만 매우 유능하다.

그런 그를 김지윤 대리가 바라보고 있다. 놀라서 넋 나간 괴상한 표정을 보고 있는 것이다.

그런데 시선에 담긴 빛이 예사롭지 않다.

이 순간 깨달았다. 누가 지윤의 옛 애인이었는지를!

현수는 부드러운 미소를 머금고 말을 이었다.

"조금 전 에티오피아 대통령님으로부터 최단 시일 내에 방문해 달라는 연락을 받았습니다. 그러니 바쁘시더라도 이 일부터 해줘야 합니다. 아셨습니까?"

"네? 아, 네. 그, 그럼요! 최우선적으로 이 일부터……."

최 부장이 더듬거린다. 이제 천지건설의 실세는 현수이다.

과거엔 회장의 처남인 박준태 전무가 권력을 쥐고 있었지만 지금은 분명 현수에게 넘어가 있다.

국내 영업담당인 박 전무가 만든 권력기반은 붕괴되는 중이다. 국내 팀이 이실리프 기계공업단지에 투입되는 것으로 결정된 이후의 일이다.

어쨌거나 천지건설의 거의 모든 일이 현수로부터 시작된다 해도 과언이 아니다.

따라서 이 일이 최우선 과제인 것이다.

최 부장에게서 시선을 거두곤 지윤에게 시선을 준다.

"참, 김 대리."

"네, 사장님!"

"회사에 사표는 냈습니까?"

"네? 아, 아직……."

사표라는 이야기가 나오자 최 부장과 윤 차장의 시선이 쏠린다. 아무래도 권고사직인 듯하기 때문이다.

윤 차장은 대체 뭘 잘못했기에 잘리느냐는 표정이다.

"오늘 중으로 사표 내세요."

"네? 네, 알겠습니다."

지윤이 고개를 숙이자 윤 차장이 불쌍하다는 표정을 짓는다. 그래도 한때마나 좋아했던 연인이라 이런 듯하다.

이때 현수의 말이 이어진다.

"사표를 내고 곧장 역삼동 이실리프 빌딩으로 가세요. 거기 가면 이실리프 뱅크 임시 본점이 준비되어 있을 겁니다."

"……?"

예상과 다른 이야기가 나오자 이게 대체 무언지 궁금한 듯

최 부장과 윤 차장이 둘에게 번갈아가며 시선을 준다.

"오늘부터 김 대리가 이실리프 뱅크의 은행장 대리 전무이사입니다. 저 대신 잘 부탁합니다."

"네? 아, 네. 최선을 다해보겠습니다."

김지윤 대리가 공손히 고개 숙여 예를 갖춘다.

지윤은 전혀 당황한 표정이 아니다. 그렇다면 사전에 조율이 끝나 있었다는 뜻이다.

윤 차장은 지윤에게 시선을 고정했다. 얼굴 예쁘고 몸매 착하다. 학창 시절 공부도 엄청 잘한 재원이다. 침착한 성품인데다 유머도 있고 모나지 않은 인격의 소유자이다.

그런데 본인이 찼다.

지윤네 집이 자신의 집에 비해 조금 처진다 싶은 때문이다. 그리곤 있는 집 딸들과 선을 보러 다녔다.

그런데 얼굴이 예쁘면 몸매가 꽝이거나 아둔했다. 된장녀들은 왜 그렇게 많은지 치가 떨릴 지경이다.

다시 말해 하나가 마음에 들면 다른 한구석이 마음에 들지 않는 여인들이 계속되었는지라 아직 싱글이다.

"지금 바로 사표 제출할까요?"

"그러세요. 즉각 수리되도록 할게요."

"네, 알겠습니다."

지윤이 다시 한 번 예를 갖추고 부사장실 밖으로 나간다.

윤 차장은 복잡한 눈빛으로 뒷모습을 보고 있다. 지윤이 박진영 과장과 연애하고 있음을 아직 모르기 때문이다.

"두 분, 방금 전에 부탁드린 일, 서둘러 주세요."

"네? 아, 네. 최선을 다하겠습니다."

윤 차장이 얼른 고개를 숙인다.

"참, 리우데자네이루 건도 성사시켜야 하니까 일정표 작성해서 제출해 주세요. 요즘 제가 일이 많아서 일일이 기억하는 게 조금 번거롭습니다."

"알겠습니다. 즉시 작성하여 보고 올리도록 하겠습니다."

최 부장은 또 한 번 고개를 숙인다.

방금 전 지윤을 보고 깨달은 바가 있기 때문이다.

최 부장도 김지윤 대리를 안다. 윤 차장이 과장 시절에 사귀었던 직원이다.

좋은 학벌, 탁월한 일 처리 능력, 발랄한 성품 등이 마음에 들어 처조카에게 소개하려던 재원이다.

그런 김 대리가 현수 곁에 잠시 머물렀다. 그리고 거대 은행인 이실리프 은행장 대리 전무이사가 되었다.

능력만 인정받으면 직급에 관계없는 초고속 승진이 가능한 신세계가 앞에 있음을 깨달은 것이다.

부사장실을 나선 최 부장은 해외영업부 전 직원은 물론이고 업무지원팀과 견적실, 설계팀까지 달달 볶는다.

그리곤 현수가 예상치 못한 속도로 보고서를 작성해 올린다. 확실하게 박준태 전무에서 김현수 부사장 쪽으로 줄을 바꿔 선 것이다.

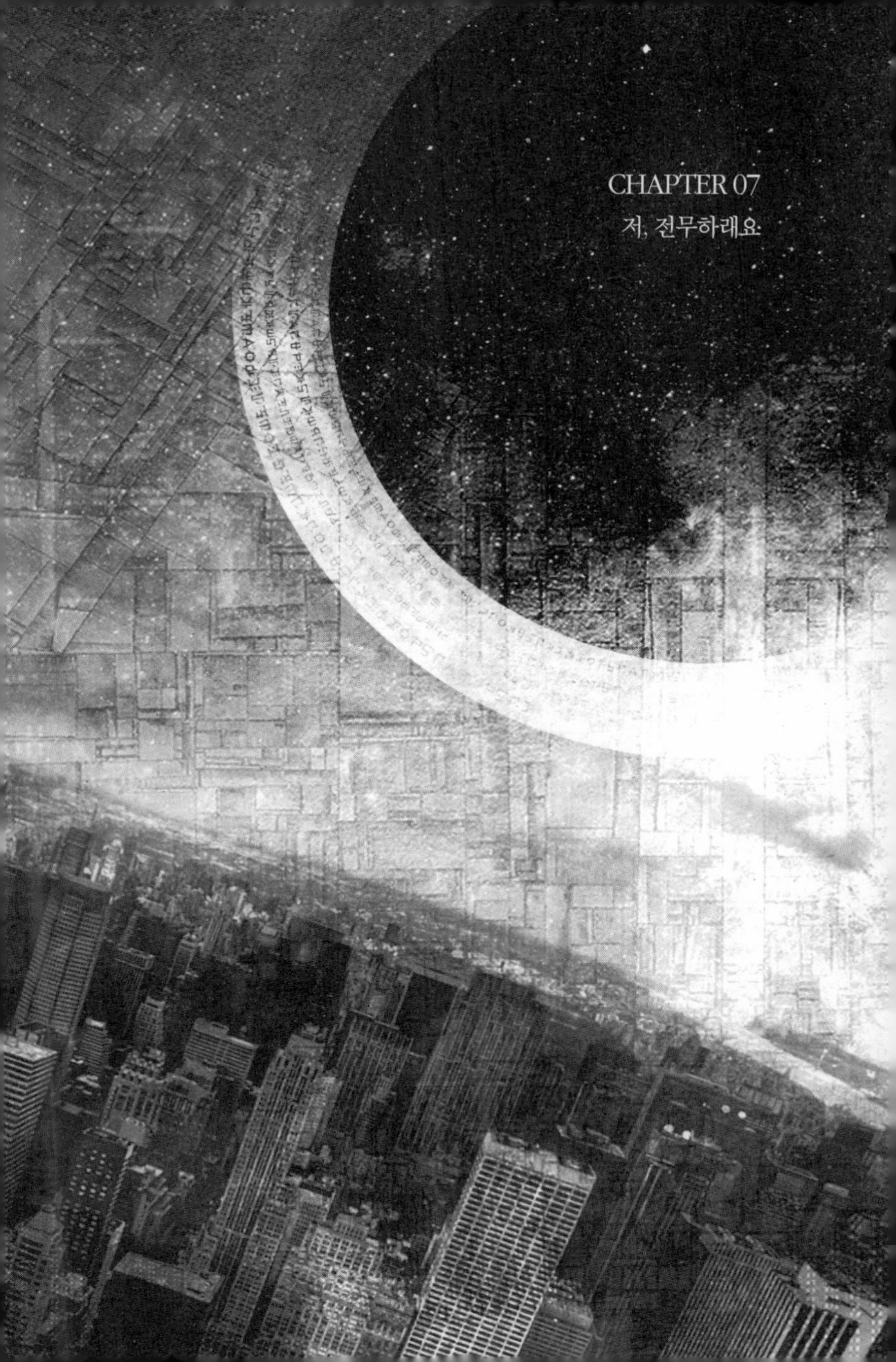

CHAPTER 07
저, 전무하래요

한편, 해외영업부의 브레인 윤 차장은 천지기획 사무실을 방문하기 위해 계단으로 오르고 있다.

33층을 지나 34층으로 올라가려는데 위층 계단참에서 지윤의 음성이 들린다.

"자기야, 나 오늘 사표 내요."

"사표? 자기가 왜? 뭐 잘못했어?"

"아니, 사장님이 사표 내라고 하셔서."

"사장님? 누구? 신 사장님? 아님 김 사장님?"

"그야 김현수 사장님이죠. 난 거기 소속이잖아요."

"근데 왜? 자기 뭐 잘못했어? 그리고 잘못했다고 해도 김 사장님은 그럴 분이 아닌데 왜?"

아무런 예고나 조짐이 없었기에 박진영 과장의 음성은 상당히 높아져 있다.

"으응, 사장님이 내게 이실리프 뱅크로 자리를 옮기라고 하셔서. 그러려면 천지기획 그만둬야 하잖아요."

"이, 이실리프 뱅크? 자기더러 은행원 하래?"

박진영 과장은 한 번도 생각해 보지 않은 내용에 당황한 듯 말을 더듬는다. 요즘 지윤과 매일 얼굴 마주하는 것이 너무도 즐겁고 행복한 때문이다.

"네, 은행으로 자리를 옮겨 일해 볼 의향이 있느냐고 해서 그러겠다고 했어요."

"헐! 이제 곧 정식으로 과장 진급할 건데 꼭 그래야 해? 뭐야? 설마 일반 행원으로 가는 거야, 아님 지점장이라도 시켜준대?"

감정이 뒤틀린 듯 음성이 날카롭다.

"아뇨, 지점장은 아니구요."

지윤은 부러 낙심한 듯 조그맣게 말한다.

"그런데 왜 옮겨, 그냥 있지? 이실리프 뱅크가 대단한 은행이 될 거라는 건 인정해. 하지만 지점장급으로 가는 것도 아니라면 천지그룹에 있는 게 낫잖아. 지윤 씨 나이에 과장이면 꽤 높은 거라고. 안 그래?"

박 과장은 말도 안 되는 선택을 한 지윤을 어떻게든 말리고 싶은 모양이다.

"지점장급은 아니구요, 그것보다 조금 더 높은 직책으로 가라고 하셔서요."

"뭐? 더 높은 직책? 뭔데? 은행에 무슨 직책이 있지?"

박 과장이 언젠가 들었던 은행의 직제를 떠올리려는데 지윤이 대꾸한다.

"은행장 대리 전무이사요."

"뭐? 뭐어……?"

말꼬리가 올라간 뒤 박 과장은 한참 동안 말을 잇지 못하고 있다. 은행장 대리라고 하면 실제적으론 은행장 일을 한다는 것이다.

"방금 뭐라고 했어?"

"김현수 은행장님을 대리하여 이실리프 뱅크 전체를 관리 감독하는 전무이사로 옮겨가래요."

"헐! 전무이사라니! 말도 안 돼!"

그야말로 할 말을 잃었다.

직책은 전무이사지만 하는 일은 은행장이다.

이를 천지건설의 직제에 비유하면 다음과 같다.

대리→과장→차장→부장→이사→상무이사→전무이사→

부사장→사장→부회장→회장.

업무만 따지고 보면 한꺼번에 열 계급 승차이다.

이건 진짜 말도 안 되는 일이다. 직장인의 신화라는 칭호를 달고 사는 현수도 못 이뤄본 초고속 승진이다.

이제부터 직장인의 신화는 현수가 아닌 지윤인 셈이다.

"월급도 더 많이 주신댔어요. 그러니 옮겨갈게요."

"……!"

진영은 말릴 명분을 잃었다. 이실리프 뱅크는 무차입 경영을 하겠다는 곳이다. 다시 말해 망할 확률이 없다.

지분 전체를 현수가 가지고 있으며 단 한 주도 누군가에게 팔지 않은 상태이다. 경영권을 빼앗길 확률이 완전히 제로라는 뜻이다.

천지가 개벽을 해도 적대적 M&A의 대상이 될 수 없는 기업이다. 이곳의 은행장 대리 전무이사이니 천기기획 과장급 연봉보다 훨씬 높은 급여를 받게 될 것이다.

어찌 말리겠는가!

같은 순간, 아래층 계단을 딛고 있던 윤 차장의 입에서 나직한 침음이 흘러나온다.

"크으음! 바보, 바보였어."

황금알을 낳는 거위보다도 더한 존재를 잃은 것에 스스로의 안목을 자책하는 중이다.

이래서 사랑은 조건을 보고 하면 안 되는 것이다.

사람의 미래는 언제, 어떤 모습이 될지 아무도 모른다.

그래서 서로를 아끼는 마음만 확실하다면 다른 것은 따질 필요가 없다. 어려움을 같이 극복해 나가겠다는 굳은 의지만 있다면 살면서 고통스러움은 있을지라도 늙으면 행복한 추억이 될 수도 있다.

통계청 자료에 의하면 한국의 이혼율은 상승 중이다.

결혼 전에 상대방의 집안, 돈, 성격, 능력, 학벌, 외모 등등 정말 엄청나게 따진다. 이토록 신중하게 따지고 잰 뒤에 결혼했는데 왜 이렇게 많이 이혼하는 것일까?

참을성 부족과 상대에 대한 배려 부족이 큰 이유이다. 정말 중요한 사랑은 뒤에 놓고 먼저 조건만 따진 결과이다.

상대를 위해 목숨도 내놓을 수 있는 것이 사랑이다. 그런데 이런 사랑은 요즘엔 영화에서나 볼 수 있다.

요즘 세대들의 결혼은 조건 따져 식을 올린 뒤 정자를 난자에 수정시키는 것 이상의 의미가 없다.

일생에 딱 한 번뿐이라며 비싼 웨딩드레스와 꽃 장식, 웨딩 촬영, 고가의 예물 등을 고집하는 된장녀가 되지 말아야 한다.

남자 역시 얼굴만 예쁘다고 죽어라 쫓아다니는 바보 같은 짓은 하지 말아야 한다.

사전을 찾아보면 '순애보' 라는 말이 있다. '순애라는 아가

씨의 보자기' 를 뜻하는 말이 아니다.

순애(殉愛)는 '사랑 때문에 죽는다', '사랑 때문에 목숨을 바친다' 는 뜻이다. 이루지 못할 사랑 때문에 너무도 안타까워 죽음을 택하는 것을 순애라고 한다.

보(譜)는 적는다, 기록한다는 뜻이다.

이것은 소설가 박계주의 장편소설 제목이기도 하다.

1938년에 발표된 소설로 박애주의와 낭만주의적 분위기, 그리고 저변에 깔린 민족적 감정이 인상적인 글이다.

이때 이후 순애는 '순결한 사랑' 이나 '순수한 사랑' 을 가리키는 말이 되었다.

그런데 요즘은 이런 순애를 눈 씻고 찾아보려 해도 찾을 수 없다. 남녀 모두 순수성을 잃었기 때문일 것이다.

오로지 상대의 조건만 보았기에 결점이 있어도 발견하지 못하는 경우가 많다. 하여 이혼율이 높은 것이다.

어쨌거나 조건 따지던 윤 차장은 닭 쫓던 개 지붕 쳐다보는 격이 되어 쓸쓸히 발걸음을 돌린다.

이러고도 정신 못 차리고 잘난 척, 부자인 척, 고고한 척하며 여자들의 조건을 따진다.

결국 윤 차장은 10년 후에야 평범한 여자와 결혼한다.

제자리로 돌아와 앉은 박진영 과장은 멍한 표정이 된다. 이제 곧 차장이 되어 사내 체면을 차린다 생각하고 있었다.

그런데 현수가 그러했듯 하늘 높은 곳으로 훌훌 날아가 앉았다.

피똥 싸가며 매일 야근을 해도 불가능할지도 모르는 높은 자리에 올라간 연인을 어찌 대해야 할지 난감한 것이다.

'휴우! 포기해야 하나? 내가 너무 처지는데.'

진영은 찌푸린 이맛살을 좀처럼 펴지 못했다. 그러던 중 업무에 열중하고 있는 연희가 눈에 뜨인다.

'부사장님은 강 대리를 먼저 선택했는데 왜 지윤 씨에게 그 일을 맡겼을까?'

업무에 열중해 있는 연희의 아름다운 모습을 잠시 바라본 진영은 고개를 흔들었다.

'생각지 말자. 어느 날 갑자기 이실리프 자치구 대표 대리라는 자리를 맡게 되었다고 할지도 모르니.'

대한민국보다도 큰 몽골 이실리프 자치구 대표 대리는 거의 총리급이다. 이실리프 뱅크 은행장 대리보다 당연히 높은 자리이다. 아무래도 그럴 것 같다.

그렇기에 골치 아픈 미래는 생각지 말자는 표정을 짓는다.

대신 현수가 지시한 일에 몰두한다.

열심히 일을 하다 보면 본인도 높은 자리에 발탁될 수 있을 것이란 생각을 한 것이다.

나중의 일이지만 실제로 연희는 이실리프 자치구 대표 대리가 된다. 박 과장의 예상과 달리 몽골이 아닌 콩고민주공화국에 있는 이실리프 자치구이다.

이리냐는 러시아 이실리프 자치구 대표 대리가 된다.

* * *

Operation LAST chance Spät aber nicht zu spät

"늦었지만 너무 늦지 않았다고?"

인터넷 서핑을 하다 독일어로 쓰인 포스터의 글귀를 읽은 현수는 호기심에 스크롤을 내려 보았다.

2차 세계대전이 끝난 지 68년이 되어 가던 지난해 7월에 단 한 명의 나치 범죄자를 찾기 위해 독일 여러 도시에 걸려 있던 포스터 내용이라고 한다.

아래엔 다음과 같은 내용이 쓰여 있다.

1945년 이후 68년간 우리는 청소를 한 번도 안 했다.

죄를 지은 사람, 범죄에 동조한 사람은 응분의 법적 처벌을 받거나 도덕적으로 책임을 져야 한다.

"독일은 확실히 일본과는 다르군."

일본은 자신들의 과오를 감추기에 급급할 뿐 진정한 사과를 한 적이 없다. 이것은 지금도 계속되는 일이다.

1970년, 폴란드 바르샤바 국립묘지를 방문한 독일의 수상 빌리 브란트(Willy Brandt)[10]는 2차 세계대전 때 희생된 영혼 앞에서 사죄의 무릎을 꿇었다.

이 사진 한 장이 세계로 퍼지면서 독일은 더 이상 전범국가인 위험한 존재가 아니게 되었다.

독일은 지난 과오를 겸허히 인정하고 사죄하며 진실 되게 용서를 구했다. 그때 이후 독일은 유럽과 세계 평화에 이바지하는 국가가 되었다.

그런데 한국의 옆 나라에 사는 게다짝[11] 원숭이들은 이런 걸 보고도 느끼는 바가 없는 듯하다.

"기다려! 대가를 처절하게 치르게 해줄 테니."

망언을 하였거나 앞으로 하는 자들은 전원 지옥도 예약이다. 수고스럽지만 쓰레기 분리수거하듯 데려다 놓을 것이다.

굶어 죽든 말든 지들 팔자이니 신경 써줄 이유가 없다.

---

10) 빌리 브란트[1913.12.18~1992.10.8] : 본명 헤르베르트 에른스트 카를 프람(Herbert Ernst Karl Frahm). 빌리 브란트라는 이름은 1933년 나치 정권을 피해 덴마크와 노르웨이로 망명 중에 생긴 것. 독일 연방공화국의 제4대 총리.

11) 게다짝 : '게다(일본 사람들이 신는 나막신)'를 낮잡아 이르는 말.

다른 기사들을 읽던 중 '영어 몰입 교육' 이란 마음에 들지 않는 구절이 있어 클릭했다.

사립초등학교에서 1학년부터 6학년까지 전 과목을 영어로 가르치다 적발되어 시정지시를 받았다는 내용의 보도이다.

교육청은 시정지시를 내렸다. 하지만 이후에도 '영어 몰입 교육' 은 계속되었다. 학부모들의 거센 반발 때문이라고 한다.

이런 학교가 서울에만 30개가 있다고 한다.

이들 가운데 한 사립초등학교는 교육당국의 시정지시를 막아달라며 가처분 소송을 냈다.

교육당국은 즉각 항고했지만 헌법소원까지 내며 맞서고 있어 최종 결론은 법원에서 가려지게 되었다.

현수는 즉시 서핑을 시작했다. 그리고 이들 학교 명단을 확보했다.

학교가 문제가 아니라 학부모들이 문제인 학교이다.

이런 학부모들은 차별받아야 마땅하다.

현수는 이들 학교 명단을 기록해 두었다.

이실리프 정보 요원들로 하여금 조사케 하여 교육청 시정지시에 반대한 학부모 명단을 입수케 할 것이다.

그들의 자식은 어떠한 일이 있어도 이실리프 그룹사, 또는 협력사에 입사하지 못하도록 할 계획이다.

아울러 학부모들에 대한 조사도 하게 될 것이다.

물론 그들 역시 어떠한 경우에도 이실리프 그룹과 관련된 일을 할 수 없게 될 것이다.

'싸가지 없는 것들은 안 보는 게 제일 편해!'

현수는 다소 독선적인 결정이라는 것을 인식하면서도 뜻을 철회하지 말자고 기록해 두었다. 이런 것들이 골수 친일파가 되고 친미파가 되는 족속이라 판단한 때문이다.

다음으로 검색한 뉴스는 섬 노예 사건이다.

지난 2월 언론에 통해 보도된 내용을 모두 읽었는데 분노가 절로 솟는다.

개만도 못한 인간에 관한 보도였기 때문이다.

"으음, 노예가 있던 섬에 대한 조사도 지시해야겠군."

노예를 부리고 있음을 알면서도 도움을 주지 않는 것도 공범이다. 그런데 섬 노예가 탈출하지 못하도록 주민들끼리 서로 알려주는 암묵적인 카르텔이 형성되어 있다고 한다.

따라서 그런 사실을 알고 있는 모든 주민까지 징벌도 내지는 벌레도에 데려다 놓을 생각이다.

100명이든 10만 명이든 모두 데려다 놓을 것이다.

100살이 다 된 늙은이라도 하나도 빠짐없이 데려가야 한다. 늙었다고 범죄행위가 사라지는 것은 아니기 때문이다.

이들은 죽도록 고생하는 것이 뭔지를 톡톡히 경험하게 할 것이다. 용서는 절대로 안 한다. 그곳에서 굶어 죽거나 악어나 아나콘다의 먹이가 되도록 할 것이다.

'인원이 너무 많으면 수용할 공간이 부족할 텐데 어디 좋은 곳 없을까?'

징벌도와 벌레도를 떠올린 현수는 미간을 찌푸렸다. 데려다 놓을 인간은 너무나 많고 장소는 한정된 때문이다.

"굶어 죽는 걸 허용해야 하나? 쩝! 그러기 싫은데. 그렇다면 최악의 고통을 겪도록 준비하는 수밖에."

생각이 떠올랐으면 즉각 실천하는 것이 정상이다.

"텔레포트!"

현수의 신형이 공간 속에서 사라진다.

지옥도에 도착하자마자 바람의 정령 실라디온의 도움을 얻어 총알개미 중 일부를 징벌도로 옮겨놓았다.

연옥도에선 타란툴라 호크 일부를 징벌도로 옮겼다.

두 섬 모두 아비규환[12] 상태였다.

아소 다로 부총리는 현수를 보자마자 무릎을 꿇었다.

그의 뒤에는 기시다 후미오 외무상이 있고, 신도 요시나타 총무상과 야마모토 이치타 영토 문제 담당상은 뒤쪽에 무릎 꿇은 채 애걸복걸한다.

총알개미가 주는 고통이 얼마나 끔찍했는지 며칠 사이에

---

12) 아비규환(阿鼻叫喚) : 아비지옥과 규환지옥이라는 뜻. 여러 사람이 비참한 지경에 처하여 그 고통에서 헤어나려고 비명을 지르며 몸부림침을 형용해 이르는 말.

바싹 마르고 늙은 듯하다.

"내가 왜 너희를 용서해야 하지? 한국을 상대로 온갖 망언을 퍼부을 때 우리 기분은 생각 안 해봤지? 나도 니들이 얼마나 고통당하는지 알고 싶지 않아. 그러니 계속 고생해."

"김현수 사마!"

"사마 좋아하네. 시끄러, 이 새끼들아!"

퍼억—!

"캐액!"

"텔레포트!"

떠나기 직전 울며불며 매달리는 아소 다로의 턱주가리를 걷어찼다. 이빨이 서너 개쯤 부러졌을 것이다.

그러거나 말거나이다.

다음에 나타난 곳은 연옥도이다.

"으윽! 마, 마법사님, 제발, 제발 살려주십시오! 다, 다시는 나쁜 짓 안 하고 살겠습니다! 제발, 제발이요!"

현수를 발견한 놈은 삼합회 소속 14K파 조직원이다.

"다시는 나쁜 짓 안 하겠다고?"

"네? 네. 제발 여기서 나갈 수 있게만 해주십시오."

"아냐. 나쁜 짓 할 수 있으면 해. 여긴 법이 없는 곳이니까 아무리 나쁜 짓을 해도 널 처벌할 사람은 없어. 그러니 마음대로 해."

"아, 아닙니다. 정말 착하게 살겠습니다. 그러니 제발!"

14K파 행동대장이었던 녀석은 조폭답지 않게 눈물까지 흘리며 애원한다.

그런데 이런 놈을 용서해 줄 이유가 어디에 있겠는가!

"아냐. 착하게 안 살아도 되니까 계속 여기에 있어."

"네? 아아! 안 됩니다!"

"텔레포트!"

눈앞에서 현수의 신형이 사라지자마자 기다렸다는 듯 타란툴라 호크들이 다가간다.

"아앗! 안 돼! 가까이 오지 마! 오지 말란 말이야!"

한 번 쏘이면 적어도 3분 동안은 죽을 것만 같은 고통 속에서 몸부림쳐야 한다. 말로 형용할 수 없을 만큼 끔찍하다.

그렇기에 들고 있던 나뭇가지를 열심히 흔든다. 하지만 등 뒤에서 다가온 것까지 막을 순 없다.

"아앗! 아아아아악! 아아아아악!"

비명을 지르며 바닥을 나뒹굴지만 아무도 도와주지 않는다. 다른 녀석들도 고통 속에서 헤매는 중이기 때문이다.

징벌도로 이동해선 풀어놓은 총알개미와 타란툴라 호크가 좋아할 만한 먹이를 곳곳에 뿌려두었다.

하루라도 빨리 종족 번식을 하라는 의도이다.

전투모기라 불리는 흰줄숲모기는 섬 주변 호수가 좋은 종족 번식의 장이므로 이들에겐 배려해 주지 않았다.

"흐음, 쥐새끼들을 좀 풀어놔야겠군. 그러면 디오나니아 먹이가 부족할 텐데. 텔레포트!"

다시 지옥도와 연옥도로 간 현수는 시체들을 수거했다. 어차피 썩을 것이니 디오나니아의 영양분으로 삼기 위함이다.

새벽 무렵, 현수는 곤히 잠든 지현과 연희 사이로 들어갔다. 그리곤 아주 잠시 숙면을 취했다.

짹, 짹, 째짹!

"하아암! 끄으으응!"

먼저 눈을 뜬 지현이 기지개를 켠다. 그리곤 살그머니 일어나 커피부터 만든다. 잘 볶아진 원두를 갈아 만든 커피라 그윽한 향기가 풍긴다.

에티오피아에 갔을 때 리야 아스토우가 특별히 챙겨준 것이라 그런지 유난히도 향이 좋다.

"흐음!"

자리에서 일어난 현수는 곯아떨어진 연희의 이불을 잘 덮어주었다. 항온마법진 덕분에 이불을 걷어차고 자도 상관은 없지만 애정 표현을 한 것이다.

"잘 잤어요?"

"응. 지현이도 잘 잤지?"

"네, 모처럼 숙면했어요. 커피 드려요?"

"좋지."

머그잔에 원두커피를 담아 창밖 풍경이 보이는 소파에 앉았다. 지현이 살그머니 머리를 기대온다.

어깨를 보듬으며 품안으로 끌어당겼다.

쪽—!

가벼운 입맞춤을 해주었다. 그리곤 애정이 담뿍 담긴 눈빛으로 시선을 맞추며 살짝 윙크했다.

"사랑해."

"저도요."

지현을 안은 팔에 조금 더 힘을 주었다.

"히잉! 나도, 나도! 나도 안아줘요!"

어느새 깨어난 연희가 현수의 왼쪽 품을 파고든다. 당연히 안아주었고, 똑같이 뽀뽀해 주었다.

"요즘 일이 많아 힘들지?"

"아뇨. 자기가 준 반지의 바디 리프레쉬 마법 덕분인지 피곤한 건 별로 없어요. 혹시 일이 잘못될까 싶어 신경이 곤두서서 그래요."

연희는 커리어 우먼다운 표정을 짓는다. 하는 일에 자부심을 느끼게 된 때문이다.

"나 아침 운동 다녀올게."

"네, 저흰 아침 준비할게요."

현수가 옷을 갈아입고 마당으로 나가자 밤새 경비원 역할을 대신한 리노와 셀다가 반갑다는 듯 뛰어온다.

"자아, 그럼 갈까?"

문을 열고 나서자 토탈가드 현인구 팀장이 웃는 낯으로 고개를 숙인다. 근접 경호 당번이 된 모양이다.

"운동 가세요?"

"네, 이따 아침 같이해요."

"아이고, 아닙니다. 어서 다녀오십시오."

일본까지 따라가 거나하게 먹고 왔다. 그렇기에 얼른 뒤로 한 발짝 물러서며 괜찮다는 표정을 짓는다.

우미내 마을 입구엔 시골밥상이라는 맛집이 있다. 버섯닭백숙이 일품인 식당이다.

이 집과 묘향 손만두집, 그리고 장어구이가 일품인 우미관은 경호원들의 식사를 담당하고 있다.

아침은 시골밥상이, 점심은 손만두집이, 저녁은 우미관에서 준비해 준다. 어느 한 곳만 고정으로 하면 동네 인심을 잃고, 금방 질리게 되기 때문이다.

세 곳 모두 음식이 정갈하고 맛있다.

게다가 푸짐하다. 경호원들은 이곳에서 제한 없는 식사를 제공 받는다. 비용은 매주 지현이 지불한다.

그렇기에 밥 먹기 불편한 현수와 먹는 것보다 이곳에서 먹는 것이 더 편하기에 물러선 것이다.

"아무튼 다녀오겠습니다."

"네, 다녀오십시오."

현수가 리노와 셀다를 이끌고 산속으로 들어가자 경호원들은 한숨 돌린다는 듯 편안한 표정이 된다.

그러거나 말거나 정말 빠른 속도로 산속을 누빈다.

그랜드마스터의 탄탄한 근육은 산악으로만 마라톤을 한다 해도 두 시간 이내를 기록할 정도이다.

자리를 잡자 아리아니는 여느 때처럼 주변의 숲 되살리기에 나선다. 운동을 마칠 즈음 아리아니가 왔다.

"주인님, 실라디온 덕분에 일이 쉬워져서 일찍 끝났어요."

"그래? 다행이네."

"다른 애들도 데리러 가죠."

"엔다이론과 이그니스, 그리고 노에스를 찾으러 가자고?"

"네, 작업하면서 실라디온과 많은 이야길 주고받았는데 지구엔 애들이 제일 등급 높은 정령이래요."

"그래? 그러려면 어디부터 가지?"

"클루드 화산부터 갔으면 해요."

"클루드 화산? 알았어. 스케줄 조정해 볼게."

"네."

아리아니는 자신의 뜻이 가납된 것이 기분 좋은 듯 허공을 유영하더니 현수의 오른쪽 어깨 위에 내려앉는다.

"주인님."

"왜?"

"주인님의 부인들, 참 예뻐요. 인간 중에 그렇게 예쁜 여인들은 드문데……."

"그래? 그거 칭찬인 거지?"

"네, 근데 대체 부인이 몇 명이에요? 누가 부인인지 구분이 안 갈 때가 있어요. 그러니 이제부턴 누가 부인인지 가르쳐 줘요. 주인님의 부인이면 내가 보호해 줄 대상이니까요."

"아리아니가 보호를 해?"

현수는 무슨 소리냐는 표정을 지었다. 모든 정령을 부릴 수 있으니 그들의 힘을 빌려 무언가를 할 수는 있을 것이다.

하지만 30㎝짜리 몸으로 무엇을 하겠는가 싶었던 것이다.

"제가 무엇을 할 수 있는지는 나중에 알려드릴게요. 한 가지 확실한 건 저 상당히 많은 능력을 지녔어요. 아시죠?"

아리아니는 짐짓 뽐낸다는 듯 손을 허리춤에 놓고 방긋 웃는다. 너무 귀여워 콱 깨물어주고 싶을 정도다.

"알았어. 나중에 꼭 말해줘."

"네."

"우선 이곳엔 지현과 연희, 그리고 이리냐가 아내야. 아르센 대륙에선 카이로시아와 로잘린, 스테이시와 케이트, 그리고 다프네이고."

"총 여덟 분이군요?"

"좀 많지?"

"아뇨. 주인님은 아리아니의 주인님이세요. 여덟으론 부족하지요. 게다가 두 차원을 합친 인원이잖아요."

"그래도 많아. 아무튼 내 아내들 잘 부탁해."

"네, 아리아니의 축복을 내려줄게요."

뭘 어떻게 한다는 건지 알 수는 없지만 적어도 해롭게 하진 않을 것이라는 생각에 흔쾌히 고개를 끄덕여 주었다.

"고마… 압지 않네. 그치?"

"네, 우린 서로 사랑하니까요."

아리아니가 방긋 웃는다.

현수는 리노와 셀다를 데리고 집으로 돌아왔다. 아공간에 담긴 고기를 꺼내주고는 안으로 들어갔다.

"자기, 사장님으로부터 전화 왔어요."

"신 사장님?"

"할아버지께서 오신다고 회사로 나오시래요."

연희가 말한 할아버지는 이연서 회장이다.

"끄응! 말이 들어간 모양이군."

해외영업부 최 부장과 윤 차장이 에티오피아 건을 발설한 듯싶다.

“알았어. 그렇게 하자. 나 샤워 좀 할게.”

씻고 나와 맛있는 아침을 먹었다. 화기애애하고 정감 넘치는 아침 식사였다.

지현과 같이 출근하여 데려다 주고는 회사로 향했다. 연희는 보는 눈이 있는지라 토탈가드의 차량을 이용했다.

CHAPTER 08
대략 난감한 표정

"좋은 아침입니다, 사장님!"

안내 데스크의 아가씨가 배꼽인사를 한다.

"네, 좋은 아침이에요, 이향원 씨. 오늘도 기분 좋은 하루가 되길 빌어요."

현수의 웃음 띤 말에 안내데스크 아가씨는 화들짝 놀라는 표정을 짓는다. 현수가 본인의 이름을 알기 때문이다.

"어머! 아, 네. 사장님도 좋은 하루 보내세요."

엘리베이터까지 가는 동안 수없이 많은 직원이 고개를 숙여 예를 갖춘다. 머리가 희끗한 임원들도 마찬가지이다.

현수가 이 회사의 중심이라는 것을 모두가 인정한 것이다.

'에구!'

엘리베이터를 탔더니 혼자 올라가라고 아무도 오르지 않는다. 하여 할 수 없이 홀로 이동 중이다.

땡—!

경쾌한 신호음에 이어 문이 열린다.

"안녕하세요, 사장님?"

조인경 대리부터 시작하여 사장 비서실 직원들이 일제히 고개 숙여 예를 갖춘다.

자재과 신입사원일 때는 이들을 부러워했다. 천지건설의 브레인들이라 인정받는 직원들이기 때문이다.

수습사원일 때엔 나는 언제 저런 부서에 배속되어 보나 하는 생각을 했다. 그리고 볼 때마다 인사를 했다.

그런데 지금은 이들로부터 인사를 받는다.

격세지감이 느껴진다.

"하하! 어서 오시게."

신 사장이 들고 있던 커피잔을 내려놓으며 너털웃음을 터뜨린다. 상석엔 이연서 회장이 앉아 있다.

"안녕하세요, 회장님?"

"오, 그래! 그동안 잘 있었는가, 김 사장?"

사석에선 손서로 대하지만 지금은 공식적인 자리이다. 그렇기에 직함을 불러준다.

"네, 건강하시지요?"

"그럼, 그럼!"

이 회장의 얼굴을 살피니 혈색이 좋다.

만병으로부터 해방된 상태인 듯싶다. 물론 현수가 준 바디 리프레쉬 마법진 덕분이다.

"자자, 앉게, 앉아!"

"네."

현수가 자리에 앉자 신 사장이 결재판을 펼친다.

"어젯밤 아주 재미있는 보고를 받았네."

"……?"

"에티오피아에서 또 두 건을 터뜨렸다면서?"

신 사장은 몹시 흥미롭고 흥분된다는 표정이다. 현수가 수주한 두 개의 공사가 추가되면 천지건설은 그야말로 널널한 격차로 대한민국 최고의 건설사 자리를 유지하게 된다.

다시 말해 2위와의 격차가 어마어마하게 벌어진다. 대표이사 사장으로서 당연히 몹시 흥분될 일이다.

그런데 현수는 무덤덤한 표정이다. 이제 이 정도 일로는 흥분조차 하지 않는 반열에 오른 탓이다.

"아, 그거요?"

"그렇다네. 왜 말 안 했나?"

"그쪽에서 공사를 준다는 확약은 받았지만 공사 규모 등이 아직 미정인 상태라서요."

현수의 말은 사실이다. 이곳으로부터 저곳까지 4차선 고속도로와 표준궤 철도를 놓아달라는 것뿐이다.

어느 어느 지점을 통과할지조차 정해진 바 없다. 그쪽의 지형조차 제대로 모르기 때문이다.

"그래? 아무튼 수고했네. 자네 덕에 우리 회사가 나날이 발전하네. 고맙네."

"해외영업부에 지시했습니다. 공사 규모 등이 확정되면 그때 다시 보고드리도록 하겠습니다."

"그래, 그래주게. 회장님, 기쁘시죠?"

"그럼, 그럼! 근데 문제가 있네."

"네? 뭐가요?"

요즘은 모두 좋은 일뿐이다. 일감은 넘쳐나고 회사가 보유한 자금도 충분하다. 공사 때문에 벌어지는 분쟁도 없다.

따라서 안 좋을 일이 없는데 회장의 표정이 편해 보이지 않는다. 신 사장은 혹시 자신이 모르는 뭔가가 있나 싶어 얼른 시선을 보낸다.

"우리 김 부사장이 또 큰 공을 세웠으니 이번에도 승진시켜야 하는데 자리가 없어서 말이네."

"네?"

현수가 부사장에서 한 계단 더 승진하면 사장이다.

그럴 경우 본인이 자리를 내놔야 한다. 대표이사 사장은 한 명이어야 하기 때문이다.

자신이 공석인 부회장으로 승진하면서 자연스레 자리를 물려줄 수도 있다. 그런데 그 자리는 지위만 높을 뿐 대표이사 사장보다 권력이 작다. 밀려나는 것이다.

두 계급 승진이 결정되면 현수는 부회장이 된다.

그런데 그 자리를 현수에게 주면 졸지에 상사가 된다. 상하가 뒤바뀌는 것이다.

세 단계 승진은 아예 생각지도 않았다. 현임 회장이 이연서 회장의 친아들이기 때문이다.

따라서 한 계급이든 두 계급이든 문제이다. 하여 인터넷 유행어처럼 대략 난감한 표정을 짓는다.

이를 본 이연서 회장이 너털웃음을 터뜨린다.

"하하! 이 사람, 자기 자리 빼앗길까 싶어 긴장하는군."

"네? 아, 네에. 하하! 뭐 물러나라면 물러나야죠."

마음에 없는 말인 것이 분명하다. 신 사장의 표정이 조금은 어색했기에 누구나 눈치챌 수 있다.

"농담일세, 농담! 자네가 아니면 누가 천지건설을 잡음 없이 이끌어가겠는가. 그나저나 진급을 시킬 수 없으니 다른 걸

줘야겠군. 이보게, 김 사장!"

"네, 회장님!"

둘 사이의 농담을 들으며 웃고 있던 현수가 시선을 준다.

"원하는 게 뭐가 있는가? 말만 하게."

"없는데요."

"없어?"

"네, 별로 바라는 게 없습니다."

"으음! 하긴……."

이연서 회장은 콩고민주공화국에 있는 저택을 다녀온 바 있다. 그렇기에 현수의 말이 진심이라는 걸 안다.

하지만 아무것도 안 줄 수는 없다. 그렇기에 잠시 뭔가 생각하는 표정을 짓는다.

현수와 신 사장은 그런 회장의 상념을 방해하지 않으며 입을 다물고 있다. 하지만 그 시간은 그리 길지 않았다.

"알겠네. 바라는 게 없다니 일단은 가만히 있지. 바쁠 테니 나가서 일보게."

"네, 회장님!"

꾸벅 인사하고 밖으로 나갔다.

"축하드려요, 부사장님."

"에이, 왜 이러세요?"

곧 형수가 될 조인경 대리가 깍듯하게 고개 숙여 예를 취하니 불편하다.

"부사장님 덕분에 우리 회사, 점점 더 탄탄해져 가는 거잖아요. 정말 대단한 능력을 지니셨어요. 고마워요."

"아, 네."

현수는 대강 얼버무리며 밖으로 나갔다.

이러는 사이에 이연서 회장과 신 사장은 서류 하나에 두 시선을 주고 있다.

현수의 집이 지어지고 있는 양평 부동산에 관한 것이다. 손녀와의 결혼 예물로 증여한 것은 21,079평이다.

원래 휴양시설을 지으려는 목적으로 매입한 것이다.

이 땅 이외에도 꽤 넓은 임야를 소유하고 있다. 36홀짜리 골프장 건설을 염두에 두고 매입했기 때문이다.

전체 면적 66만㎡(약 20만 평)으로 현수의 저택 전체를 둘러싸고 있는 것이다.

"그러니까 이걸 주자는 말씀이십니까?"

이 회장이 주자는 것은 골프장을 만들려던 것이다.

애초의 계획을 반으로 축소하여 18홀짜리로 조성하려면 3만 평 정도가 더 있어야 한다.

그런데 나머지 토지매입이 쉽지 않아 묵혀두었다.

워낙 경관이 뛰어난 곳인지라 지주들이 너무 비싼 값을 불러 매입을 멈춘 것이다.

그리곤 9홀짜리 골프장과 클럽하우스, 그리고 천지그룹 직원들을 위한 휴양시설을 조성하려는 계획을 짰다.

그런데 갑작스레 일이 뻥뻥 터져 보류된 상황이다.

갑작스레 콩고민주공화국 잉가댐 공사 및 킨샤사–비날리아 간 4차선 고속도로 건설공사가 수주되어 모든 인력을 투입해야 했기 때문이다.

"이 정도면 적당할 듯싶은데, 자네 생각은 어떤가?"

"저는 찬성입니다. 그런데 김 부사장이 조금 부담스러워하지 않을까요?"

양평은 서울과 가깝고 풍광이 수려하여 지가가 상당히 높은 편이다. 천지건설이 이 땅을 매입할 때 평당 50만 원 정도를 지불했다. 다시 말해 1,000억 원이 매입가이다.

현재의 지가는 이보다 올라 60~70만 원 정도 할 것이다. 어쩌면 이보다 훨씬 더 비쌀 수도 있다.

어쨌거나 현수가 이룬 공은 지대하다. 따라서 1,000억 원짜리 보너스를 줘도 뭐라고 할 사람은 아무도 없다.

회사에서 거둘 수익이 그보다 훨씬 많을 것이기 때문이다. 그럼에도 부담스러워할 것이라 이야기한 것은 현수의 성품을 알기 때문이다.

"자네는 왜 부담스러워할 거라 생각하지?"

"김 부사장이 가진 부동산은 우리나라 전체보다도 넓습니다. 그중 풍광 좋은 곳이 얼마나 많겠습니까?"

"흐음, 그런가? 나는……."

강연희의 존재는 드러내 놓을 수 없다. 아들에게 혼외 자식이 있는 것이 부끄러워 그러는 것이 아니다.

연희 본인이 결코 원하지 않기 때문이다.

고생을 많이 한 손녀이기에 기회 있을 때마다 퍼주고 싶은 게 이연서 회장의 마음이다. 그렇게라도 해서 일생 동안 남편 사랑을 받으며 살길 바라는 것이다.

현수에게 주려던 땅을 골프장으로 만들려면 대규모 자연 훼손이 불가피하다. 수목 대부분을 베어내야 하며, 산을 깎아 구릉으로 탈바꿈시켜야 한다.

이는 자연을 회복 불가능한 상태로 만드는 것이다. 하여 마음이 내키지 않아 지금껏 개발공사 개시를 만류했다.

"부동산을 줘봐야 별다른 용처 없이 묵혀둘 겁니다. 따라서 임야를 받는 걸 별로 내켜하지 않을 수도 있습니다."

현수에게 주려는 임야는 마을에서 약간 떨어진 곳에 위치해 있다. 돈 많은 사람들의 별장 단지를 짓는 것이 아니라면 용도가 다양하지 못할 곳이다.

그런데 현수에겐 제주도 섭지코지에 있는 유니콘 아일랜드의 저택 50채가 있다. 양평보다 풍광 좋은 곳이다. 따라서 부자들의 별장단지를 개발하는 일 등을 하지 않을 것이다.

신 사장은 이를 짚어준 것이다.

"그래도 한번 주겠다고 해보게. 싫다면 할 수 없지만 그래도 모르는 일 아닌가, 안 그래?"

"네, 회장님."

"이게 싫다고 하면 연말에 성과급 두둑하게 지불하게."

"현금으로요? 얼마나 생각하십니까?"

"한 2,000억 원이면 될까?"

"네?"

계속해서 큰 공사를 하다 보니 금전 감각이 둔해진 듯 엄청난 금액을 부른다.

"그 정도는 줘야 회사 체면이 서지 않겠어? 우리 그룹의 보물이니 그 정도 대접은 해줘야지. 안 그런가?"

"네, 그, 그럼요."

이론의 여지가 없다. 그렇기에 고개를 끄덕인다.

"말 나온 김에 전화를 하든지 문자를 넣어보게."

"네, 알겠습니다."

잠시 후 현수는 카톡 하나를 받았다.

'사장님도 카톡을 하시나? 후후!'

회장님께서 자네의 공을 높이 사 양평에 있는 임야를 명의 이전해 주라고 하시네. 그곳 주소는 양평군 강하면 ***번지이네. 면적은 66만㎡

정도 되네. 확인해 보고 연락 주시게.

"땅을 주신다고? 갑자기 웬 땅이지?"

현수는 고개를 갸웃거리면서도 인터넷으로 지번을 입력하여 보았다. 어떤 곳의 땅인지 알아나 보자는 의도이다. 확인 결과 짓고 있는 저택 주변의 땅이다.

'이걸 어떻게 하라는 뜻이지?'

없던 땅이니 용처가 정해져 있을 리 없다. 하여 잠시 멍한 표정이다.

보너스 개념인 것 같으니 거절할 수도 없다.

"회장님께서 주시려는 모양이네. 근데 이것까지 합쳐지면 집이 너무 넓어지는데."

현수가 직장인의 신화로 불리고 자수성가의 대명사가 되었지만 22만 평이 넘는 집에서 산다고 하면 분명 좋지 않은 말이 나올 것이다.

사촌이 땅을 사도 배 아파하는 게 민심이기 때문이다.

"흐음, 안 받을 수도 없고……. 아, 맞아!"

순간적으로 뇌리를 스치는 상념이 있다.

2009년 보건복지가족부 통계자료에 의하면 대한민국엔 소년소녀가장은 총 1,337세대, 2,058명이다.

부모의 사망, 가출, 질병, 복역 등으로 발생되었다.

이 밖에 전체의 4분지 1은 부모의 이혼 때문이다.

"흐음, 이실리프 무역상사의 수익이 너무 많이 쌓이니 이제 복지사업을 할 때가 되었어."

현수의 중얼거림처럼 이실리프 무역상사는 매달 막대한 금액을 버는 중이다.

각종 의약품, 듀 닥터, 항온의류, 엘딕, 스피드, 쉐리엔 등을 고정적으로 수출하고 있다.

거래 상대는 천지약품과 드모비치 상사, 그리고 지르코프 상사와 두바이의 아지즈 상사 등이다.

단 한 번도 트러블 없이 거래되었고, 모든 결제는 현금이다. 당연히 수익금액이 엄청나게 많다.

하여 개인사업자를 법인으로 바꾸었다. 개인은 최고 38%가 세율이지만 법인은 22%이기 때문이다.

이은정 사장이 신혼여행에서 돌아오면 직원들에 대한 처우를 전폭적으로 개선할 예정이다.

먼저 이실리프 무역상사의 대표이사가 된 이은정의 연봉을 3억으로 올릴 것이다.

누구보다도 열심히 일한 김수진과 이지혜는 차장으로 승진시키면서 연봉 1억 5천이 된다.

특히 이지혜는 항공운송을 해상운송으로 바꾸자는 제안을

한 것에 대한 인센티브를 별도로 지급 받는다.

총 절감 비용의 25%이다.

임소희, 장은미, 최미애, 전혜숙도 열심히 일했다. 이들은 과장으로 승진되면서 연봉 1억 2천이 된다.

올해 입사한 20명의 신입사원 연봉도 상승한다.

참고로 2014년 대기업 대졸 신입사원 평균 연봉은 3,700만 원이다. 중소기업은 이보다 적은 2,340만 원이다.

이실리프 무역상사의 신입사원들은 이보다 훨씬 많은 6,000만 원을 받게 될 예정이다.

금액만 봐도 대기업을 능가한다.

게다가 근무시간은 한 시간 적다. 오전 10시부터 오후 5시까지이다. 야근은 당연히 없다.

업무에 지장이 없다면 본인 편한 시간에 출근하여 업무만 완수하면 되는 탄력근무제를 선택해도 된다.

공휴일이 토, 일요일과 겹치면 차주 평일에 하루 더 쉬는 대체 휴일제도 운영될 예정이다.

이 밖에 계절별 휴가가 있다.

3~6월엔 봄휴가 4일, 7~9월엔 여름휴가 7일, 9~11월엔 가을휴가 4일, 12~2월엔 겨울휴가 7일이 주어진다.

휴가기간 동안 숙박업소를 이용하면 그 비용의 3분의 2를 회사에서 부담한다. 이는 국내 4성급 호텔 기준이다.

장기근속 휴가제도도 도입할 예정이다.

근무기간이 5년이 될 때마다 추가로 15일간 휴가를 준다. 이때는 항공비와 숙박비 전액을 지원할 예정이다.

직원들에 대한 처우를 이토록 개선해도 이실리프 무역상사는 끄떡없다.

쉐리엔의 판매량이 대폭 늘어 올해부터는 드모비치 상사에만 월 2억 달러 이상 수출하기 때문이다.

이 중 최하 10%인 2,000만 달러가 보장된 수익금이다.

월 240억 원 이상이 남는 것이니 직원들에 대한 처우를 대폭 개선해 주려는 것이다.

쉐리엔은 소비재이다. 이것 하나만으로도 이실리프 무역상사는 매달 100억 원 이상의 이익이 실현된다.

경쟁상대도 없는 제품이니 거의 영구무변할 일이다.

이제 복지재단을 설립해도 될 만큼 성장한 것이다.

'부모가 이혼한 경우를 제외한 아이들에게 주거를 제공하는 건 어떨까?'

소년소녀가장 중 부모의 이혼으로 인한 경우를 빼고 나면 1,027세대, 1,570명 정도 된다. 가구당 1.5명 꼴이다.

"인원에 따라 14평, 또는 21평짜리 정도면 괜찮겠지?"

1인 가족 14평, 2인 가족 21평을 구상한 것이다.

당연히 전기, 수도, 가스요금 모두 무료이다. 침대, 책상,

옷장, 컴퓨터, 세탁기, 텔레비전 등도 지원된다.

전기는 태양광발전을 적극적으로 도입하고, 수도는 위그드라실의 잎을 이용한 지하수 개발로 해결하면 된다.

각 세대에는 항온마법진을 설치할 생각이다. 직접 온도를 선택할 수 있는 장치는 추후에 생각해내야 한다.

이게 실현될 경우 냉난방을 위한 전력, 또는 가스의 사용량 최소화를 기대할 수 있다.

아이들만 살게 되므로 가스레인지 대신 인덕션 레인지[13]를 설치할 계획이다. 화재, 또는 일산화탄소 중독 등을 미연에 방지하는 효과가 있기 때문이다.

마을과 동떨어진 곳에 위치하므로 인근 학교까지 통학할 차량도 필요할 것이다.

아이들에겐 대학 졸업까지 생활비와 등록금이 지원될 예정이다. 음악이나 미술, 또는 체육 분야에 특출한 재능이 있다면 그걸 살릴 수 있도록 예체능 교습도 받을 수 있다.

그러는 동안 외부로부터 부당한 압력이나 협박을 받지 않도록 법률적인 도움을 베푼다.

자상한 부모가 있는 것 같은 처우를 해주는 것이다.

부모의 이혼으로 인한 소년소녀가장이 된 경우는 정말 도움이 필요한 경우에만 혜택을 준다.

---

13) 인덕션 레인지(Induction Range) : 가스 같은 가연성 물질을 태워 열을 내는 방식이 아닌 고주파 자기장이 용기를 데워주는 방식의 취사도구. 화재 위험 없음.

무턱대고 다 돕는다면 양육이 힘들다 여겨지면 잘살던 부부도 가정을 깰 가능성이 있기 때문이다.

“흐음! 아파트 1,000세대라…….”

현황 파악을 해야겠지만 14평짜리와 21평짜리를 혼합하여 지어도 땅은 많이 남는다.

예를 들어, 층당 14평짜리 열 가구씩 10층짜리 복도식 아파트를 지을 경우 건축 면적은 170평 정도면 충분하다.

21평짜리인 경우는 240평이 소요된다.

계단식이 아닌 복도식을 고려한 것은 아이들이 서로 정(情)을 나누며 살라는 의도이다.

이런 걸 각각 500가구씩 짓는다면 다섯 동씩이 필요하다. 이때 사용될 토지는 2,050평이다.

20만 평의 100분지 1정도 된다.

부지의 대부분은 자연 그대로인 상태를 유지케 하겠지만 일정 부분은 아이들의 체력단련을 위한 공간이 될 것이다.

어린이 놀이터, 축구장, 농구장 등이다.

또한 정서함양에 도움이 될 정원도 꾸밀 것이다.

이 밖에 작은 도서관과 영화관도 필요하다.

그리고 유사시를 대비한 응급의료센터가 지어질 것이다.

이곳엔 기적의 치료제 미라힐 I , 또는 미라힐II가 비치될 예정이다.

"일단 해보고 괜찮으면 다음은 독거노인들을 위한 시설도 만들어보자."

혼자 사는 할머니, 할아버지와 아이들을 조손간으로 이어주는 것도 나쁘지 않을 것이다.

노인들을 위한 시설은 500가구 정도를 예상한다.

21평짜리로 지어 두 분의 어르신이 같이 지낼 수 있도록 한다. 물론 각각의 프라이버시가 보호되도록 설계되어야 할 것이다. 거실은 같이 쓰지만 침실과 화장실은 따로 쓰는 정도면 될 것이다.

산속에 있게 되면 노인들은 경제활동을 할 수 없다.

그렇기에 단지 관리와 아이들을 보살피는 등의 일을 맡기고 합당한 보수를 지불하면 될 듯싶다.

병에 걸린 노인의 경우는 치료해 주면 될 일이다.

생각을 정리한 현수는 곧장 신 사장을 찾아갔다. 이 회장은 볼일이 있어서 간 모양이다.

"어서 오게. 생각 정리되었나?"

"네, 주신다는 땅을 감사한 마음으로 받겠습니다."

"그래? 자네 집이 넓어지겠군."

22만 평 부지에 지어진 저택을 떠올리는 모양이다.

"담장을 쌓지 않는다면 그렇게 되겠지요. 감사합니다."

구구절절한 이야긴 하지 않았다. 말만 길어질 뿐이기 때문이다. 그리고 신 사장이 몹시 바쁜 때문이다.

사장실을 나선 현수는 곧장 옥상으로 올라갔다.

시원한 바람을 쐬고 싶어서이다.

"휴우! 공기가 조금 더 맑았으면……."

서울의 3월은 미세 먼지와 황사, 그리고 지나에서 온 스모그와 뿌연 박무 때문에 호흡기 환자가 많이 발생된다.

"그렇죠? 여긴 공기가 너무 탁해요. 주인님, 생각난 김에 실라디온 불러올까요?"

"실라디온을? 불러서 뭐하게?"

"맑은 공기를 공급해 달라고 하면 되잖아요."

"아! 그게 가능해? 그럼 부탁해 볼까?"

"부탁이 아니라 지시예요, 주인님."

아리아니는 아무리 가르쳐 줘도 모른다는 듯 볼을 부풀린다. 그리곤 허공에 대고 외친다.

"실라디온! 이 근처에 있지? 일루 와!"

"…실라디온이 이 근처에 있어?"

"네, 제가 정령력을 끊임없이 공급해 주는 중이거든요."

아리아니의 말이 끝나기가 무섭게 실라디온이 나타난다.

"부르셨어요?"

실라디온은 현수에게 공손히 고개를 숙여 예를 취했다.

"어라?"

전에는 말라깽이 슈퍼모델의 몸매였다. 그런데 지금은 그때보다 약간 살이 찐 듯한 모습이다.

왜 현수가 탄성을 냈는지 안다는 듯 실라디온이 대꾸한다.

"정령력이 늘면 더 나아질 거예요, 주인님."

"그, 그래?"

"야, 실라디온."

"네, 아리아니님."

"주인님께서 여기 공기가 너무 탁하다 하셔. 훨씬 맑고 신선한 공기로 바꿔드려."

"네, 아리아니님!"

임무를 부여 받은 실라디온은 더 들을 것 없다는 듯 훨훨 날아간다. 물론 아리아니와 현수의 눈에만 보이는 모습이다.

"칫! 쟤는 내가 아닌 주인님에게 주인님이라고 하네요."

"……?"

현수가 무슨 뜻이냐는 표정으로 바라보자 약간은 삐친 듯한 표정으로 대꾸한다.

"주인님하고는 계약도 안 했잖아요. 근데 지 맘대로 주인님을 주인님으로 인정하고 있어서요."

"그게 나쁜 거야?"

"…아뇨. 주인님에겐 나쁜 일이 아니죠. 정령인 지가 알아서 주인으로 모시겠다는 거니까요."

"그럼 아리아니에겐 나쁜 거야?"

"…그것도 아니에요. 제 말에 토 달지 않고 시키는 건 뭐든지 하니까요. 근데 나중에라도 힘이 복원되면 정령왕들처럼 싸가지 없이 굴까 봐 그래요."

현수는 엘라임이 처음 나타났을 때의 상황을 떠올렸다.

"오! 아리아니, 오랜만이야! 이게 얼마만이지?"

"이 녀석이! 너, 감히 내게 반말을 해? 설마 내가 누군지 잊은 거야?"

"잊기는, 켈레모라니님의 위세만 믿고 까불던 숲의 요정이지. 근데 어쩌냐? 켈레모라니님은 마나의 품으로 가셨는데."

그때 엘라임은 아리아니를 보고 뒤를 봐줄 힘이 잃었으니 기어오르지 말라는 표정을 짓고 있었다.

"내가 실라디온과 계약을 하고 아리아니를 나와 같은 존재로 여기라는 명을 내리면 어때?"

"…그럼 그 말은 들을 거예요. 근데……."

아리아니는 계속 시간 차이를 두고 말을 꺼낸다. 뭔가 못마땅한 듯싶다.

"정령들이 내게 주인님이라 부르는 게 싫어서 그래?"

"맞아요. 저만 주인님이라고 부르고 싶어요."

아리아니는 본심을 감추지 못한다.

그렇기에 앙증맞은 날개를 휘저으며 현수의 근처를 맴돈다. 제발 그렇게 해달라는 표정이다.

“그럼 정령들더러 주인님이라 부르지 말고 마스터라 부르게 하면 어때? 그것도 싫어?”

“…마스터요? 으음, 그건 좋아요.”

“알았어. 그럼 마스터라 부르게 할게. 알았지?”

“호호! 네. 전 이래서 주인님이 좋아요. 사랑해요!”

“그래, 나도 사랑해.”

이렇게 말하곤 있지만 아리아니를 여자로서 사랑하긴 힘들 것이다. 날개가 달려 있어서 인간이 아니라는 것이 늘 자각되기 때문이다.

CHAPTER 09
상쾌한 바람 만들가

"으응?"

현수는 공기가 바뀐다는 느낌에 눈을 크게 떴다. 깊은 산골에서나 느껴질 신선한 공기이다.

"주인님, 마음에 드셔요?"

"실라디온? 그래, 마음에 들어. 이거 어디 공기야?"

"동쪽에서 가져왔어요. 마음에 드신다니 좋네요."

동쪽이라면 태백산맥 어딘가에서 가져왔다는 뜻일 것이다.

"아, 그래? 흐음! 좋네."

"여기 공기가 탁한 건 서쪽에서 오는 작은 모래 알갱이와

오염 물질 때문이에요. 오늘은 특히 더 심한데 그건…….”

지나에서 발생된 스모그[14] 때문이라는 뜻이다.

“그래, 맞아. 그게 많은 영향을 미치지.”

현수는 말을 하다 말고 생각에 잠긴다.

‘흐음, 그걸 줄여야 하는데. 황사는 고비사막 때문에 그렇고, 지나에서 발생된 스모그는 대책이 없으니…….’

북경은 심각한 대기오염으로 에어러졸[15] 상태이다.

AQI[16] 300 이상이면 Hazardous(위험한) 등급에 해당된다.

이 정도면 정상인이라도 폐와 심장에 심각한 무리를 줄 수 있고, 노인과 아동에겐 심폐에 관련된 질환을 일으킬 수 있어 외부 활동을 극도로 자제해야 한다.

현재 북경의 대기는 WHO 미세 먼지 권고 기준의 수십 배에 달하는 PM 2.5[17] 수준이다.

이게 위험한 이유는 코나 기관지에 걸러지지 않아서이다.

폐 속으로 들어가 쌓이거나 모세혈관을 통해 흡수되어 심장과 폐에 질병을 일으킬 수 있다.

지나의 다른 도시들은 북경보다는 낮은 상태이다.

이게 바람을 타고 남쪽으로 내려가면 다른 지방도 AQI 300이

---

14) 스모그(Smog) : 자동차의 배기가스나 공장에서 내뿜는 연기가 안개와 같이 된 상태. 안개와는 상관없이 대기오염의 심한 상태를 이르기도 한다.

15) 에어러졸(Aerosol) : 연기나 안개처럼 기체 중에 고체, 또는 액체의 미립자가 분산 부유하고 있는 상태의 총칭.

16) AQI(Air Quality Index) : 공기 품질 지수.

17) PM(Particulate Matter) 2.5 : 직경 400분지 1㎜(머리카락 지름의 20분지 1) 이하의 입자.

넘게 된다. 비교적 공기가 맑다는 상해의 경우는 160 정도인데 이것 역시 좋은 것은 아니다.

아무튼 지나의 공기는 중위도 편서풍[18]의 영향 때문에 한반도 쪽으로 이동한다.

대신 서쪽의 맑은 공기를 공급 받는다. 그래서인지 지나는 대기오염에 대한 특별한 정책을 수립하지 않는다.

자기밖에 모르는 특유의 이기심이 또 발동된 것이다.

이것은 지난 2014년 2월 27일자 반관영 통신사인 지나 신문사의 기사에 그대로 드러나 있다.

지나 환경보호부 감측사(司 · 국에 해당) 주건평(朱建平) 부사장은 전날 지나의 대기오염 물질이 바다를 건너 얼마나 멀리까지 전파될 수 있는가에 대해 이렇게 말하였다.

과학자들이 연구하고 있지만 전파 과정이 복잡한 탓에 현재까지 내려진 결론이 없다.

다시 말해 명확히 규명된 연구 결과가 없다.

외부에서 유입된 오염이 일정한 비중을 차지한다고 해도 주요 오염은 현지(해당국)에서 발생한 것이며, 오염의 결과도 현지에서 주된 책임을 져야 한다.

---

18) 편서풍[Westerlies] : 중위도(30~60°) 지방에서 서쪽에서 동쪽으로 부는 바람.

다시 말해 자기네 책임이 아니라는 뜻이다.

지나에서는 겨울만 되면 난방을 위해 화석연료를 태운다.

이때 나오는 막대한 입자들은 동쪽에 위치한 한국, 일본 등지에 심각한 미세먼지 공해만 일으키는 것이 아니다.

대기 중 기상현상에도 지대한 영향을 미친다.

미세입자들이 수증기가 들러붙을 수 있는 일종의 씨앗 역할을 하여 비가 더 쉽게 내리는 것이다.

일종의 인공강우 같은 역할이다. 이때 기온이 낮으면 눈이 될 수도 있다.

텍사스 A&M 대학교와 나사의 제트추진연구소의 연구에 의하면 이 때문에 약 7% 정도 강수량이 늘어날 수 있다.

어쩌면 2014년 2월의 폭설도 이것 때문일 수도 있다.

이때 내린 많은 눈으로 인해 지붕이 무너지면서 오리엔테이션을 하던 대학 새내기들이 사망했다.

여기까지 생각이 미치자 문득 화가 난다.

"실라디온, 여기서 서쪽으로 가면 큰 바다가 있어. 그걸 지나면 커다란 대륙이 나와."

"알아요. 지나. 냄새 많이 나는 놈들이 사는 땅이죠."

"알아? 하긴……."

실라디온은 아르센 대륙 정령계에 있던 존재가 아니다.

그리고 지구는 정령들만의 정령계가 없다. 그렇기에 지나를 알 수도 있는 것이다.

"근데 거긴 왜요?"

"으응, 그쪽의 탁한 공기가 이쪽으로 안 왔으면 해서. 그거 혹시 가능해?"

"…가능해요. 그런데 지금은 안 돼요."

"왜? 아직 회복이 덜 돼서?"

"아뇨. 주인님과 계약을 하지 않아서 제가 큰 힘을 발휘 못 하거든요."

실라디온의 말대로 계약하지 않은 정령은 능력의 60%밖에 발휘하지 못한다.

"그럼 나하고 계약하면 그게 가능해?"

"영구적은 아니지만 당분간은 거기에 묶어둘 수 있어요."

실라디온이 고개를 끄덕이자 아리아니를 바라보았다. 이 계약을 해도 되느냐는 뜻이다. 당연히 고개를 끄덕이고 있다. 그러면서 조금 전에 했던 말을 잊지 말라는 표정이다.

"좋아, 계약을 하자. 근데 나를 부르는 호칭은 조금 바꿔줬으면 좋겠어."

"뭐로 해드릴까요, 주인님?"

"주인님 대신 마스터라고 불러주면 좋겠어."

아리아니가 잘했다는 듯 방긋 웃는다.

"마스터요? 네, 그렇게 해요. 그럼 계약해 주시겠어요?"

"그러자. 내가 어떻게 하면 돼?"

"가만히 계시기만 하면 돼요. 그러다 제가 신호하면 제 이마에 키스해 주세요."

"그래!"

현수가 가만히 서 있자 실라디온이 형체를 흐트러뜨리며 현수를 통과한다.

"태고의 맹약에 따라 나 실리디온은 여기 있는 이분과 맺어지려 합니다. 마스터의 목숨이 다하는 날까지 한결같은 마음으로 받들어 모실 것을 굳게 맹세합니다."

샤르르르르르릉─!

부드러운 마나가 살갗을 간질이는 듯하다. 기분 좋은 느낌이다. 그러나 그 순간은 아주 짧았다.

어느새 의식을 마친 실라디온은 현수의 바로 앞에서 눈빛을 빛내고 있다. 그러더니 이마에 키스하라고 손짓한다.

쪼옥─!

"이로써 나 실라디온은 마스터의 권속이 되었습니다. 앞으로 잘 부탁드려요. 마스터! 지금껏 늘 외로웠으나 이젠 외롭지 않아 행복해요."

실라디온이 환히 웃는다. 그러자 몸에서 빛이 나는 듯하다. 아주 예쁜 모습이다.

"잘 부탁해."

"저야말로 잘 부탁드려요. 제가 필요하실 땐 언제든 제 이름을 불러주세요. 마스터를 위한 바람이 되어드릴게요."

"고마워. 그나저나 아까 말한 거, 이젠 할 수 있는 거지?"

"네, 대신 주인님, 아니, 마스터. 근데 정령력이 더 필요해요. 제가 쓸 수 있도록 허락해주실 거죠?"

"그래? 물론이야. 원하는 만큼 가져가."

"네, 그럼 가져가요."

말을 마침과 동시에 켈레모라니의 비늘로부터 연유한 마나가 현수의 상단전으로 뿜어진다. 곧이어 상단전으로부터 눈에 보이지 않는 기운이 실라디온에게 향한다.

아리아니를 거치는 것보다 효율이 더 좋다.

산지에서 생산된 채소가 도매상을 거쳐 소비자에게 공급되는 것보다 생산자가 소비자에게 직접 공급하는 게 싸다.

생산자는 적절한 가격을 받으니 좋고, 소비자는 싼 가격에 구입하니 좋다. 속칭 Win—Win이다.

"흐으읍! 하아아! 흐으읍! 하아아!"

마치 심호흡을 하는 것처럼 실라디온의 가슴이 부풀었다 가라앉기를 반복한다. 그러면서 점점 더 형체가 뚜렷해진다.

조금 전까지 뿌연 유리 뒤에 있는 사람을 보는 것 같았다면 지금은 점점 더 투명해지는 듯한 느낌이다.

신기한 현상이기에 물끄러미 바라보았다. 이때 아리아니

의 음성이 들린다.

"실라디온이 본연의 힘을 찾으려는 중이에요. 마스터가 생겼으니 존재의 이유가 뚜렷해진 때문인 것 같아요."

"내가 있어 다행인 거지?"

"그럼요. 누구의 주인님이신데요."

현수의 어깨 위에 앉은 채 아리아니는 한참을 쫑알거렸다.

주로 정령에 관한 이야기이다. 습성이랄지 능력 같은 것들인데 처음 듣는 이야기가 많았다.

대략 10여 분이 흐르자 마나 유출이 멈춘다.

그러나 완전히 끊긴 것은 아니다. 아주 가느다란 실처럼 길게 변한 상태로 연결되어 있는 상태이다.

마치 유동식을 공급 받는 튜브처럼 정령력이 필요할 때마다 공급 받기 위한 장치인 듯싶다.

"이건 제 스스로 마나를 정령력으로 변환시킬 능력이 되면 끊길 거예요."

"그래, 알았어. 근데 어떻게 하려고?"

"마스터께서 말씀하셨던 대로 서쪽의 공기는 그곳에 머물도록 할게요."

"가급적이면 오래 머물도록 해줘. 발생된 오염물질들이 다 가라앉도록. 근데 그럼 바람이 하나도 안 부는 거야?"

"불길 원하시면 다른 쪽에서 공기를 가져올게요. 그런데 얼마나 원하세요?"

"그냥 공기가 순환되는 정도면 될 듯해."

"알았어요. 그럼 시작할게요, 마스터."

실라디온이 사라졌다. 잠시 후 바람이 잦아듦이 느껴진다.

스모그와 결합된 박무현상이 사라진 서울은 가시거리가 대폭 늘어났다.

"마음에 드세요?"

"응! 속이 다 시원해."

현수는 피식 웃었다.

"근데 저쪽은 어때?"

"그쪽의 공기는 한동안 거기에만 머물 거예요."

현수는 뿌옇다 못해 가시거리가 10m도 안 되는 북경을 떠올렸다. 아마 호흡하는 것조차 힘들 것이다.

자욱한 안개 같은 독성 스모그는 모든 학교로 하여금 휴교령을 내리게 할 것이며 회사들은 쉬어야 한다.

공기의 유동이 줄어들면서 AQI 수치가 계속해서 늘어나기 때문이다. 300이었던 숫자는 800, 900을 넘어갈 것이다.

AQI 수치는 500이 상한이다. 이 수치는 호흡하는 공기가 유독(有毒)하다는 것을 의미한다.

그런데 1,000이 넘어가면 어찌 되겠는가!

가만히 있어도 호흡 곤란으로 쓰러질 확률이 매우 높다.

그렇게 일주일이나 열흘 정도 지나면 대기오염의 심각성을 처절하게 깨닫게 될 것이다.

모든 공장을 세우고, 난방을 중지하며, 자동차의 운행을 극도로 자제하지 않는 한 대기오염은 줄어들지 않을 것이다.

공기 유동이 거의 없기 때문이다.

일련의 일들이 일어날 때까지 제법 많은 이가 목숨을 잃을 수도 있다. 하지만 그건 자업자득이다.

현수는 몇 십만 아니라 몇 백만 명이 죽었다는 기사가 나오더라도 실라디온에게 원상회복을 명하지 않을 생각이다.

자기밖에 모르는 지나인들의 극도의 이기심을 이참에 완전히 뜯어고칠 생각이다.

이런 교훈이 없으면 이기적인 지나인들은 결코 대기오염을 줄이려는 노력을 하지 않을 것이기 때문이다.

그러는 동안 한국은 비교적 청량한 공기로 호흡한다.

지나로부터 유입되던 독성 물질 섞인 황사나 미세먼지로부터 자유롭기 때문이다.

"수고했어. 그 상태로 딱 일주일만 유지해줘. 가능하지?"

"물론이에요."

"일주일이 지나도 내가 따로 말하기 전까지는 절대 풀어주지 마. 알았지?"

"네, 그럴게요."

실라디온이 생긋 미소 짓는다. 훨씬 예뻐 보인다.

"난 내려갈게. 여기서 쉬고 있어."

"네, 마스터!"

현수는 둘을 남겨둔 채 집무실로 내려갔다. 아리아니가 실라디온의 군기를 잡을 시간이 필요하다 해서이다.

*　*　*

"엄 국장님!"

"네, 회장님!"

전화 속 엄규백 국장의 음성에 절도가 있다.

"이메일 보냈습니다. 확인하세요."

현수가 보낸 것은 소치 동계올림픽 등 스포츠 경기에서 부당한 판정에 개입한 심판들을 조사하라는 내용이다.

소치뿐만이 아니다. 20년 전까지 소급하여 모든 스포츠 경기를 조사하라 명했다. 국내의 모든 경기 포함이다.

"네, 확인 후 보고드리겠습니다."

"제게 보고할 사항은 없습니까?"

"전에 지시했던 것들은 정리하여 회장님께 보안 메일로 보냈습니다. 확인해 주십시오."

"아, 그래요? 알겠습니다. 나중에 또 통화하죠."

전화기를 내려놓고는 이메일 확인에 들어갔다.

엄 국장으로부터 온 메일을 열어보았다.

닭조2캐말5아7구동치5랄바소11그마이진9갈고탐영0도광소45구이4세철쵀7이구퍽치2…….

어린아이가 자판을 마구 두드린 듯 뜻을 알 수 없는 문자들의 나열이다.

이것을 긁어 USB에 있던 프로그램에 넣고 실행시켰다. 그러자 다음의 내용이 나타난다.

『왜곡된 역사 교과서 집필진 명단 및 주소록』

제목을 보고 아래로 내려 보니 명단과 거주지 주소, 직장 주소, 그리고 잘 가는 곳의 위치가 상세히 기록되어 있다.

최근에 촬영한 스냅사진[19]도 첨부되어 있다.

뿐만 아니라 왜곡된 역사 교과서가 만들어지는 데 얼마만한 역할을 했는지도 기록되어 있다.

『역사 왜곡 교과서를 채택했던 고교 관계자 명단』

---

19) 스냅사진(Snapshot) : 캔디드 포토(Candid photography)라고도 한다. 재빠르게 순간적인 장면을 촬영하는 것으로 자연스런 동작이나 표정을 잡은 사진.

다음의 명단은 왜곡된 역사 교과서를 채택했다가 여론에 밀려 철회한 고교에 관계된 자들 명단이다.

대충 살펴보니 재단이사장부터 시작하여 교장, 교감 등이 망라되어 있다. 이들의 위치와 사진 역시 첨부되어 있다.

"왜놈에 빌붙어 일신의 영달을 꾀하려던 친일파 새끼들과 조금도 다를 바 없는 개 같은 인간들의 명단이란 말이지?"

괜스레 피가 거꾸로 솟는 듯한 분노가 물밀듯 밀려듦이 느껴진다.

사회 전체에 악영향을 미치고도 남을 인간들이 미래의 주역이 될 학생들을 가르치는 위치 중 가장 높은 곳에 포진해 있다. 당연히 안 될 말이기 때문이다.

"이놈들은 징벌도에 있는 모기나 개미, 그리고 말벌 가지곤 부족하지. 더 있어야 해."

이때 분노한 현수의 뇌리로 스치는 상념 하나가 있다.

"맞아, 휘문고등학교에 친일파 동상이 있었지."

이 학교를 설립한 민영휘는 한일합병 지지 공로로 일제로부터 자작위를 받았다. 이 밖에 은사공채 5만 원을 받은 대표적인 친일 자본가이다.

이뿐만이 아니다. 한국엔 친일파들의 동상이 즐비하다.

영훈초등학교와 영훈고등학교 교정엔 일제 때 당진군수

등을 역임한 고위 친일 관료 김영훈의 동상이 있다.

고려대와 중앙고에는 '국민총력동원 조선연맹' 이사 등을 역임한 친일파 김성수의 동상이 버젓이 세워져 있다.

추계예술대학엔 자기 제자들을 종군위안부로 보냈던 황신덕의 동상이 있으며, 상명대학엔 '조선임전보국단' 간부를 지낸 배상명의 동상이 있다.

연세대학엔 '조선장로교 신도 애국기 헌납기성회' 부회장을 지낸 백낙준과 유억겸의 동상이 있다.

이화여대엔 '국민총력조선연맹', '국민동원총진회', '임전보국회' 등 친일 단체 간부를 맡았던 김활란의 동상이 세워져 있다.

인덕대 설립자 박인덕, 서울여대는 설립자 고황경, 서울예대 설립자 유치진, 성신여대 설립자 이숙종도 친일파이다.

각각의 학교엔 이들의 동상이 서 있다.

일본에 충성 혈서를 쓰고 '다까기 마사오'로 창씨개명을 하였으며, 만주육군학교, 일본육사를 졸업하고 만주군 보병 중위를 역임한 독재자 박정희의 동상은 여기저기 널려 있는 상황이다.

특히 경북 구미엔 높이 5m짜리가 서 있다. 그 앞에 엎드리거나 우러러 볼 수밖에 없도록 만든 것이다.

구미시장은 이 동상의 제막식에 참석하여 박정희를 '반인

반신' 으로 지칭하여 구설수에 오른 바 있다.

그러고 보니 최근 언론에 보도되었지만 주목받지 못한 기사가 있다. 분명 사회적인 공분을 살 기사였지만 반향을 일으키지 못했다.

보이지 않는 권력의 손이 작용하고 있는 듯하다.

2008년 1월 1일부터 2014년 1월 1일까지 서울지역 도시가스 요금은 44.61%나 인상되었다.

특히 정권이 바뀐 2013년엔 도시가스 요금이 세 번이나 인상되었다. 지금껏 이런 적이 없었다.

왜 이렇게 자주, 그리고 많이, 도시가스 요금이 오르는가를 조사하던 중 의외의 사실이 발견되었다.

서울과 경기 지역에 도시가스를 공급하는 회사는 예스코[20]라는 곳이다. 이 회사는 2011년과 2012년에 두 차례나 '박정희 기념사업회' 에 기부금을 냈다.

이를 조사한 국회의원은 구체적인 액수를 밝히라 하였다.

하지만 예스코는 정확한 금액과 세부적인 항목은 기부금이라는 이유로 밝히지 않았다.

이것은 에너지 복지사업과 관련 없는 기부이며 적절치 못하다. 저소득층을 지원하는 기부금이어야 했기 때문이다.

게다가 사회적 동의 없이 죽은 친일 독재자의 기념사업회

---

20) 예스코(YESCO Co., Ltd) : LS그룹(2003년 LG그룹에서 전선과 금속 부문 등이 분리 · 독립하여 출범한 기업 집단) 계열사로 서울과 경기 지역에 액화천연가스(LNG)를 공급하는 도시가스 공급업체.

에 돈을 냈다는 것은 공분을 살 일이다.

이 사실을 알게 된 현수는 상당한 불쾌감을 느꼈다.

하여 러시아로부터 들여오는 천연가스를 수도권에 직접 공급하는 것으로 방향을 틀었다.

예스코가 지불한 기부금은 사용자들의 동의 없는 지출이다. 그리고 이 돈은 인상된 가스요금에 포함되어 있다.

다시 말해 독재자 기념사업회에 기부하고자 가스 값을 올린 것이다.

언제 또 이런 뻘짓을 할지 아무도 모른다. 기부금의 액수조차 밝히지 못하는 걸 보면 정권과 야합이 있을 수도 있다.

따라서 예스코는 적절한 징벌을 받아야 한다. 그런데 회사를 징벌도에 가져다 놓을 수는 없다.

러시아 차얀다 가스전으로부터 오게 될 가스에 대한 소유권은 대한민국 정부에 있는 것이 아니다.

이번 계약에 정부가 한 일은 사업허가를 내준 것뿐이다. 공사비 역시 대한민국 정부가 지출하는 것이 아니다.

현수는 '이실리프 천연가스'라는 법인을 새로 설립하여 반입될 가스 전량을 매입할 생각이다.

이걸 현재보다 훨씬 저렴한 가격으로 판매하면 소비자들은 가스공급자를 대체할 확률이 매우 높다. 그렇게 하여 모든 시장을 잠식하면 예스코는 파산할 것이다.

소비자들은 저렴한 가격에 가스를 공급 받으니 좋고, 뻘짓이나 해대던 회사는 엄청난 손해라는 처벌을 받는다.

이게 사회 정의에 부합한다는 것이 현수의 생각이다.

어쨌거나 미래의 주역이 될 학생들이 교정에 세워져 있는 친일파 동상을 보며 무슨 생각을 하겠는가!

학교에 있으니 막연히 '아! 저 사람은 위대한 업적을 남긴 위인이겠구나' 라는 생각을 할 수도 있다.

따라서 친일파의 동상은 남김없이 제거됨이 마땅하다.

이들은 반민족 행위를 함으로써 일신의 영달을 꾀한 자들이다. 그러므로 무덤 앞에 비석을 세울 가치조차 없음은 물론이며, 이 땅에 묻힐 자격도 없다.

현수는 엄 국장에게 추가 지침을 이메일로 보냈다.

전국 각지에 세워져 있는 친일파의 동상과 그들의 무덤 위치를 파악하라는 것이 그것이다.

생각난 김에 또 다른 지침 하나를 더 보냈다.

친일파들의 배후에 있는 '새빛회' 라는 단체의 구성원에 대한 조사를 지시했다.

새빛회는 대놓고 친일을 부르짖는 개만도 못한 인간들의 집합이다. 다음은 그들이 내뱉은 막말이다.

● 안중근, 김구는 테러리스트이다.

● 김구는 악랄한 테러 조직인 한인애국단을 결성하고, 민간인의 희생도 불사하는 잔인한 테러를 자행한 사람이다.

● 안중근의 용기는 가상하지만 그는 일본이라는 나라에게는 해충과 같다.

● 유관순은 여자 깡패이다.

● 우리는 안중근이나 김구 같은 테러리스트를 절대 영웅시하고 우상화해서는 안 된다.

● 일제의 도움으로 한국이 근대화되었으며 이에 감사해야 한다.

● 정신대 할머니들은 돈벌이를 위해 몸을 팔았던 자발적인 창녀이다.

● 일본은 독도를 자기 것이라고 주장할 법적 · 사료적 근거가 있다.

말도 안 되는 개소리를 떠올리자 현수는 뇌로 급격한 피 쏠림 현상이 발생됨을 느꼈다.

참을 수 없는 분노에 속된 말로 제대로 열 받은 것이다.

"텔레포트!"

집무실에 있던 현수의 신형이 어두컴컴한 하수도에 나타난다. 그의 전면엔 쥐 채집 틀이 놓여 있다.

"메가 라이트!"

즉시 어둠이 밀려난다. 채집 틀 내부를 들여다볼 수 있게 투명 아크릴을 대놓은 부분으로 보니 우글우글하다.

"어휴! 또 이렇게 많아?"

그렇게나 많이 잡아갔는데도 10만 마리는 됨 직하다.

"아공간 오픈! 입고!"

스무 개의 쥐틀을 모두 회수한 현수는 다시 집무실로 돌아왔다. 부팅되어 있던 노트북은 아공간으로 들어갔다.

"텔레포트!"

현수의 신형이 또다시 사라졌다. 세 개의 거점을 거친 끝에 콩고민주공화국 징벌도에 나타난다.

"아공간 오픈! 출고."

스무 개의 쥐틀에 있는 쥐를 모두 꺼내놓으니 우르르 몰려나간다. 목이라도 말랐는지 일제히 물가로 향한다.

아나콘다와 악어들은 때 아닌 회식을 하느라 온통 구정물로 만들어놓는다. 그래도 워낙 많이 잡아다 놓았는지라 징벌도 전체가 쥐로 가득한 것 같다.

그러던 어느 순간이다.

쥐들이 뒤집어지며 발광한다. 총알개미, 타란툴라 호크, 그리고 흰줄숲모기의 공습이 시작된 때문이다.

나름대로 이곳에서 세력 편성을 마치고 자리를 잡고 있던 녀석들의 공격은 매서웠다.

쥐들이 비명 지르는 소리가 들릴 지경이다. 고통을 견디다 못해 물가로 가면 아나콘다가 냉큼 잡아먹는다.

"이제 개만도 못한 인간들 사냥에 나서볼까? 텔레포트!"

서울로 돌아와 쥐 채집 틀부터 다시 설치했다. 잡고 또 잡아도 끝없이 몰려드니 박멸할 때까지 잡을 생각이다.

"참, 아니다!"

현수는 설치했던 채집 틀을 회수했다. 그리곤 좌표 확인을 하고 다시 한 번 텔레포트를 시도했다.

이번에 당도한 곳은 경남 우포늪[21]이다. 천적이 없는 괴물쥐 뉴트리아가 서식하고 있다는 곳이다.

이 녀석들은 원래 '늪너구리' 라는 명칭으로 불렸다. 아르헨티나, 파라과이, 우루과이, 칠레 등이 서식지이다.

모피의 질감이 좋고 값어치가 밍크보다 좋아 국내로 반입되었지만 왕성한 식욕과 번식력 때문에 골치였다.

현재는 생태계 교란 야생동물로 지정되어 포획되는 중이다. 그럼에도 낙동강 하류에만 10만 마리 이상이 있는 것으로 추정되고 있다.

현수는 우포늪과 낙동강 하류 곳곳에 채집 틀을 설치했다.

틀마다 인비저블 마법진을 추가로 그려 넣었다. 뉴트리아를 잡으면 자치구에서 포상금을 지급하기 때문이다.

---

21) 우포늪 : 경상남도 창녕군 유어면 대대리 · 세진리, 이방면 안리, 대합면 주매리 일원에 있는 자연 늪지. 가로 2.5㎞, 세로 1.6㎞로 국내 최대의 자연 늪지.

"흐으음! 이 정도면……."

틀 하나당 시궁쥐는 대략 10만 마리 정도 포획되었다.

뉴트리아는 몸길이가 1m가 넘는 놈들이 많다,

따라서 마리 수는 현저히 줄어들게 될 것이다. 대략 틀 하나 당 500마리로 예상한다.

채집 틀이 스무 개이니 한 번에 10,000마리 정도 잡을 수 있다.

낙동강 하류와 대구 · 경북 지역에 있는 놈들을 합산하면 약 15만 마리가 될 것이다.

열다섯 번 정도만 채집하면 멸종시킬 수 있다.

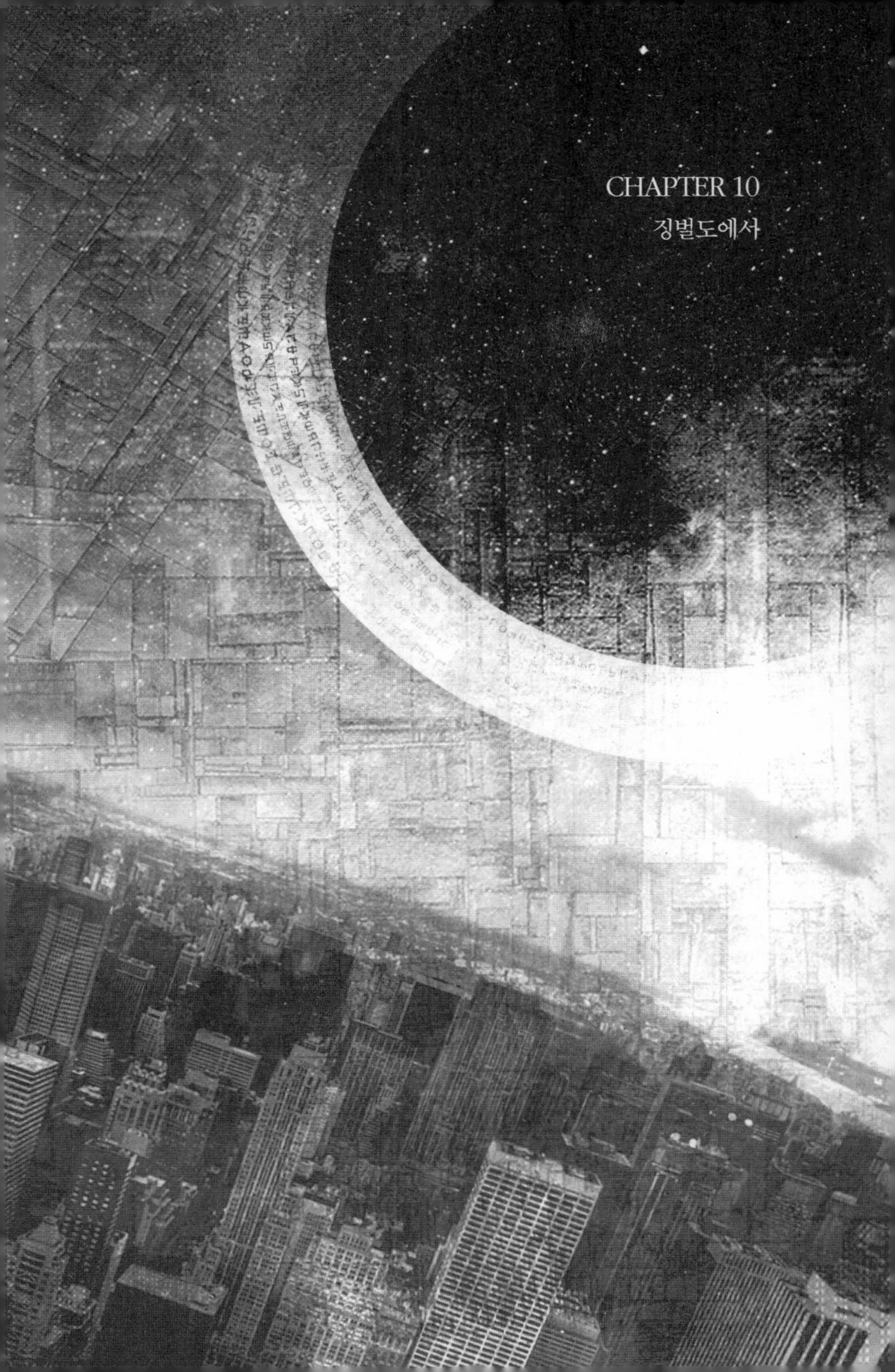

CHAPTER 10
징벌도에서

뉴트리아는 초식을 한다. 첨단 기법으로 조사한 바에 의하면 정수식물[22]의 뿌리가 주된 먹이이다.

뉴트리아의 간 조직과 정수식물의 뿌리줄기를 안정동위원소[23] 실험 기법으로 조사해 보면 탄소 값은 거의 일치하고 질소 값은 약 3‰ 정도 차이 나기 때문이다.

채집 틀 안에는 이것이 들어 있고 냄새가 강하게 풍긴다.

---

22) 정수식물[Emerged plant , 挺水植物] : 뿌리는 진흙 속에 있고, 줄기와 잎의 일부, 또는 대부분이 물 위로 뻗어 있는 식물이다. 추수식물(抽水植物)이라고도 한다. 얕은 물가에서 나는 수생식물의 한 형으로 연꽃 · 갈대 · 부 · 줄 · 큰 고랭이 등이 이에 속한다.

23) 안정동위원소[Stable Isotope] : 동위원소 가운데서 방사성동위원소를 뺀 나머지 원소를 말하는데, 동위원소를 화학적으로 분리할 수 없으므로 자연 상태에서 동일 원소의 그 존재 비는 지구상에서 일정하다.

바람의 상급 정령 실라디온이 이것을 뉴트리아가 있는 곳까지 풍기는 임무를 맡았다.

저절로 잡혀들 때까지 기다릴 수 없어서이다.

천지건설 부사장실로 되돌아온 현수는 리우데자네이루에 관한 자료들을 살펴보았다. 박진영 과장 등이 착실하게 수집·정리한 상태이기에 보기 좋았다.

그렇게 한참이 시간이 흘렀을 때 실라디온이 나타난다.

"마스터, 다 잡혔어요. 더 이상 안 들어가요."

"벌써?"

"제가 나서면 금방이죠."

실라디온은 칭찬 받아 좋은 듯 배시시 미소 짓는다.

"그래? 그럼 한번 가볼까? 텔레포트!"

우포늪에 나타난 현수는 채집 틀 가득 들어 있는 뉴트리아를 보고 인상을 찌푸렸다.

덩치가 크니 더 징그럽게 느껴져서이다.

"아공간 오픈! 입고!"

스무 개의 채집 틀 모두를 담고는 곧장 징벌도로 향했다. 그곳에 뉴트리아 일만 마리를 풀어놓았다. 털이 길어서 그런지 타란툴라 호크와 흰줄숲모기는 능력을 발휘하지 못한다.

총알개미만이 본연의 위력을 보인다.

어쨌거나 잠시 두리번거리던 뉴트리아는 물가 쪽으로 향

한다. 먹이가 될 정수식물이 그쪽에 있기 때문이다.

기다렸다는 듯 아나콘다와 악어들의 잔치가 벌어진다.

"쩝! 이건 아니군."

가만히 보아하니 뉴트리아는 거의 모두 아나콘다나 악어의 먹이가 될 듯싶다. 스스로 물가로 내려가기 때문이다.

"이놈들은 천상 디오나니아의 먹이로나 써야겠군."

다시 텔레포트해서 낙동강 하류로 향했다. 기왕에 사냥을 시작했으니 가급적 빨리 제거하는 편이 좋기 때문이다.

모든 일을 마치고 집무실로 돌아와서는 동선 계획을 짰다.

오늘 밤 왜곡된 역사 교과서와 관련된 자들을 잡아들여야 하기 때문이다.

이동할 동선을 짜는 동안 시간이 흘러 저녁이 되었다. 우미내 집으로 귀가한 현수는 아내들과 단란한 한때를 보냈다.

그러는 동안 밤이 깊어졌다.

"흐음, 이제 슬슬 움직여 볼까?"

확인한 좌표로 이동했다. 국토교통부에서 제공하는 3D 지도 서비스 '브이월드' 덕분에 정확한 좌표를 찾을 수 있었다.

"텔레포트!"

샤르르르릉—!

서재에 있던 현수의 신형이 스러졌다.

다음 순간 현수는 포항에 나타났다. 왜곡된 역사 교과서 편찬에 깊이 관여한 자가 사는 곳이기 때문이다.

이놈은 국사편찬위원회에서도 고위직을 맡고 있다.

'대놓고 친일파'가 이토록 높은 자리에 있으니 대한민국이 얼마나 웃기는 상황인지 가늠이 된다.

"여긴가? 빌어먹을 새끼! 아주 잘사는구먼. 하긴 친일파 새끼들이 잘살기는 하지. 에이, 빌어먹을 세상!"

나직이 투덜거린 현수는 번듯하게 지어진 단독주택을 바라보았다. 불은 다 꺼져 있다. 모두 잠든 모양이다.

"퍼펙트 트랜스페어런시! 플라이!"

투명은신마법으로 신형을 감추곤 훨훨 날아 담을 넘었다.

"언 락!"

스르르, 딸깍—!

집안에 보물이라도 감춰두었는지 문마다 보안장치가 설치되어 있다. 창문도 모두 잠겨 있다. 하지만 마법 앞엔 소용이 없다. 언 락 마법 한 방에 창문의 잠금장치가 열린다.

"오올 아이!"

집 안으로 들어가 안력을 돋웠다. 어둠 속에서도 사물을 식별할 수 있는 마법이다.

안방을 찾는 일은 어렵지 않았다.

"개새끼. 잘도 자빠져 자는군. 아공간 오픈! 입고!"

잠들어 있던 자는 비명을 지를 새도 없이 아공간으로 빨려

든다. 잠시 후 컴퓨터 본체를 찾아 아공간에 담았다.

밖으로 나온 현수는 가장 가까운 곳에 거주하는 자를 찾아 하나하나 아공간에 담았다.

한국에서 지워 버려야 할 쓰레기들이다. 그렇기에 아주 즐거운 마음으로 밤손님 노릇을 했다.

한참 후, 현수는 공주에 나타났다. 그리곤 살찐 돼지 같은 놈 하나를 아공간에 담았다. 아주 악질인 놈이다.

그렇기에 아공간에 담기 전에 몇 대 쥐어박았다.

밤새도록 전국을 누빈 결과 역사교과서와 관련된 자들 가운데 절반 정도를 담았다. 200여 명이다.

새벽 다섯 시가 되었을 무렵 현수는 징벌도에 있다.

"아공간 오픈! 출고!"

덜컹—!

컨테이너가 약간 거칠게 내려졌다.

"언 락!"

와당탕—! 우르르르!

"누구야? 대체 누구야?"

"뭐야? 이게 뭐 하는 짓이야? 누가 감히 나를……."

"아! 교수님, 오랜만입니다. 근데 여기가 어디죠?"

"글쎄? 나도 모르겠네. 그나저나 이게 웬일인가?"

"그러게 말입니다. 어떤 싸가지 없는 놈이……."

잠자다 잡혀온 놈들이 저마다 한마디씩 내뱉는다. 들어보니 가관이다. 안하무인에 싸가지는 밥 말아 먹은 놈들이다.

한동안 놈들이 지껄이는 소리를 듣던 현수는 기가 차서 나직이 혀를 찼다. 이런 놈들이 대한민국의 역사와 교육을 책임지고 있었다는 것이 너무도 한심해서이다.

"다들 떠들었냐?"

현수의 한마디가 울리자 모두의 시선이 집중된다.

"어엇! 저, 저건 뭐야?"

"헉! 어떻게 사람이 허공에 떠 있지?"

"저 사람은? 천지건설 김현수 부사장?"

"맞아. 며칠 전 축구한 그 김현수 맞네."

한동안 웅성거리며 이게 대체 어찌 된 영문인지 몰라 어리둥절한 표정을 짓고 있다.

"조용히!"

"……!"

"뭐야? 저 자식, 돈 좀 번다고 눈에 뵈는 게 없나? 이봐, 여기 계신 이분이 어떤 분이신지 알아?"

"그러게. 그렇게 안 봤는데 엄청 싸가지 없는 놈이군."

권위를 내세우던 습성은 사라지지 않는 모양이다.

"조용히 하라고 했다!"

"이런 싸가지 없는……. 야, 인마! 너 내가 누군지 알아?"

"라이트닝!"

번쩍—! 콰과쾅!

"캐액!"

"……!"

노발대발하며 시끌벅적하던 상황은 한 번에 정리되었다.

모두들 이게 대체 어찌 된 영문인가 하는 표정이다.

"방금 보았듯이 나는 마법사이다."

"마법사?"

"어쩐지! 그래서 그랬던 거야."

승승장구하는 사업과 축구 모두를 생각한 모양이다.

"너희 전부는 우리 역사를 왜곡한 역사 교과서와 관련 있는 친일파 새끼들이다. 하여 특별히 이곳에서 고통스런 나날을 보내도록 해줄 계획이다."

"저런 버르장머리 없는……. 이봐, 여기 저명한 교수님들이 얼마나 많은지 알아? 근데 어디서 감히……!"

"아가리 닥쳐라! 그리고 모두들 왼쪽을 보도록!"

한국과 이곳은 시차가 있다. 서울이 밤 12시이면 이곳은 오후 4시이다. 그렇기에 사방이 훤히 보인다.

현수가 손짓하자 모두의 시선이 쏠린다.

"헉! 저건……!"

물가로 다가가던 뉴트리아가 아나콘다와 악어에게 먹히는

장면을 목격한 친일파들의 눈이 화등잔만 해진다.

아나콘다의 숫자만 해도 수백 마리는 넘는 듯하다. 덩치 큰 악어 역시 상당히 많다.

현재 징벌도가 수면과 만나는 곳은 먹이 다툼이 치열하다. 한 마리라도 더 잡아먹으려는 포식자들 때문이다.

"보다시피 여긴 정글이다. 그리고 이곳은 섬이지."

현수의 말이 시작되자 다시 한 번 시선이 쏠린다.

"나는 너희 친일파들을 위해 이곳을 조성했다. 참고로 여기는 콩고민주공화국 내의 영토이며 인적이 없는 곳이다."

"……!"

"너희는 이곳에서 죽을 때까지 고통을 겪게 될 것이다. 역사를 왜곡한 죄! 그리고 그것으로 자라나는 학생들의 의식을 흐리게 하려한 죗값이다!"

"……!"

모두들 아무런 말이 없다. 심상치 않음을 느낀 모양이다.

"자, 모두들 의복을 벗어라. 양말 한쪽이라도 남기는 놈은 벼락의 맛을 보게 될 것이다. 라이트닝!"

번쩍! 콰콰쾅—!

찌익—!

벼락이 작렬하자 아나콘다를 피해 도망치던 뉴트리아가 그대로 뻗어버린다. 발랑 자빠진 채 부르르 떠는데 모락모락

연기가 난다. 장난이 아니라는 뜻이다.

"다시 말한다. 모두 벗어라! 시간은 10초 준다! 실시!"

"시, 실시!"

몇몇 녀석이 복창하며 옷을 벗는다. 200여 명 중 30명도 되지 않는다. 나머지 85% 이상은 군복무를 안 한 모양이다.

현수는 그러면 그렇지 하는 표정을 지었다.

다소 냉막한 시선으로 서둘러 옷을 벗고 있는 자들을 바라보았다. 포항에서 잡아온 놈은 나이가 80이 다 되어 그런지 조금 느리다.

"아이스 애로우! 발사!"

쐐에에에엑—! 푸욱!

"아악! 아아아악!"

세월아 네월아 하며 천천히 옷을 벗던 녀석이 자빠진 채 비명을 지른다. 얼음화살 하나가 허벅지에 박힌 때문이다.

"계속 그렇게 누워서 비명을 질러라. 다음은 대가리에 박아줄 테니. 자, 시간 얼마 안 남았다. 빨리 벗어!"

늙었지만 확실히 옷 벗는 속도가 빨라진다.

"벗은 옷은 이곳에 모으도록!"

"……!"

우물우물하면서도 현수가 손짓한 곳에 옷가지들을 모은다.

"파이어 스톰!"

화르르륵! 화르르르르르륵!

시뻘건 불길이 붙는가 싶더니 파랗게 변한다. 그리고 잠시 후엔 벗어놓은 옷을 불길이 삼킨다.

초고열 마법이 시전된 결과이다.

모두들 두렵다는 표정으로 현수를 바라본다. 하지만 그들에게 시선조차 주지 않았다.

잠시 기다리자 벗어놓은 옷이 모두 탔다.

"자, 이제부터 너희들만의 쇼 타임이다. 친일해서 누린 부귀영화가 얼마나 부질없는지 깨닫는 데 1분도 걸리지 않을 것이다. 플라이!"

현수의 신형이 허공으로 더 솟자 모두들 고개를 빼 든다.

높이 50m쯤 되었을 때 존재감을 지웠다.

그와 동시에 물러나 있던 총알개미, 타란튤라 호크, 그리고 전투모기라 불리는 흰줄숲모기의 공격이 시작되었다.

"아악! 아아아악!"

누군가 총알개미에게 발을 물린 듯하다. 오른발을 붙잡고 펄펄 뛴다. 그 순간 다른 놈이 비명을 지른다.

"이게 뭐야? 저리 가! 저리 가! 아아악!"

타란튤라 호크에 쏘인 놈이 바닥을 나뒹군다.

또 다른 곳은 연신 팔을 휘두른다. 모 학교 재단 이사장이라고 거들먹거리던 놈이다. 이놈을 향해 흰줄숲모기들이 무차별 폭격을 시작한다.

"아아악! 아아아악!"

"사람 살려! 아악! 헉! 쥐, 쥐다!"

정신없이 도망치던 놈 가운데 하나는 우글거리는 쥐들을 보고 기겁하며 돌아선다. 그 순간 목덜미를 노리던 타란튤라 호크가 한 방 시원하게 쏜다.

"으아아악! 아아아아아아악! 캐애액!"

쓰러져 나뒹구는데 총알개미가 문 모양이다.

현수는 허공에 뜬 채 밑에서 벌어지는 광란을 지켜보았다. 그야말로 아비규환의 현장이다.

비명, 비명, 비명의 연속이다. 고통에 겨워 나뒹굴지만 물가 쪽으로는 안 가려 애를 쓴다. 가면 아나콘다나 악어의 먹이가 된다는 걸 알기 때문이다.

한쪽엔 쥐들이 우글거린다. 170~180만 마리 정도 되니 얼마나 많아 보이겠는가!

흰줄숲모기에 물리고 펄펄 뛰면 타란튤라 호크가 쏜다. 그래서 바닥에 나자빠지면 총알개미가 사정없이 물어버린다.

미치고 환장할 지경이지만 아무도 도울 수 없다.

"그러게 정도를 지키며 살았어야지. 쯧쯧!"

나직이 혀를 찬 현수는 아공간에서 치즈를 꺼냈다. 마법으로 이것들을 녹인 뒤 발광하는 놈들에게 뿌렸다.

그 즉시 치즈 특유의 냄새가 번진다. 기다렸다는 듯 쥐떼가 뒤덮는다.

"아악! 이건 뭐야? 저리 가! 저리 가란 말이야! 아악!"

시커먼 쥐들이 미친 듯 달려온다. 며칠을 굶은 녀석들이다. 그런데 치즈 냄새가 나니 어찌 안 오겠는가!

바닥에 누워 비명을 지르며 발광하던 놈들이 기겁하지만 이미 사방은 시커먼 쥐 떼로 뒤덮인 후다.

"크으! 냄새."

고통스러워하는 모습을 더 보고 싶었지만 악취 때문에 견디기 힘들다.

"텔레포트!"

샤르르르릉—!

현수의 신형이 징벌도에서 사라졌다.

짹, 짹, 짹!

"하암, 잘 잤다."

오늘도 지현이 먼저 일어난다.

"잘 잤어? 여기 커피!"

"고마워요."

"고맙다는 말 하지 않기로 했잖아."

"참, 그러네요. 잘 마실게요."

현수가 건넨 커피잔을 받아 든 지현이 생긋 웃는다. 화장기 하나 없는 부스스한 얼굴이다. 그럼에도 아주 예쁘다.

'장가 한번 잘 간 거네.'

"난 애들 데리고 운동 나갈게. 연희 깨면 커피 줘."

"네, 잘 다녀와요."

지현이 배시시 웃음 짓는다. 이마에 뽀뽀를 해주고 현관을 나섰다.

리노와 셀다가 준비 다 되었다는 듯 기다리고 있다.

"자, 오늘도 가볼까? 가자!"

현관을 열자 경호원이 인사한다.

"고생 많았어요. 운동 다녀올 테니 좀 쉬어요."

"네, 다녀오십시오."

이제 한 시간은 자유다. 그렇기에 환한 표정이다.

여느 때처럼 아리아니가 가자는 쪽으로 이동했다. 그곳에서 운동기구를 꺼내놓고 운동을 했다.

"주인님, 이그니스 데리러 안 가요? 노에스는 그렇다 쳐도 엔다이론도 만나야 하잖아요."

"지금 가자고?"

"아뇨. 아침은 드셔야 하잖아요."

한시라도 빨리 가고 싶지만 인간은 먹지 않고는 살 수 없다는 것을 알기에 양보한다는 표정이다.

"…알았어. 아침 먹고 일 좀 본 다음에 다녀오지."

"실라디온, 주인님께서 이그니스 보러 가신대."

"어머! 정말이요? 아이, 좋아라. 이그니스 본 지 꽤 오래되었는데. 호호! 좋아요, 마스터!"

"오늘도 운동 잘했어요?"

"그럼! 뭐 맛있는 거 했어? 냄새 좋네."

"호호! 기대하세요. 먼저 씻고 와요."

"응."

샤워를 마치고 나와 머리를 말리는데 텔레비전에서 뉴스 속보가 나온다. 그러고 보니 요즘엔 속보가 많다.

요즘 신나는 건 뉴스 채널뿐인 듯싶다.

"어젯밤 의문의 실종 사건이 이어졌습니다. 포항에 거주하는 유◇▽ 교수와 공주에 사는 이○△ 교수 등이 사라졌습니다."

화면엔 돼지같이 살찐 이○△의 혐오스런 얼굴과 역사학계를 주름잡던 유◇▽의 얼굴이 나타난다.

타란툴라 호크에 쏘인 뒤 바닥을 나뒹굴다 총알개미에게 물려 길고 긴 비명을 지르던 새끼들이다.

지금쯤이면 냄새나는 쥐들에게 뒤덮여 고통스런 시간을 보내고 있을 것이다.

아무튼 화면 아래에는 유◇▽와 이○△의 신상명세가 자막으로 흐른다. 맡은 직책도 많다.

잠시 후, 앵커의 멘트가 이어진다.

"경찰 조사에 의하면 이들은 잠자리에 든 복장 그대로 실종된 것이라 합니다. 이뿐만 아니라 경북 성◎고, 울산 현□고, 경남 창▽고, 합☆여고, 대구 포○고 등 각 학교의 재단 이사장과 이사, 교장, 교감, 그리고 교사 중 일부도 실종되었습니다."

화면에는 왜곡된 역사 교과서를 채택했던 학교의 명단이 나타난다. 경상남북도와 부산, 대구에 있는 학교들이다.

이 밖에 공주 인근지역 학교의 명칭도 나온다.

"이들의 공통점은 새로 만든 역사 교과서의 집필진, 또는 채택 문제로 사회적 물의를 빚었던 학교 관계자들입니다."

화면엔 각 학교의 전경과 실종자들의 이력과 얼굴이다.

피식-!

현수는 실소를 머금었다.

방금 언급된 놈들은 영원히 대한민국에 발을 들여놓지 못한다. 놈들에게 남은 건 공포, 고통, 비명, 절망뿐이다.

나중의 일이지만 이들의 자손은 어느 누구도 이실리프와 관련된 곳에 취업하지 못한다.

지금까지는 독립운동가의 후손들만 고생하고 친일파의 후손들은 잘 먹고 잘살면서 떵떵거렸다.

앞으론 독립운동가의 후손들만 대우 받고 친일파의 후손들은 차츰차츰 사회에서 격리되는 고통을 겪게 될 것이다.

다행인 것은 현수의 수명이 1,200년이라는 것이다. 따라서 최소한 500년은 이런 제도가 그대로 유지될 것이다.

이 정도면 사회의 극빈층으로 주저앉은 뒤 다시는 재기하지 못할 충분하고도 남는 시간이다.

어쩌면 완전히 대가 끊기는 일이 발생될 수도 있다.

친일파의 후손들이 사회적 불이익을 당한다는 것을 알면 결혼하려는 상대자가 사라질 것이기 때문이다.

"흐음, 오늘 밤엔 가급적이면 서둘러야겠네."

내일 아침 또 뉴스 속보가 나올 것이다.

이번엔 전라남북도와 강원도, 그리고 경기도 일원에서 실종자들이 발생될 것이다. 모두 역사 교과서와 관련된 자들이다. 따라서 모레부터는 몸을 숨길 확률이 매우 높다.

그러거나 말거나 이실리프 정보의 요원들이 동원되면 찾아내는 것은 어렵지 않을 것이다.

"식사 준비 완료예요. 오세요."

"응, 그래."

텔레비전을 끄고 식탁으로 가 맛있는 아침 식사를 즐겼다.

지현을 출근시키면서 또 4인방을 만났다.

차를 타고 이동하면서 지현에게 물어보니 아직은 권력에 오염되지 않은 열혈 검사들이라 한다.

지현은 아마도 아버지의 영향이 클 것이라 이야기한다. 장인이 법조계 사람들에게 아주 좋은 롤 모델이라는 것이다.

'흐음! 쓸 만한 사람들이긴 한데, 쩝, 모두 빼오면 나라가 어떻게 돌아가겠어.'

살짝 오염되었다면 절대충성 마법으로 빼돌릴 수 있다. 그러면 그 자리를 다른 깨끗한 검사가 차지한다.

사회 정의 구현에 도움될 일이다. 그런데 청렴하다니 빼올 수가 없는 것이다.

천지건설에 들러 보고서를 읽고 결재를 해주었다. 다음은 이실리프 무역상사 방문이다.

"어서 오세요, 회장님!"

"네, 바쁘죠?"

"정신없이 바쁘긴 해도 견딜 만은 해요."

요즘 연애 중이라는 김수진이 생긋 웃는다.

"회사 일에 차질은 없죠?"

"그럼요. 은정이가… 아니, 이은정 사장님이 체계를 잘 잡아놓으셔서 매뉴얼대로만 움직이면 되니까요."

"네, 아주 다행한 일입니다."

현수는 고개를 끄덕였다. 수진의 말처럼 정해진 규칙에 따라 업무 처리를 하면 불상사가 생기지 않도록 매뉴얼이 작성되어 있다. 담당자가 아프거나 개인사정으로 자리를 비워도 그것대로만 움직이면 일 처리가 매끄럽도록 한 것이다.

"수출물량 확보는 어때요? 그것도 차질 없죠?"

"그럼요. 다들 우리 회사 우선이에요. 그래서 별탈 없이 업무가 추진되는 중이에요."

"그것도 다행입니다."

현수가 환히 웃자 수진도 따라 웃는다. 요즘 정말 회사 다닐 맛이 나기 때문이다.

지난해 8월, 은정과 수진, 그리고 지혜는 대한의약품의 주식 전부를 현수에게 매도했다. 6월 하순 때 현수가 특별히 대출해 준 3억 원으로 각기 15만 주씩 샀던 것이다.

액면가 5,000원짜리 주식의 매입가는 2,010원이다. 그리고 현수에게 매도할 때의 가격은 16,350원이다.

810%나 상승한 것이다.

세금과 수수료를 내고 현수에게 원금을 갚았다. 그리고 셋이 얻은 최종 수익은 20억 6,100만 원이다.

이 돈은 현재 우리은행 양재북지점 김영신 과장의 도움을 얻어 정기예금과 각종 펀드, 그리고 MMF와 방카슈랑스 등에 분산 예치되어 있다. 매월 발생되는 이자 및 수익은 정기적금으로 재투자되는 중이다.

이것으로 셋은 매월 약 500만 원씩 버는 중이다.

월급은 넉넉하고 근무 여건은 최상이다. 게다가 가외 수입까지 쏠쏠하니 하루하루가 즐겁다.

퇴근하면 수진과 지혜 등은 남자 친구, 또는 여자 친구들과 더불어 맛있는 음식을 먹으러 다닌다.

아무리 많이 먹어도 살이 찌지 않는 쉐리엔이 무상 공급되니 부담 없이 즐기는 것이다.

이 모든 게 현수 덕분이다. 그렇기에 수진과 지혜 등이 현수를 생각하는 마음은 각별함을 넘어 있다.

이미 결혼한 유부남이기에 유혹하려는 마음은 전혀 없다. 평생 받들어 모시고 충성해야 할 대상으로 여기는 것이다.

하긴 주식을 팔아 얻은 수익만 연봉 5,000만 원짜리 직장인이 한 푼도 쓰지 않고 41년 이상 모아야 할 돈이다.

사치와 낭비를 일삼지 않는다면 사회에 첫발을 내디딘 해에 평생을 보장 받은 셈이다.

"특별히 내가 알아야 할 사항이 있습니까?"

"우리은행 양재북지점 김영신 과장님이 이실리프 뱅크가 생겨도 거래를 끊지 않았으면 좋겠다고 하더군요."

"흐으음."

이실리프 뱅크가 생기면 이실리프 무역상사 등은 당연히 주거래 은행을 바꿔야 한다. 그런데 잠시라도 신세 진 사람이 부탁한다니 이맛살을 찌푸린 것이다.

현수의 이런 마음을 읽기라도 했는지 수진이 입을 연다.

"사장님, 김 과장님을 이실리프 뱅크로 스카우트하는 건 어떨까요? 상당히 능력 있는 분이고 친절하잖아요."

"……!"

두어 번 보기는 했지만 깊이 아는 건 아니다. 그런데 수진이 추천을 한다. 회사에 충성하는 직원이다.

은정의 말에 의하면 누구보다 먼저 출근하고 가장 나중에 퇴근하려고 한다고 한다. 맡은 업무를 단 한 번도 펑크 낸 적 없고, 사회 초년생임에도 불구하고 일 처리가 완벽하단다.

"그분에게 여러 번 도움을 받았는데 금융에 관한 지식이 정말 해박하더라고요. 스카우트하면 좋을 것 같습니다."

"그래요? 그럼 한번 생각해 봐야겠군요. 알겠습니다."

이실리프 무역상사를 떠난 현수는 어패럴에 들렀다.

정신없이 돌아가기는 이곳도 마찬가지이다.

대한민국은 현재 침체된 경기 때문에 걱정스럽다.

그런데 이실리프 그룹사 전부와 천지건설에 납품하는 회사들만큼은 호황이다.

"아, 오셨어요? 잠깐만요. 네, 네! 그쪽으로 가는 거 맞습니다. 네, 최대한 빨리 보내주십시오."

"네, 죄송합니다. 네네, 금방 보냅니다. 네!"

박근홍 사장은 휴대전화와 일반전화를 번갈아가며 받는다.

"휴우~!"

"바쁘시네요."

"네, 전국의 이실리프 어패럴 직영매장이 본격적으로 가동되면서 정말 정신이 없습니다."

"인원이 부족하면 사람을 더 뽑으시지 왜 사장님이 직접 이리 뛰고 저리 뛰고 하세요?"

"에구, 사람 하나 더 뽑는 게 회사에 얼마나 큰 부담인데요. 당분간 바쁘고 나면 곧 틀이 잡힐 겁니다. 그럼 그때는 조금 나아질 테니 일단은 버텨봐야지요."

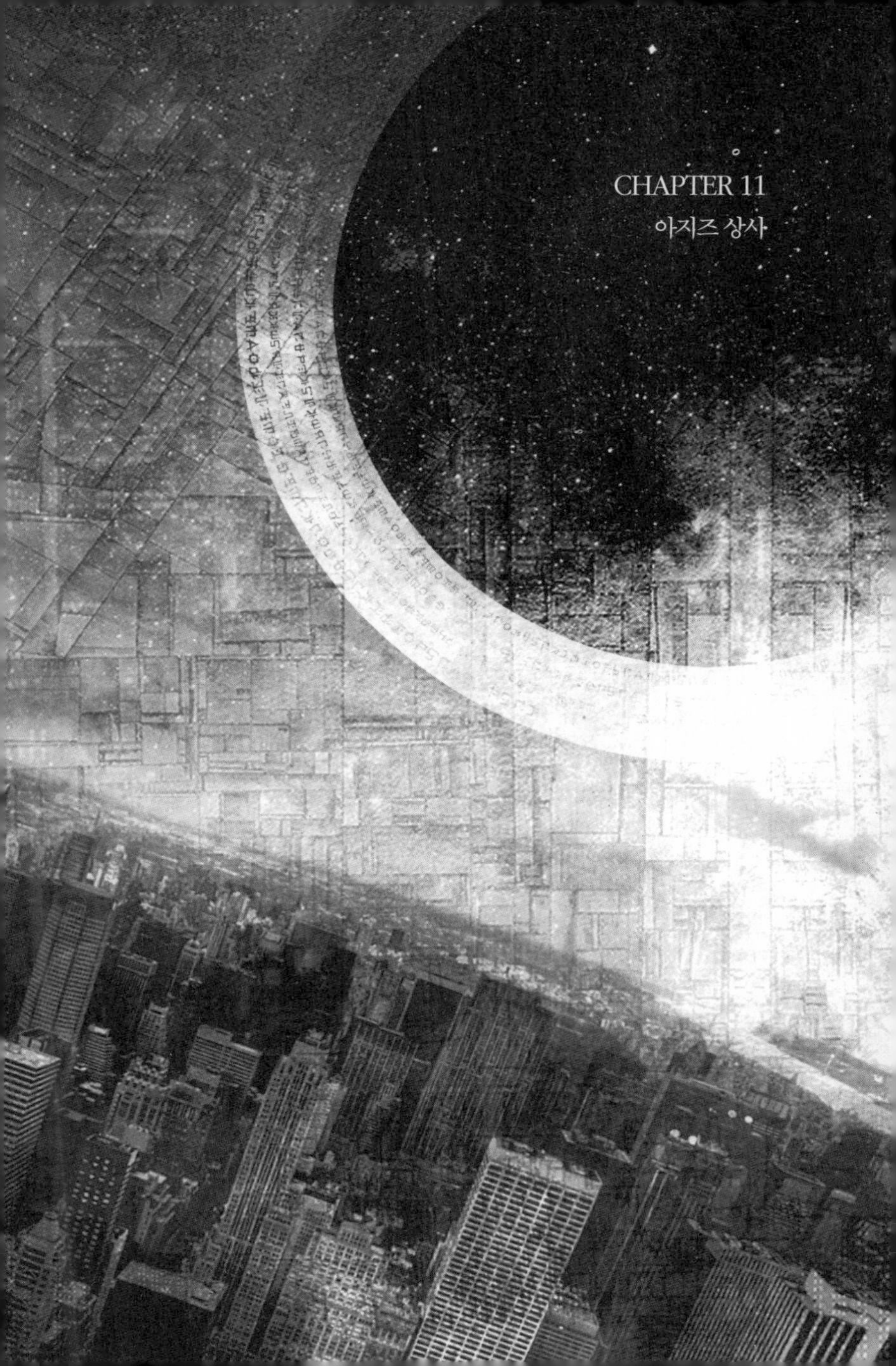

CHAPTER 11
아지즈 상사

박근홍 사장의 말대로 직원 한 명이 늘면 급여만 지급하는 것이 아니다. 근무할 모든 여건을 제공해야 한다.

필요에 따라 차량까지 지원하는 경우도 있다. 뿐만 아니라 각종 후생복지도 고려해야 한다.

이 밖에 국민연금, 건강보험, 고용보험, 산재보험 비용이 추가로 발생된다. 그리고 언젠가는 퇴직할 테니 퇴직금 적립까지 해두어야 한다.

그렇기에 이실리프 어패럴은 최소한의 인원만으로 회사를 유지하려 애쓴다. 사주인 현수에게 최대한의 이익을 실현시켜 주려는 충성심의 발로이다.

현재 인원은 정확히 1,649명이다.

본사 직원 49명과 직영판매장 직원 1,600명이다. 박근홍 사장까지 포함하면 1,650명이 총원이다.

이실리프 어패럴은 이 인원을 당분간 유지할 계획이다.

얼마 전, 박 사장은 본사 직원과 직영판매장 직원 1,600명을 모아놓고 일장 연설을 했다.

업무량이 많아지면 몸으로 때우라는 내용이다.

대신 그에 합당한 급여를 약속했다. 직원들 입장에선 나쁘지 않을 것이다.

일을 더 하면 더 준다는데 왜 싫다고 하겠는가!

매장 직원 대부분은 백수 생활 끝의 취업이다. 붙여주는 것만으로도 감지덕지한 것이다.

"……!"

현수는 사람 선택을 잘했다는 느낌에 말없이 고개만 끄덕였다. 물론 기분 좋은 미소가 어려 있다.

"판매는 어떻습니까?"

"전국 매장이 그야말로 눈코 뜰 새 없습니다. 모든 공장을 풀로 가동하지만 수요를 따르지 못하는 상황입니다."

"그렇겠군요."

겨울이 다 가기는 했지만 아직은 쌀쌀한 날씨이다. 그러니 항온의류의 판매량이 많을 수밖에 없다.

"춘추복은 다 준비된 거죠?"

"네, 지금은 하복을 준비하고 있습니다."

"하복용을 준비해야겠군요."

항온마법진 이야기이다.

"그래주십시오. 참, 아침에 두바이의 라일라 아지즈 사장님으로부터 팩스가 온 게 있습니다. 근데 아랍어라……."

"주세요. 제가 읽어드릴게요."

"네, 잠시만요."

박근홍 사장이 가져온 팩시밀리의 내용은 다음과 같다.

이실리프 어패럴 대표이사에게.

안녕하세요?

아지즈 상사 대표 라일라 아지즈가 인사드립니다.

귀사와의 인연 덕분에 아지즈 상사는 번창 일로에 있습니다. 이에 깊은 감사를 드리는 바입니다.

본인은 귀사와 정식으로 총판 계약이 맺어지길 기대합니다. 그리고 저희가 바라는 것은 두바이 독점권입니다.

이에 대한 반대급부로 저희에게 공급하는 가격의 인상을 기꺼이 감수할 수 있음을 알려드립니다.

부디 좋은 소식 전해주시길 바랍니다.

참, 김현수님께도 안부 전해주십시오.

라일라 아지즈.

"흐음, 두바이에서 아주 잘 팔리는 모양입니다. 참, 지난달에 1억 달러어치나 주문했죠?"

"네, 2월 21일에 했습니다."

"그 물건은 다 간 겁니까?"

"아뇨. 아직 도착하지 않았을 겁니다. 워낙 물량이 많아 배로 실어서 보냈거든요."

현수는 물량이 얼마나 많을지 생각해 보곤 고개를 끄덕였다. 1억 달러면 한화로 1,200억 원이나 된다. 그러니 어마어마하게 많은 양일 것이다.

"흐음, 그게 도착하기도 전에 이런 팩스를 보낸 걸 보면 가능성을 확인한 모양이군요."

"그런 모양입니다."

라일라 아지즈는 2014년 1월 16일에 항온의유 50만 달러어치를 주문하면서 두바이 특약점이 되었다. 그때는 항공 운송으로 보냈다. 첫 주문이라 배려해 준 것이다.

20일이 지난 2월 4일에는 1,000만 달러어치를 주문했다. 주문량이 20배나 늘었다.

그리고 그날로부터 불과 17일 만에 다시 1억 달러어치를 추가 주문했다. 첫 주문이 있은 후 한 달하고 하루가 지났을 때다. 첫 주문량의 200배이다.

이는 항온의류에 대한 호평이 이어진 때문이다.

처음 항온의류를 받았을 때 아지즈는 두바이 몰 총지배인을 찾아갔다. 아버지의 친구이다.

참고로 두바이 몰은 1,200개가 넘는 상점이 있는 초대형 쇼핑몰이다. 안에는 세계에서 제일 큰 수족관이 있으며, 초대형 실내 스케이트장도 있다.

너무 크고 넓어서 길을 잃기 쉽다. 특이한 것은 두바이 몰 안에서만 운행되는 실내 택시가 있다는 점이다.

아무튼 총지배인은 항온의류를 입고 바깥으로 나가보라는 아지즈의 말에 짜증스러웠다.

나가면 덥다는 걸 뻔히 알기 때문이다.

하지만 어찌 친구 딸의 부탁을 무시하겠는가!

내키지 않았지만 항온의류로 갈아입고 밖으로 나가보았다.

그날 두바이 몰엔 항온의류를 파는 매장이 개설되었다. 항온의류 판매를 허가한 것이다.

입어보고 효과를 확인했으니 당연한 귀결이다.

항온의류는 날개 돋친 듯 팔려 나갔다. 입소문이 번지면서 너도나도 사갔다. 워낙 돈 많은 사람들이 많은 곳인지라 한꺼번에 10만 달러어치를 사는 이들도 있었다.

이번에 주문한 1억 달러어치는 선주문을 받은 것이다.

이 중 반은 선금으로 받아 이실리프 어패럴로 보냈다. 다시 말해 5,000만 달러를 미리 송금한 것이다.

"독점총판 계약, 해주세요. 어차피 누군가 할 일인데 매출 신장률을 보니 믿고 맡겨도 될 것 같습니다."

"그럼 공급가는 어떻게 변경할까요?"

상대가 독점권을 따는 대신 납품가 인상을 감수하겠다는 의사를 보냈기에 한 말이다.

현수가 알기에 아지즈 상사로 보내는 값은 지르코프 상사에 보내는 것보다 높다. 주문 물량 차이가 크기 때문이다.

금액으로 비교하면 지르코프 쪽은 약 53억 3,000만 달러이고 아지즈는 1,000만 달러이다.

지르코프 쪽이 533배가 많다.

따라서 8,000만 벌을 주문한 지르코프 상사와 공급가가 같다면 오히려 불공평한 일이 될 것이다.

"그냥 기존가대로 보내주세요. 그리고 두바이도 관광할 겸 사모님과 다녀오시고요."

"네? 집사람하고요?"

조금 전에 엄청나게 바쁘다는 것을 보여주었다. 그런데 한가롭게 외국 구경이나 하고 오라니 의아한 표정이다.

"사모님께서 한동안 실의에 빠져 계셨잖아요. 이제 좀 살만해지셨으니 구경이나 하고 오세요."

"네?"

박근홍 사장은 뭐라 대꾸하지 못했다.

사업 실패로 빚더미에 올라 있을 때 아내가 자살을 고려한 적이 있다는 걸 들은 바 있기 때문이다.

"바깥에 나가 바람도 쐬고 구경도 하고 오세요."

"……!"

"참, 두바이에 가시면 꼭 버즈 알 아랍에 묵으세요."

버즈 알 아랍은 인공 섬 위에 돛단배 형상으로 지은 7성급 호텔이다. 투숙객이나 레스토랑 예약자가 아니면 아예 출입이 제한되는 곳이다.

하루 숙박비용은 최하 200만 원부터이다. 실내장식 등은 화려함의 극치를 이루고 있다.

"버즈 알 아랍이요?"

박근홍 사장도 이 호텔이 어떤 곳인지를 안다.

에드워드 권이라는 셰프(Chef)가 이 호텔에 근무한 것으로 유명하기 때문이다.

"나는 거길 가볼 기회가 없을 것 같아요. 그러니 보고 오셔서 얘기 좀 해주세요. 최고급 호텔의 내부는 어떤지."

"아! 네에."

현수가 자신을 배려하려 한다는 것을 깨달은 박 사장은 고개를 끄덕인다.

"아지즈 상사의 총판권은 두바이에 한함을 분명히 해주세요. 추후 다른 나라에서도 사람들이 찾아올 테니까요."

"알겠습니다."

"참, 중동과 중남미, 그리고 동남아시아 쪽 디자인 개발도 하고 계신 거죠?"

"물론입니다. 디자인실에서 쉼 없이 새로운 디자인을 뽑아내고 있는 중입니다."

박근홍 사장의 보고에 의하면 이실리프 어패럴은 현재 땅 짚고 헤엄치는 식의 영업을 하고 있다.

찾아가는 영업이 아니라 찾아와서 서로 달라는 아우성이 벌어지기 때문이다. 현재는 공급이 주문을 따르지 못하는 상황이다. 지르코프 상사로 보낼 8,000만 벌 때문이다.

이걸 다 소화해 내고 나면 한숨 돌릴 것이다. 그렇기에 새로운 하청공장을 물색하거나 라인 증설을 하지 않고 있다.

괜히 그랬다가 생산물량이 줄어들면 손해가 될 수도 있기 때문이다. 매년 얼마나 주문할지 감이 잡혔으니 그에 맞춰 시설을 확충하면 될 것이다.

현수가 떠난 후 박근홍 사장은 무언가를 한참 동안 메모했다. 그리곤 영업부장과 총무부장을 불렀다.

둘은 박 사장으로부터 자리를 비운 동안 처리해야 할 것에 대해 설명을 들었다.

부장 진급 후 은근히 언제 이사가 되나 생각하던 둘은 그 생각을 완전히 접었다. 가히 철인적인 체력이 없으면 안 됨을 깨달은 때문이다.

이날 밤, 박 사장의 아파트에선 환호성이 터져 나왔다. 물론 김주미 여사의 입에서 나온 소리이다.

김 여사는 밤새 여행준비를 했다. 출발하려면 일주일이나 남았는데도 그런다.

* * *

"아! 어서 오십시오."

서류더미 속에 묻혀 있던 민윤서 사장이 환히 웃으며 일어선다. 세상에서 제일 반가운 손님이 온 때문이다.

"여전히 바쁘시네요."

"암요. 그래야죠. 자, 자리에 앉으세요."

말을 하며 인터컴을 눌러 커피를 주문한다. 현수가 커피 좋아하는 것을 알기에 다른 건 묻지도 않는다.

현수로선 뭘 마시겠느냐는 질문을 받지 않아 편하다.

"웬일이십니까, 바쁘신 분이? 참, 축구 잘 봤습니다. 그렇게 잘하시는 줄 몰랐습니다. 정말 대단합니다."

민 사장은 정말 새로 봤다는 듯한 표정을 짓는다.

"에구! 어쩌다 보니 운이 좋아 그런 겁니다."

말도 안 되는 소리 하지 말라는 표정으로 바뀐다.

"아이고, 아닙니다. 그게 어떻게 운입니까? 호날두나 메시가 형님이라고 불러도 시원치 않을 실력이던데요. 집사람과 그 경기 보면서 고함을 얼마나 질렀는지 모릅니다."

"쩝."

뭐라 대꾸할 말이 없기에 나직한 침음만 냈다.

"대표팀에 들어가셔야죠? 그 실력이면 당연히 주전이 되어야 하는 거 아닙니까?"

"아이고, 무슨 대표선수요? 아닙니다."

현수는 얼른 손사래를 치며 물러앉았다. 또 말도 안 되는 소릴랑 하지 말라는 표정을 짓는다.

"무슨 말씀을……. 회장님이 대표선수가 안 되면 누가 됩니까? 인류 최고의 축구선수가 되고도 남습니다."

"에구, 축구 얘긴 이제 그만해요. 조금 불편해요. 이렇게 대놓고 칭찬하니까 조금 그러네요."

"하하! 네, 그러죠."

민 사장은 흔쾌히 고개를 끄덕인다. 축구 이야길 들으러 온 것이 아닐 것이기 때문이다.

"향남 제약단지 매입 건은 잘 마무리되고 있죠?"

"네, 거의 뭐……."

말은 이렇게 했지만 몇몇 제약사가 팔려고 내놓았던 공장을 거둬들여 속을 끓이는 중이다.

헐값이라도 제발 팔아달라고 부동산에 내놨다는 걸 아는데 이제 와선 시가보다 비싼 값을 내놓으란다.

가급적 싼값에 사야 회사에 이익이다.

그런데 공장이 부족하다는 걸 눈치챈 상대가 수를 쓰고 있으니 속이 쓰린 것이다.

"어렵거나 잘 안 되는 일이 있나봅니다."

"네? 아, 네. 뭐, 그런 게……."

"팔려는 사람이 이제 와서 안 팔겠대요? 아님, 비싼 값을 불러요? 그런 거죠?"

"네? 아, 네. 사실은……."

민 사장의 표정을 읽은 현수는 고개를 끄덕였다.

"그냥 사세요. 우리 많이 벌잖아요."

"네?"

"그걸 팔려고 내놓은 사람들은 얼마나 어려워서 그랬겠습니까. 급한 마음에 헐값에 내놓았는데 막상 작자가 나서니 사람 마음 변하는 게 정상입니다."

"……!"

"그 사람들은 어려워서 내놓았는데 우린 조금 넉넉하잖아요. 그러니 그냥 돕는 셈 치세요. 돈은 또 벌면 되잖아요?"

"그, 그래도 됩니까?"

공장을 내놓은 사람들은 생판 모르는 이들이 아니다.

한때는 제약단지 사장단 모임 때 만나서 술잔을 기울이기도 했다.

본인은 부친으로부터 회사를 물려받았지만 내놓은 이들은 모두 자수성가한 사람들이다.

극도로 침체된 국내 경기의 영향을 직격탄으로 받아 눈물을 머금고 공장을 내놓은 것이다.

'그래, 돈은 또 벌면 되지.'

김현수라는 아주 든든한 거래처 메이커가 있다.

콩고민주공화국과 에티오피아 천지약품만으로도 매출 걱정과는 영영 이별이다. 게다가 드모비치 상사도 있고, 이제 곧 우간다와 케냐에도 천지약품이 생길 것이다.

주문이 너무 많아서 생산성 걱정을 해야 할 판이다.

이뿐만이 아니다.

콩고민주공화국, 러시아, 몽골, 에티오피아에는 이실리프 자치구가 생긴다. 셋은 대한민국 전체보다 크고 에티오피아는 절반쯤 된다.

그곳에서 필요로 하는 약품을 어디에서 구입하겠는가!

이 모든 곳에 대한의약품 공장이 자리 잡을 수도 있다.

그리고 필요로 하는 양을 채우려면 공장의 크기가 어마어마해야 한다. 이렇게 되면 다른 거래처는 아예 생각조차 하지 않아도 된다.

앞으로 돈은 어마어마하게 벌 팔자인가 보다. 그렇기에 쉽게 마음을 정했다.

"알겠습니다. 우리도 어려울 때가 있었습니다. 싸게만 사려던 건 제 욕심이었구요. 그 사람들 마음 아프지 않게 적당한 값을 치르겠습니다."

"네, 그러세요."

현수는 기분 좋은 웃음을 지어 보였다. 민 사장 역시 시름을 덜어 홀가분하다는 표정이다.

"참, 일전에 주문 받은 콜레라와 말라리아, 그리고 홍역 백신은 어떻게 되었습니까? 잘 준비되고 있는 거죠?"

"그럼요!"

"죄송합니다. 우리더러 하라고 가져오신 일이었는데 일을 줘도 못한다고 해서."

"아닙니다. 백신 주문은 더 있을 텐데요, 뭐."

현수의 말은 사실이다. 아프리카는 전염병이 창궐해 있고, 이를 예방할 백신은 턱없이 부족하다.

그런데 2009년 12월 9일 싱가포르 연합조보(聯合早報)에는 다음과 같은 기사가 실렸다.

지나인 여섯 명은 가짜 말라리아 백신을 제조해 나이지리아로 수출, 나이지리아인들에게 큰 피해를 입혔다.

이에 따라 지나 법원은 법정 최고형인 사형을 내렸고, 최근 집행했다.

인도 정부 역시 나이지리아로 가짜 말라리아 백신을 수출한 자국인을 체포해 현재 재판이 진행 중이다.

이렇듯 지나와 인도에선 아프리카를 돈을 벌기 위한 시장으로만 생각한다. 아프리카 사람들도 지나와 인도의 이런 만행을 알고 분개하고 있다.

그렇기에 값은 약간 높지만 질 좋고, 약효 확실한 한국산 의약품이 환영받는 것이다.

앞으로 콩고민주공화국과 우간다, 그리고 케냐의 백신 수요는 천지약품이 담당할 확률이 매우 높다.

당연히 품질 확실한 백신이 보내질 것이다. 그렇게 되면 아프리카 전역을 커버하게 되는 경우가 발생될 수도 있다.

다시 말해 아프리카 대륙 전체의 의약품 시장을 천지약품이 장악하게 된다. 그때가 되면 이번에 포기한 백신들은 대한의약품에서 제조하게 될 것이다.

그렇기에 아주 편한 얼굴이다.

"공장 매입 건 이외엔 특별한 거 없는 거죠?"

"아뇨, 있습니다. 연구소 김지우 소장이 말하길 미라힐 제조 원료가 다 떨어져 간다고 합니다."

지구엔 없는 두 가지 효소를 뜻하는 말이다.

대한의약품에선 현재 기적의 치료제 미라힐 I 과 미라힐II의 원액을 제조하고 있다. 아르센 대륙에서 사용하는 상급 회복포션과 동일한 것이다.

이 밖에 광범위 통증 치료제인 홍익인간과 CRPS 환자용 NOPA의 원료 역시 제조하는 중이다.

이것들의 공통점은 식약청으로부터 신약 승인을 받지 못했다는 것이다. 제약 및 의료 관계자들의 조직적인 방해 때문이다.

하지만 미래를 위한 준비 차원에서 소량 생산을 지속하면서 각종 실험 및 임상을 지켜보는 중이다.

식약청에서 요구한 수준에 맞춘 임상실험이지만 제대로 된 결과를 얻는다 해도 신약으로 승인될 것이라는 기대는 하지 않는다.

덩치 큰 다국적 제약사들의 강력한 견제가 있을 것이기 때문이다. 하여 아디스아바바에 공장을 짓는 중이다.

나머지는 그곳에서 제조하려는 것이다.

다만 군에서 사용할 가칭 '프라이벳 리메디' 만은 완제품으로 생산하는 중이다.

미라힐 I 과 미라힐II는 향후 100년간 어떠한 일이 있어도 대한민국 의료계에 공급하지 않을 계획이다.

굴러들어 온 복을 차는 것이 어떤 건지를 톡톡하게 경험하게 하기 위함이다.

홍익인간과 NOPA는 한동안 고가로 공급될 예정이다.

해외에서 제조하여 국내로 수입하는 모양새를 갖출 것이기 때문이다. 일부 식약청 직원과 제약 및 의료 관계자들의 행위가 괘씸하다 여긴 때문이다.

하지만 프라이벳 리메디는 다르다.

대한민국 국민으로서 국군 전력 보호를 위해 필요로 하는 양만큼만 소량 생산할 예정이다.

어쨌거나 지구에 없는 물질 두 가지가 필요하다 하니 고개를 끄덕여 주었다.

"아, 그거요. 알겠습니다. 곧 준비시키지요."

"근데 그건 대체 어디에서 가져오는 겁니까? 김 박사 말에 의하면 지금껏 그런 물질은 보고된 적이 없다고 하는데."

"핼리혜성[24]이요."

"네? 그게 무슨……."

---

24) 핼리혜성(Halley' s Comet) : 76년을 주기로 태양의 주위를 돌고 있는 혜성.

갑자기 웬 뜬금없는 소리냐는 표정이다.

"하하, 지금껏 알려진 바 없으면 지구에 없는 건데 그럼 우주에서 가져와야 하잖아요. 안 그래요?"

"…하하! 알겠습니다."

민 사장은 깊이 캐묻지 않는다. 궁금한 건 김지우 박사지 본인이 아니기 때문이다.

현수와 민 사장은 에티오피아와 콩고민주공화국 양국에 이실리프 제약을 설립하는 것으로 의견 합일을 보았다.

투자금 비율은 50 : 50으로 정했다. 그리고 운영 등에 관한 모든 업무는 민 사장이 책임지는 것으로 이야기되었다.

"주인님, 이제 가는 거예요?"

"그래, 가야지. 근데 어디라고 했지?"

"인도네시아 자바섬 클루드 화산이라고 했잖아요."

"알았어. 좌표 확인할게."

따라다니는 경호원들이 있기에 아무 곳에서나 텔레포트하면 안 된다. 하여 일단 귀가한 상황이다.

일단 의복부터 갈아입었다. 자바 섬은 더운 기후일 것이기 때문이다. 그리곤 좌표 확인을 했다.

활화산이므로 화구 상공으로 가면 분출물에 의한 직격을 받을 수 있다. 앱솔루트 배리어를 세 겹이나 두를 능력이 되니 피해는 입지 않을 것이다.

그래도 뭐하러 그런 위험을 감수하겠는가! 하여 목적지로부터 약간 떨어진 곳을 찾았다.

"자, 가자. 텔레포트!"

샤르르르르르릉―!

우미내 집 서재에서 현수의 신형이 사라졌다.

"헐! 배리어!"

현수가 화산 인근 지역에 당도한 후 처음으로 내뱉은 말은 낮은 탄성이다.

시커먼 안개가 사방을 에워싸고 있는데 계속해서 무언가가 떨어진다. 자갈 크기의 화산재이다. 인적이 느껴지지 않는 걸 보면 인도네시아 당국이 주민 소개령[25]을 내린 듯하다.

"실라디온!"

"네, 마스터."

"주변 공기 좀 어떻게 해봐. 너무 자욱하잖아."

"네, 마스터! 잠시만요."

실라디온은 자욱한 안개 사이에 길을 냈다. 바람의 힘으로 화산재와 연기를 밀어낸 것이다.

바닥을 보니 화산재가 몇 십㎝는 쌓인 듯하다.

---

25) 소개령(疏開令) : 공습이나 화재 등에 대비하기 위해 한곳에 집중되어 있는 주민이나 물자, 시설물 등을 분산시키는 명령.

"헐, 이래서야 어떻게 사람이 살아?"

이번 분출로 주변 공항 일곱 곳이 임시 폐쇄되었다. 승객 모두 발이 묶인 것이다.

당국은 분화구로부터 반경 10㎞ 내에 있는 서른여섯 개 마을 주민 20만 명을 대피시킨 상태이다.

분화구로부터 100여 km나 떨어진 인도네시아 제2도시 수라바야까지 화산재가 쌓이고 있으니 당연한 조치이다.

자연재해인 데다가 분출이 이어지고 있어 손을 쓸 수도 없는 상황이라 보고만 있는 듯하다.

"대단하네."

실라디온이 뚫어놓은 공기 터널 밖은 온통 뿌연 연기로 가득하다.

투툭! 투투투투툭! 투투툭! 투투투투툭!

머리 위에 형성시킨 배리어로 계속해서 시커먼 화산재가 떨어져서 그런지 어둡다는 느낌이다.

"라이트!"

스팟―!

말이 떨어지기 무섭게 환한 광구 하나가 현수의 전면에 나타난다.

"자, 그럼 가볼까?"

"네, 마스터! 여긴 제가, 아니, 길 안내는 제가 할게요."

"그래."

말이 떨어지기 무섭게 실라디온이 앞장서서 걷는다. 벌거벗은 모습이기에 둔부 실룩이는 모습이 보인다.

현수는 애써 시선을 들었다. 그런 그의 어깨엔 아리아니가 앉아 있다.

"주인님, 왜 화구까지 가요? 실라디온 시켜서 이그니스더러 내려오라고 하면 되잖아요."

"실라디온이 그러잖아. 이그니스는 화구 안에만 있다고. 그리고 지금은 내가 필요해서 가는 거잖아. 그러니 구경삼아 가보지, 뭐."

"그럼 그러세요."

아리아니는 딱히 반대하고 싶은 마음이 없다. 사랑하는 주인님 곁에만 있으면 모든 것이 충족되는 느낌이기 때문이다.

"마스터, 조심하세요. 지금부터 왼쪽은 낭떠러지예요."

"그래? 알았어."

실라디온이 바람으로 뭉실뭉실한 연기를 밀어내자 제법 깊은 계곡이 보인다.

"이그니스는 말이에요."

가는 동안 불의 상급 정령 이그니스에 관한 이야길 한다. 성품이랄지 성향, 그리고 무엇을 싫어하는지 등등이다.

둘은 오랜 동안 대화를 주고받았다. 다른 정령들은 없기 때문이다. 상급보다 아래인 샐러맨더가 있지만 일을 시키는 데만 쓸 뿐 대화 상대는 못 된다.

사람으로 치면 정신 연령이 낮아서이다.

"다 왔어요, 마스터. 여기서 잠깐만 기다리시면 이그니스에게 마스터께서 오셨다는 이야길 하고 올게요."

"알았어."

말이 떨어지지 무섭게 사라진다. 현수는 유황 냄새 자욱한 화구 쪽으로 내려갔다. 화산이 분출한다 하더라도 앱솔루트 배리어가 막아줄 것이기 때문이다.

그 시간이 길어지면 블링크나 텔레포트로 옮겨 가면 그만이다. 그렇기에 구경할 겸 화구로 내려간 것이다.

예상대로 엄청나게 뜨겁다.

"마그마 온도가 몇 도라고 했더라?"

기억을 더듬어 보았다.

자연 상태에서 인간이 만날 수 있는 마그마의 온도는 1,600℃이다. 이는 수은 온도계를 넣어 측정한 값이 아니라 파장을 측정하여 간접적으로 계산된 것이다.

땅속의 마그마가 지표면으로 올라오면 급격하게 냉각된다. 이것을 용암이라 하며 하여 약 1,200℃이다.

현수는 열기로 이글거리는 용암을 보며 자신이 시전하는 헬 파이어의 온도를 생각해 보았다.

이것이 시전되는 시간을 그리 길지 않다. 그럼에도 멀쩡하던 땅거죽이 유리질로 변한다. 초고온이 작용한 탓이다.

짐작으론 10,000℃ 정도 되는 듯하다.

9서클 마법인 파이어 퍼니쉬먼트는 20,000℃ 정도 될 것이라 조심스레 예측해 본다.

CHAPTER 12
이그니스, 종속될래?

뜨거운 열기가 현수에게 해가 된다 여겼는지 전능의 팔찌와 켈레모라니의 비늘이 각기 한 겹의 앱솔루트 배리어를 형성시킨다. 그러자 즉시 뜨거운 열기가 사라진다.

사실은 이럴 필요가 없다. 신체가 먼저 반응하기 때문이다. 그랜드마스터가 되어 좋은 점 중 하나이다.

아주 뜨거운 열기, 혹은 더없이 혹독한 냉기를 접할 경우 단전의 마나가 뿜어져 방어막 비슷한 상태를 만들어낸다.

무협소설에 흔히 등장하는 호신강기와 비슷한 개념이다.

따라서 두 겹의 앱솔루트 배리어는 필요 없는 것이다.

아리아니는 뜨거움이나 차가움 같은 감각과 무관한 존재이다. 그렇기에 편한 표정으로 화구를 바라보고 있다.

"아이참, 주인님 기다리시는데 얘는 왜 아직도 안 오는 거야? 혼 한번 내야 하나?"

"난 괜찮아. 화산 구경하면 되니까 조금 더 기다려 보자."

"네, 알았어요."

현수는 잠시 더 용암을 살펴보았다. 온갖 암석이 녹은 액체이다. 당연히 엄청나게 뜨겁다.

지표로 올라온 용암은 빨리 식으므로 입자의 크기가 작은 화성암이 된다. 반면 땅속에서 서서히 식으면서 굳어진 것들은 입자가 큰 심성암이다.

화구로부터 밀려나온 용암은 천천히 흘러내리는 중이다.

상대적으로 온도가 낮은 공기와 접하면서 불꽃이 보이는 곳도 있지만 거죽은 대체적으로 검은색에 가깝다.

"아이참, 왜 이리 늦지?"

아리아니가 또 종알거린다.

"조금 진득하게 기다려 봐. 간 지 얼마 안 되었잖아."

"얼마 안 되긴요? 벌써 오고도 남을 시간이란 말이에요."

아리아니가 종알거릴 때 사라졌던 실라디온이 나타난다. 그런데 뭐라 말하지 않고 우물쭈물한다.

"왜 이리 늦었어?"

"죄송해요. 이그니스가 안 오려고 해서요."

"뭐? 안 와? 내가 오라는데? 이걸 정말!"

당장에라도 쫓아가서 패주기라고 하려는지 아리아니의 쌍심지가 솟는다.

"이그니스가 오기 싫대요. 지금 노에스와 전쟁 중이래요."

"뭐? 노에스? 땅의 상급 정령 노에스는 마리아나 해구[26]아래에 있다고 하지 않았어?"

현수는 어찌 된 일이냐는 표정이다.

"네, 늘 거기에 있었지요. 근데 지금은 노에스랑 전쟁 중이래요."

"그게 무슨 소리야? 정령끼리 전쟁이라니! 빨리 소상히 말해봐. 주인님 궁금해하시잖아."

아리아니가 살짝 째려보자 실라디온은 손을 가슴에 얹고 잠시 숨을 고르는 듯한 모습을 보인다.

사람들도 가끔 이러하기에 말없이 기다려 주었다.

"노에스는 땅의 상급 정령이고, 이그니스는 불의 상급 정령인 건 아시죠?"

"그래, 당연히 알지."

"그럼 땅속 마그마는 누가 관장할까요?"

---

26) 마리아나 해구(Mariana Trench) : 태평양 북마리아나 제도의 동쪽에서 남북 방향 2,550km의 길이로 뻗은 해구이다.
평균 너비 70km, 평균 수심 7,000~8,000m이며 세계에서 가장 깊은 비티아즈 해연(1만 1,034m)과 그다음으로 깊은 챌린저 해연(1만 863m)이 있다.

"마그마?"

느닷없는 말에 현수는 뭐라 대꾸할 수 없었다. 실라디온은 기다리지 않고 말을 이었다. 다음이 그 내용이다.

지구의 내부는 지각, 맨틀, 그리고 외핵과 내핵으로 구분된다.

각각의 경계면은 모호로비치치 불연속면, 쿠텐베르크면, 리만이라 칭하고 있다.

학계에 보고된 바에 의하면 외핵은 액체 금속인 것으로 추정된다. 지진파 중 S파가 전달되지 않기 때문이다.

아무튼 맨틀 내부는 암권(암석권), 연약권(암류권), 상부맨틀, 하부맨틀로 구분된다.

마그마는 하부지각과 상부맨틀에 존재한다.

상부맨틀은 전체적으로 고체인데 이 중 일부가 열이 집중되는 곳에서 여러 이유로 액화되어 마그마가 형성된다.

이것은 주로 현무암 등을 형성하는 염기성 마그마이다.

두꺼운 대륙지각(히말라야 산맥, 안데스 산맥 등)의 하부에서도 암석의 일부분이 녹아 마그마가 형성된다. 이때에는 화강암 등을 형성하는 중성—산성 마그마가 만들어진다.

마그마는 액체이고 뜨겁다. 하여 전통적으로 불의 정령인 이그니스의 영역으로 여겼다.

그런데 어느 날부터 이스니스가 마그마의 범위를 넓혔다.

노에스의 기준에서 보면 암석이던 자신의 영역 중 일부가 마그마가 되면서 이그니스의 영역이 되어가는 상황이다.

하여 이에 둘 사이에 분쟁이 발생되었다.

서로의 영역을 침범하지 않는 것이 오랫동안 이어져 온 전통이다. 그런데 이그니스는 노에스가 멀리 있다는 걸 알고 영역 침범 및 파괴를 시도한 것이다.

마리아나 해구의 아래는 인간이 단 한 번도 들어가 보지 못한 곳이다. 그렇기에 태고의 모습이 보존되고 있다.

노에스는 해구 아래를 돌아다니며 마나를 모았다. 그러던 중 일각에서 영역 파괴 현상이 빚어짐을 느꼈다.

하여 멀고 먼 인도네시아 자바 섬까지 온 것이다. 그리곤 탐욕스런 이그니스와 전쟁 아닌 전쟁을 벌이는 중이다.

화구에 틀어박혀 마구 정령력을 사용하던 이그니스와 해구 아래에서 마나를 모으던 노에스는 전력 차이가 있다.

당연히 노에스가 훨씬 더 강하다.

노에스를 퇴치할 수 없자 분노한 이그니스가 난동을 부렸다. 불같은 성품이 작렬한 것이다.

그 결과가 지난 2월에 있었던 대규모 폭발이다.

"그래서 주인님께서 부르시는데 안 온다는 거야, 못 온다는 거야?"

아리아니의 분노 섞인 다그침에 실라디온이 눈치를 살피다 입을 연다.

"그게… 삐쳐서 안 온다고……. 죄송해요, 마스터."

"아니야. 실라디온이 잘못한 건 없지. 이그니스가 안 온다고 하는 거니까. 그럼 노에스는? 오라고 했어?"

"아뇨. 노에스는 말씀이 없으셔서 말하지 않았어요."

"으이그, 멍충이! 주인님께서 엔다이론과 노에스도 만나셔야 한다는 거 몰랐어? 봤으면 오라고 했어야지. 다시 가서 말해봐. 이리 오라고."

"네, 잠시만요."

실라디온이 사라지자 아리아니가 나직이 혀를 찬다.

"쯧쯧! 최상급들은 안 그러는데 상급들은 가끔 저렇게 멍청해요. 빨리 진화를 시키던지 해야지."

"진화? 어떻게 하면 되는 건데?"

"깨달음을 얻어야 하는 건 소드 마스터가 되는 거나 다름없어요. 여기에 플러스 마나지요. 고농도 마나에 의한 세례가 필요해요."

"고농도 마나 세례?"

"네, 아주 진한 마나 세례를 얻으면 한 등급 위로 진화될 수 있어요. 그러려면 주인님 같은……."

잠시 말을 끊은 아리아니는 현수의 가슴에 시선을 준다.

켈레모라니의 비늘엔 1분 1초도 쉬지 않고 마나심법을 1,500년간 운용해야 모일 마나가 응축되어 있다. 그것도 불순

한 기운이 섞인 마나가 아니라 순수하게 정제된 것이다.

켈레모라니의 비늘은 일회용이 아니다. 갖고 있던 마나가 모두 소진되면 그 즉시 마나 유동을 일으켜 다시 채운다.

"나 같은 뭐?"

"주인님이 마나를 퍼부어 주시면 다들 하나씩 업그레이드 될 거예요. 다들 상급이 된 지 엄청 오래되었다고 하니 깨달음은 얻고 있을 테니 말이에요."

"그래?"

자신의 능력으로 바람의 상급 정령 실라디온을 최상급인 실라디아로 탈바꿈시킬 수 있다는 뜻이다.

물의 상급 정령인 엔다이론은 최상급 엘리디아가 된다. 전설의 용과 비슷한 모습이다.

이그니스는 두 쌍의 날개를 가진 거대한 불새 이그드리아가 되며, 노에스는 성인 남성 모습을 한 노에디아가 된다.

겨우 한 단계 진화이지만 능력의 차이는 대단하다.

사람으로 치면 소드 익스퍼트 최상급과 그랜드 마스터의 격차와 비슷하다. 1 : 100도 가능해지는 것이다.

"이건 주인님만 가능할 일이에요."

아리아니는 옛 주인 켈레모라니를 떠올렸다. 고룡이니 그녀 역시 정령을 진화시킬 능력이 있다.

하지만 어떠한 경우에도 그런 짓은 하지 않았을 것이다. 드래곤 하트의 마나가 소모되는 일이기 때문이다.

현수의 경우는 켈레모라니의 비늘에 마나가 하나도 남지 않아도 여전히 그랜드 마스터이며 10서클 마법사이다.

소모된 것은 가만히 있어도 저절로 채워지니 굳이 수면기를 갖지 않아도 된다.

따라서 정령들에게 있어 현수는 세상에 딱 하나뿐인 업그레이더가 될 수 있다.

이런 걸 모르고 뻔대고 있는 이그니스가 어리석은 것이다.

"흐음, 나만 가능하다고?"

현수가 턱을 고이려 할 때 실라디온이 다시 나타난다.

"왜 또 혼자야? 안 온대?"

"네, 죄송해요. 지금 화가 났다고 안 나오겠대요."

"그럼 노에스는? 노에스도 안 온대?"

"아뇨. 노에스는 마리아나 해구로 돌아갔대요."

"헐! 천고의 기회였는데."

마리아나 해구가 어떤 곳인지를 짐작하기에 현수가 나직한 탄성을 낸다.

이때 아리아니가 쨍쨍한 음성으로 소리친다.

"주인님, 이 녀석 안 되겠어요! 갈기세요!"

"갈겨? 뭘?"

"화구에다 대고 8서클 헬 파이어나 9서클 파이어 퍼니쉬먼트(Fire Punishment)를 갈기시라구요! 이 녀석은 뜨거운 걸 엄청 좋아하니까요!"

"정말?"

믿어지지 않는 말이기에 현수가 반문하자 실라디온이 먼저 대꾸한다.

"맞아요. 이그니스는 뜨거울수록 좋아해요. 근데 헬 파이어나 파이어 퍼니쉬먼트는 대체 얼마나 뜨거운 거예요? 여기 있는 용암만으로도 충분히 뜨거운데."

"그건 보면 알아. 자, 우린 뒤로 멀찌감치 물러서 있자. 주인님, 기왕이면 큰 거로 한 방 부탁해요."

"…알았어. 한번 해볼게."

현수는 마법 구현 범위를 가늠하곤 뒤로 물러섰다. 화구는 물 없는 한라산 같은 모습이다.

다시 말해 중앙부가 움푹 파여 있는 형상이다.

"마나여, 초고열의 불꽃으로 세상을 다스려라. 파이어 퍼니쉬먼트!"

고오오오오오―! 쿠와아아아아앙―!

시뻘건 불꽃이 화구 전체를 메우면서 발생되는가 싶더니 주황색으로 변한다. 그리곤 이내 황색→황백색→백색→청백색으로 바뀌어간다.

불꽃은 온도에 따라 색깔이 달라진다.

3,500℃ 이하	적색	7,500~11,000℃	백색
3,500~5,000℃	주황색	11,000~25,000℃	청백색
5,000~6,000℃	황색	25,000℃ 이상	청색
6,000~7,500℃	황백색		

불꽃 색깔을 보니 11,000~25,000℃에 해당되는 듯하다.

당연히 어마어마한 열기가 끼쳐온다. 그러자 즉시 앱솔루트 배리어가 형성되면서 열을 차단한다.

이 순간 시커멓게 식어가던 용암이 붉은빛을 띠는가 싶더니 이내 맑은 물처럼 투명해진다.

하지만 그 시간은 매우 짧았다. 화염이 사라지자 다시 식기 시작한 때문이다.

그러는 사이에 화구 상단의 암석들은 유리질[Hyaline]로 변해 버렸다. 초고열에 녹으면서 일시적으로 마그마가 되었다가 갑자기 냉각되면서 이렇게 된 것이다.

"우와! 대단해요!"

실라디온이 진심으로 감탄했다는 표정을 짓는다. 아리아니는 당연하다는 듯 우쭐거리는 모습을 보이고 있다.

내 주인님이 이렇게 강하시니 앞으로 알아서 잘 받들어 모시라는 의도일 것이다.

"뭐야? 뭐야? 뭔데 이렇게 뜨거웠지? 뭐야? 뭐야?"

화구 속에서 불쑥 튀어나온 것은 불새 형상을 한 이그니스이다. 어디서 이렇듯 어마어마한 열이 발생되었는지 알아내고야 말겠다는 듯 두리번거린다.

이때 실라디온이 나섰다.

"이그니스!"

"아, 실라디온. 조금 전에 여기에서 무슨 일이 있었던 거야? 엄청나게 뜨거웠는데 뭐지? 벼락이라도 떨어진 거야?"

"바보! 벼락이 떨어지면 그렇게 뜨거워져?"

"아니, 그건 아니지만……."

이그니스는 고개를 젓는다. 벼락으로 인한 초고열은 그 시간이 매우 짧다. 조금 전과 같은 정도의 열을 내려면 수천 개의 번개가 한꺼번에 들이닥쳐야 가능하다.

그런데 그런 자연 현상은 빚어질 수 없다. 구름이 그만한 대전량[27]을 가지긴 어렵기 때문이다.

"그럼 그건 뭐였지? 넌 알지? 응? 말해봐, 말해봐."

이그니스의 다그침에 실라디온이 살짝 짜증난다는 표정을 지으며 입을 연다.

"내가 조금 전에 나오라고 했지? 마스터께서 오셨다고."

"마스터? 저기 저 뒤에 있는 인간? 응? 저기 저 쪼그만 날개 달린 건 또 뭐야?"

---

27) 대전량(帶電量, Quantity of Electric Charge) : 어떤 물체, 또는 입자가 띠고 있는 전기의 양. 전하량, 또는 하전량이라고도 한다.

"이런 무식한 놈! 저기 계신 분은 내 마스터이셔. 그리고 그 곁에 계신 분은 모든 정령을 다스리시는 숲의 요정이셔. 다른 차원에서 오신 존재야."

"다른 차원? 그럼 지구 말고 다른 데?"

"그래. 이야길 들어보니 아주 멋진 곳이래."

"멋진 곳?"

"마나가 액체처럼 존재하는 곳. 빨리 가서 인사드려."

"내가? 내가 왜?"

이그니스는 아르센 대륙에서도 불같은 성품과 더불어 고개 뻣뻣한 걸로 유명하다. 그 성향이 그대로인 듯싶다.

"잠시 전의 초고열은 마스터께서 만들어내신 거야. 너, 진화하기 싫어?"

"지, 진화?"

이그니스의 눈이 확연히 커진다.

"그래, 날 봐. 네가 조금씩 미쳐간다고 했던 나야. 그런데 지금의 나도 그렇게 보여?

"아니. 멀쩡해, 아주 멀쩡해 보여. 이거 어떻게 된 거야?"

"마스터께서 내게 각별한 은총을 베푸셨어. 그래서 아주 오래전의 힘을 회복했지. 아직 말씀은 안 드렸지만 마나 세례를 베풀어달라고 말씀드릴 거야. 그럼 금방 최상급 정령이 되겠지."

"최, 최상급?"

결론부터 말하자면 이그니스는 현수의 앞에 엎드린다. 그리곤 스스로 마스터로 모실 터이니 받아달라고 한다.

현수로선 마다할 일이 아니다. 하여 이그니스 역시 마스터라 부르도록 했다. 앞으론 아리아니의 지휘도 받는다.

모든 정령을 다스리는 존재로 받아들인 것이다.

"주인님, 이제 바이칼 호수로 가죠."

"바이칼 호수?"

"네, 인간들이 쇠뿔도 단김에 빼라는 말을 하더군요. 기왕에 나오신 거니 거기 가서 엔다이론도 거두세요."

"그럼 그래 볼까? 너희도 같이 갈래?"

실라디온과 이그니스는 얼른 고개를 끄덕인다.

"네, 걔 본 지도 오래되었어요."

이그니스가 한 대답이다.

물과 불이니 둘은 서로 상극이며 앙숙이어야 한다. 그런데 그렇지도 않은 듯 반감이 전혀 섞여 있지 않다.

"좋아, 가지. 잠깐만 기다려 봐."

현수가 노트북을 꺼내 좌표를 확인하는 동안 실라디온은 고개를 들이밀고 같이 화면을 살핀다.

"마스터, 방금 하신 건 뭐예요?"

"우리가 갈 곳의 좌표를 찾는 거야."

"그래요? 알겠어요."

실라디온이 별말 없기에 현수는 셋을 가까이 불러들였다.

이그니스에게서 뜨거운 열기가 뿜어졌지만 셋에겐 영향을 끼칠 정도가 못 된다.

"매스 텔레포트!"

샤르르르르르르릉—!

클루드 화산 화구에 있던 현수 등의 신형이 사라졌다.

잠시 후, 일단의 무리가 위험을 무릅쓰고 화구 쪽으로 이동하고 있다. 온갖 실험기재를 동원한 상태이다.

지진 활동을 조사하던 다국적 지진학자들이 파이어 퍼니쉬먼트로 인한 진동이 무엇이었는지를 조사하려는 것이다.

"흐음! 여긴 시원하군."

용암이 넘실대던 화구에 있다 오니 온도 차가 확연히 느껴진다. 지금은 3월이고 이 시기의 이곳 평균 기온은 −29.7℃이다. 당연히 엄청 시원하다.

바이칼 호수는 시베리아 남동쪽 이르쿠츠크(Irkutsk)와 브랴티야(Buryatia) 자치공화국 사이에 위치해 있다.

남북 길이 636km, 최장 너비 79km, 최단 너비 27km이며, 둘레는 2,200km에 이른다.

담수호이며 면적은 3만 1,500㎢(대한민국 전체 면적의 3분지 1)

이고, 가장 깊은 곳은 수심 1,742m에 이른다.

담수량은 2만 2,000㎦로 전 세계 얼지 않는 담수량의 20%이고, 러시아 전체 담수량의 90%를 차지한다.

한마디로 무지막지하게 큰 호수이다.

이곳에는 스물두 개의 섬이 있다. 그리고 현수가 당도한 곳은 그중 가장 큰 길이 72km짜리 알혼(Olkhon) 섬이다.

"시원해서 좋지?"

"네, 근데 왜 이리로 오셨어요?"

실라디온이 고개를 갸웃거린다. 현재 바이칼 호수의 표면은 전체가 꽝꽝 얼어 있다.

참고로 얼음의 두께가 30cm가 넘으면 자동차가 다닐 수 있고, 70cm가 넘으면 커다란 트럭도 다닐 수 있다.

이곳은 11월 말이 되면 얼음이 얼기 시작하고 12월이 되면 전체가 얼음 덩어리로 변한다.

이때 얼음 두께는 80~160㎝가 되며 1월부터는 주요한 교통로로 사용된다. 하여 얼음 위에 교통 표지판이 설치된다.

현수는 멀리 얼음 위를 이동하는 트럭들을 보고 쓴웃음을 지었다. 이런 상황일 것이라 예상치 못해 육지에 해당되는 알혼 섬의 좌표를 찾았던 것이다.

"이렇게 얼어 있을 거라곤 생각을 못했어. 그나저나 엔다이론을 만나려면 어떻게 해야 해?"

"일단은 얼음부터 깨든지 해야겠어요, 마스터."

"근데 사람들이 많네요, 주인님."

"뭐, 조금 저쪽으로 가보지."

현수는 시선을 의식하여 투명은신마법으로 몸을 감추고 바이칼 호의 복판으로 이동했다.

"이쯤으로 하죠. 이그니스, 얼음 녹일 수 있지?"

"그럼요. 제가 할게요. 후우우웁! 후우우우우~!"

자신만만하게 나선 이그니스가 뜨거운 숨결을 뿜어 얼음을 녹이기 시작했다. 제법 고열인지 돌멩이보다도 단단하던 얼음이 금방 녹는다.

"엔다이론! 엔다이론! 엔다이론!"

얼음이 녹은 구멍 위로 이동한 아리아니가 사람의 귀에는 들리지 않을 초음파를 물속으로 쏘아 보냈다.

그렇게 5분여가 지났지만 아무런 반응도 없다.

"엔다이론! 엔다이론! 엔다이론! 이리 와봐!"

또다시 소리쳤지만 여전히 무소식이다.

"여긴 겨우내 얼음이 얼어서 수면하고 있을지도 몰라요."

실라디온의 말에 아리아니가 어림도 없다는 표정을 짓는다. 그리곤 쏘아보며 말한다.

"내가 부르는 소리는 수면기에 있더라도 들을 수 있어."

"그래요? 근데 왜 안 오죠?"

"이그니스처럼 땡깡 부리는 건가?"

아리아니의 말에 이그니스가 펄쩍 뛴다.

"아리아니님, 그땐 제가 땡깡 부리는 게 아니라 노에스가 싸가지 없이 하고 가서 화가 나서……."

이그니스의 말은 이어질 수 없었다. 수면 아래에서 불쑥 솟아오른 여인 때문이다.

"누가… 절 부르셨나요? 이런 부름은 처음이에요. 혹시 태고의 창조신이 오신 건가요?"

"…엔다이론, 나야! 실라디온!"

"아! 실라디온, 오랜만이야. 어머, 이그니스도 있네? 우리 오랜만이지? 그동안 잘 지냈어?"

엔다이론은 놀란 표정으로 이그니스와 실라디온을 바라본다. 같은 정령이지만 이렇듯 한자리에 모인 적이 단 한 번도 없었기 때문이다.

"그런데 이분은 누구셔?"

강력한 정령력을 느꼈는지 아리아니에게 시선을 준다.

"나는 모든 정령을 다스리는 숲의 요정 아리아니야. 이쪽은 내 주인님이시고."

"모든 정령을 다스리시는 분의 주인님이시라고요?"

아주 많이 놀란 표정을 짓는다.

"그래. 어서 인사드려."

“…엔다이론이 창조신을 뵈어요. 저를 창조해 주셔서 고마웠어요. 그런데 이제 저를 소멸시켜 주셨으면 좋겠어요.”

“왜지?”

“이렇게 있는 게 이젠 지겨워요. 아무도 저를 기억해 주지 않아요. 세상의 물은 너무나 많이 더러워졌고요.”

“그래도 아직 맑은 물이 많이 있잖아.”

“그것들도 머지않은 미래에 모두 더러워질 거예요.”

엔다이론은 인간에 의한 수질 오염을 이야기하는 듯하다.

“미안. 인간을 대표해서 사과할게.”

“네? 인간이시라고요? 인간이 어떻게……?”

현수는 아리아니의 사전 귀띔을 참고하여 존재감을 드러내고 있다. 이래야 자연스레 굴복할 것이라는 의견을 내놓았던 것이다.

하여 엄청난 아우라를 뿜어내는 중이다. 그렇기에 엔다이론의 입에서 태고의 창조신이라는 어휘가 튀어나온 것이다.

“내 주인님은 이곳의 인간이면서 아니시기도 해. 네가 아는 것보다 훨씬 더 위대하신 분이지.”

“……!”

엔다이론이 아무런 말도 하지 않자 아리아니가 현수의 귀를 잡아당긴다. 사전에 약속된 대로 하라는 의미이다.

조금 남세스럽지만 어쩌겠는가!

손바닥을 아래로 하며 두 팔을 뻗었다.

"워터 크리에이션(Water Creation)!"

츄와아아악—!

손바닥 아래에서 맑은 물이 뿜어진다.

마치 한여름에 소낙비 내리듯 그렇게 쏟아진 물은 잠시 흐르는가 싶더니 금방 얼어붙는다. 몹시 낮은 기온 때문이다.

그런데 얼어붙은 건 물뿐만이 아니다. 엔다이론의 입이 딱 벌어져 있다. 눈은 더 이상 최대한 부릅뜬 상태이다.

이 상태로 얼어붙은 듯 꼼짝도 않고 있다.

방금 전의 행위는 물을 창조한 것이다.

지구상의 모든 물은 엔다이론이 관장한다.

그런데 방금 전 물의 전체 질량이 조금 늘어났다. 이는 공기 중의 수분이 응결되어 만들어진 것이 아니다.

세상에 없던 물이 새롭게 창조된 것이다. 그런데 더없이 순수한 물이다. 물의 정령인 자신조차 할 수 없는 행위이다.

"창조신 맞는군요. 엔다이론이 다시 한 번 인사드려요."

"인간이라니까."

"인간은 물을 창조해 낼 수 없사옵니다. 그러니 당연히 창조신이시지요. 엔다이론 또한 주인님으로 모시겠사옵니다."

'애는 말투가 조금 특이하네.'

사극 투의 엔다이론을 볼 때 아리아니가 끼어든다.

"아냐. 주인님이라 부르지 말고 마스터라 불러."

"네? 왜 그러시나요?"

"주인님이라는 말은 나만 할 수 있는 거야."

"…네, 아리아니님의 뜻을 따르겠사옵니다."

아리아니는 현수의 어깨 위에 앉아 있다. 창조신이 그만큼 귀히 여긴다는 뜻이다. 그렇기에 토 달지 않고 끄덕인다.

이때 아리아니의 전음이 들린다.

[주인님!]

[왜?]

[나중에 얘부터 마나 세례를 주세요.]

[알았어.]

왜 이런 요구를 하는지 모르지만 고개를 끄덕여 주었다.

현재 엔다이론은 청금발에 큰 눈망울을 한 아주 늘씬한 절세미녀의 모습이다. 발가벗어 몸매가 그대로 드러난다.

지금은 이렇지만 최상급 정령인 엘리디아로 진화하면 전설의 용과 같은 모습으로 탈바꿈된다.

이그니스는 훨씬 더 커지면서 날개가 두 쌍인 불새 이그드리아가 된다.

땅의 상급 정령인 노에스는 최상급이 되면 성인 남성과 같은 외모를 가진 노에디아가 된다.

바람의 상급 정령 실라디온은 최상급 실리디아가 되면 현재보다 훨씬 더 예쁜 절세미녀가 된다.

여전히 여성체를 하고 있는 것이다.

현재의 엔다이론은 너무나 예뻐서 아리아니는 주인님의 눈과 마음을 현혹하는 존재라 여기고 있다. 그렇기에 가장 먼저 진화시키고 싶은 것이다.

물론 맨 마지막이 실라디온이다. 지금보다 더 예뻐지면 주인님의 사랑이 그쪽으로 옮겨 갈 수도 있기 때문이다.

"마스터!"

"왜?"

엔다이론의 부름에 시선을 주자 부끄러운 듯 고개를 숙이며 입을 연다.

"마스터를 만난 기념으로 소녀가 예물을 바치고 싶사온데 받아주셨으면 해서요."

"예물?"

실라디온이나 이그니스를 먼저 만났지만 예물의 '예' 자도 나온 바 없다. 그렇기에 무엇이냐는 표정을 지었다.

"예서 잠시만 기다려 주시오소서."

"그, 그래!"

엔다이론의 교구가 수면 아래로 사라지자 아리아니에게 시선을 주었다.

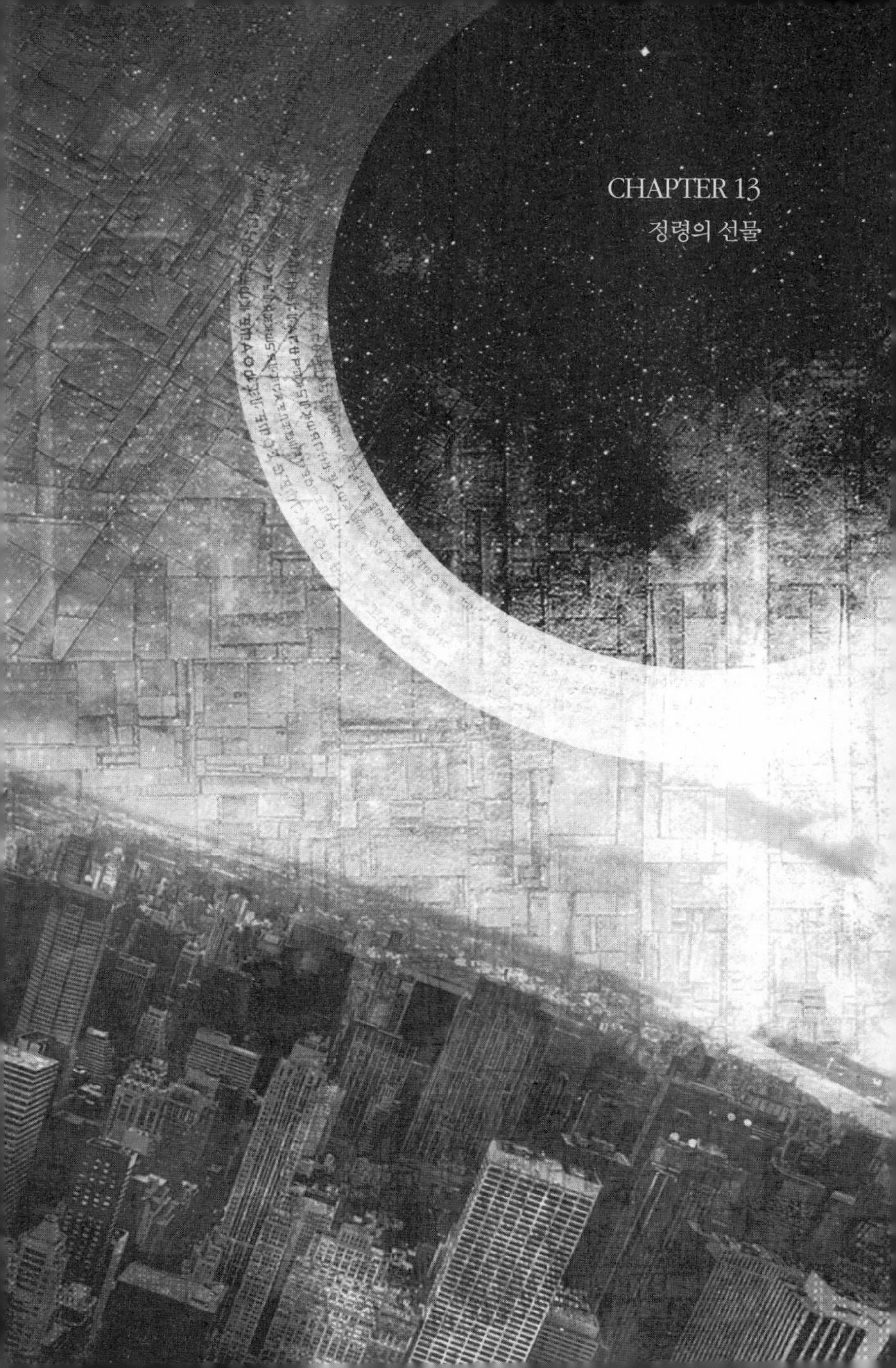

CHAPTER 13
정령의 선물

"정령들이 주는 예물이란 건 뭐야?"

"글쎄요? 저도 처음 듣는 이야기라……. 근데 너희는 뭐냐? 엔다이론은 예물을 바친다는데 너희는 아무것도 없어?"

"네? 저, 저희는……."

이그니스와 실라디온은 우물쭈물하며 고개를 숙인다. 엔다이론이 가져올 예물이 뭔지 모르기 때문이다.

다시 말해 기준이 될 것이 없기에 무엇이 예물이 되는 것인지 가늠하지 못해 말을 잇지 못하는 것이다.

이러는 사이에 사라졌던 엔다이론이 다시 수면 위로 튀어

오른다. 발가벗은 몸에 묻었던 물방울이 또르르 굴러 떨어지더니 이내 얼음이 된다.

엔다이론은 젖은 머리를 흔들어 물기를 털어냈다.

그런데 그 모습이 몹시 섹시하다. 하여 저도 모르게 멍한 표정으로 바라보고 있다.

"주인님!"

현수는 아리아니가 귀를 잡아당기자 화들짝 놀라며 정신을 차렸다. 너무나 고혹적인 여체에 잠시 정신 팔려 있었음을 깨달은 것이다.

"마스터, 소녀가 바치는 첫 정성이옵니다. 받으소서."

"이건……!"

엔다이론이 건넨 건 깊은 바다 빛과 같은 사파이어 목걸이다. 그런데 알이 엄청나게 크다.

"오래전 호수 아래로 내려온 것이옵니다. 인간들이 세공한 것치고는 너무 예뻐서 보관했사옵니다. 마스터께 바칩니다."

"흐음, 이건……."

중앙에 박힌 사파이어는 150캐럿짜리이다. 그리고 그 곁에 줄줄이 박혀 있는 것들도 크기가 작지 않다.

중앙을 기준으로 각기 일곱 개씩 알이 박혀 있는데 점점 크기가 줄어든다.

100 → 80 → 60 → 40 → 20 → 10 → 5캐럿 순이다.

이것들의 주위는 다이아몬드로 장식되어 있다.

세상에 내다팔면 어마어마한 값을 받을 물건이다.

"마음에 드시나요?"

"그래. 고마워. 그런데 이런 게 많아?"

"모두가 이 정도는 아니지만 인간들이 탐내는 것들이 제법 많이 있사옵니다. 가져다 드릴까요?"

1919년 볼셰비키 혁명[28] 이후 서부 시베리아의 '옴스크'에 반혁명의 기치를 내건 독립정부가 세워졌다.

해군제독이었던 알렉산드르 콜차크(Aleksandr Vasil' evich Kolchak)가 영국의 지원 아래 제정러시아[29]의 잔존자들을 모아 세운 것이다.

한때 그의 세력은 만만치 않았지만 수도로 삼았던 옴스크가 혁명군에 의해서 점령당하자 피신하지 않을 수 없었다.

그런데 도주할 방향이 문제였다.

동쪽인 유럽으로는 갈 수 없다. 혁명군이 득시글거리니 섶을 지고 불로 뛰어드는 격이기 때문이다.

북쪽은 북극이고 남쪽은 사막이다. 갈 곳이라곤 시베리아

---

28) 볼셰비키 혁명 : 1917년 3월 혁명에 이은 11월 혁명. '러시아 11월 혁명' 이라고 한다. 블라디미르 레닌 주도 하에 볼셰비키들에 의해 이루어졌다. 칼 마르크스 사상에 기반을 둔 20세기 최초의 공산주의 혁명이다. 볼셰비키는 민중, 노동자, 퇴출된 사병 등을 총칭하는 러시아어.

29) 제정러시아 : 근대 러시아 제국. 수도는 상트페테르부르크. 러시아제국을 공표한 표트르 대제부터가 제정러시아 시대. 1721년~1920년까지 존속한 국가.

를 횡단해서 지나나 일본으로 가는 것뿐이었다.

이때, 콜차크를 따르는 백러군은 50만 명에 이르렀고, 이들 이외에 75만 명에 달하는 망명자가 따랐다.

이들에겐 제정러시아의 재산인 황금 500톤이 있었다.

이것만 가지면 어디에서든지 재기할 수 있다 생각하곤 대이동을 시작했다. 그 과정에서 인간이 견디기엔 너무도 가혹한 강풍과 눈보라로 수많은 사람이 얼어 죽었다.

하룻밤 사이에 20만 명이 얼어 죽기도 했다.

고난의 행군 끝에 바이칼 호에 도착했을 땐 120만 명이 25만 명으로 줄어 있었다.

그들은 마지막 힘을 쏟아 바이칼 호를 횡단하기로 하였다.

두꺼운 얼음이 얼어 있어 도보로 건널 수 있는 상황이었다. 하지만 어느 누구도 바이칼 호를 벗어나지 못했다.

지독한 추위와 굶주림에 시달렸고, 너무도 지쳐 있었기에 모두 얼어 죽은 것이다.

다음 해, 얼어 있던 얼음이 녹자 시신들은 모두 호수 속으로 빠져들었다. 이들이 지니고 온 모든 것 또한 물에 빠졌다.

"물속에 뭐가 얼마나 있는데?"

"황금 2,000톤과 보석이 있사와요."

"……!"

현수는 잠시 아무런 말도 하지 않았다. 황금과 보석은 아공간에도 넘치도록 있기 때문이다.

"가져다드릴까요, 마스터?"

"아니, 그냥 둬."

"네, 알았사옵니다."

엔다이론은 공손히 대답하곤 시립했다. 그러는 사이에 물구멍에 얼음이 낀다. 참으로 추운 날씨이다.

"엔다이론, 마리아나 해구 아래에 노에스가 있다고 하는데 불러다 줄 수 있어?"

"그럼요. 근데 여기서 거긴 너무 멀어요."

"그건 걱정하지 마."

현수는 노트북을 꺼내 마리아나 해구 중 가중 수심이 깊은 비티아즈 해연[30]의 상공 좌표를 확인했다.

"자, 가까이 다가와."

"네, 마스터."

가장 먼저 엔다이론이 다가왔다. 마치 품에 안기는 듯하다. 즉시 아리아니의 쌍심지가 솟았으나 이내 잦아든다.

마나 세례를 받아 최상급으로 진화하면 용(龍)과 같은 모습으로 변모할 것이기에 봐준 것이다.

실라디온은 좌측에, 이그니스는 우측에 자리를 잡는다.

---

30) 해연(海淵, Deep) : 해구에서 가장 깊은 곳, 수심 9,000m 이상인 곳.

"매스 텔레포트!"

샤르르르르르릉—!

아주 작은 마나만 남기고 모두가 사라진다.

"으읏! 여긴 덥군."

모든 것이 꽝꽝 얼어붙은 시베리아에 있다 와서 그런지 더 덥게 느껴진다. 하지만 그건 잠시이다.

"엔다이론, 주인님은 새가 아니라는 거 알지? 그러니 저쪽 저기 저 섬 보이지?"

아리아니가 가리킨 곳은 사이판이다.

"저쪽에 있을 테니 노에스 데리고 와."

"네, 알겠사옵니다, 아리아니님."

명을 받은 엔다이론이 사라지자 섬으로 이동했다.

현수는 사이판 해변과 이실리프 군도의 풍광과 비교해 보았다. 더없이 맑은 바닷물, 따뜻한 햇살, 고요한 분위기 등등이 유사하다.

"흐음! 별장을 꼭 만들어야겠네."

스노클링 장비를 가져가면 이실리프 군도에서도 사랑하는 아내들과 즐거운 한때를 보낼 수 있을 것이다.

하여 이런저런 생각을 하며 흐뭇한 미소를 지었다.

"주인님, 저기 와요."

엔다이론의 뒤에는 어마어마하게 큰 덩치가 따르고 있다. 신장 20m, 몸무게 수백 톤 정도로 여겨진다.

하지만 해변에서 물놀이하고 있는 사람들은 전혀 동요하지 않는다. 둘 다 사람들의 눈에는 보이지 않기 때문이다.

"마스터, 데리고 왔사옵니다."

엔다이론이 고개를 숙이며 고요히 물러나자 노에스는 호기심 어린 눈빛으로 현수를 바라본다.

이곳에 오기 전 들은 이야기가 있기 때문이다.

"정녕 태고의 창조신이시옵니까?"

"신은 아냐. 인간이지. 그나저나 덩치 좀 줄여줄래? 내가 올려다봐야 해서 조금 불편해."

"아! 죄, 죄송합니다."

스르르르—!

즉시 노에스의 신장이 현수와 비슷해진다.

"나는 아리아니. 모든 정령을 다스리는 존재이지. 노에스에게 내 주인님께 종속됨을 명한다."

"…꼭 그래야 하는 겁니까?"

"싫으면 안 해도 돼."

"……!"

아니라 할 줄 알았는데 안 그러자 의아하다는 눈빛이다.

"엔다이론이 엘리디아로 진화하고, 이그니스가 이그드리아가 되며, 실라디온이 실리디아가 되는 걸 보고만 있으려면."

"…저, 정말 마나 세례를 베풀어주실 수 있는 겁니까?"

노에스가 마리아나 해구 깊숙한 곳에 머무는 이유가 마나 때문이다. 양은 적고 순수하지도 못하지만 어쩌겠는가!

그곳이 가장 많고 깨끗하다. 그렇기에 깊고 깊은 바다 속에 머물러 있었던 것이다.

노에스는 최상급인 노에디아가 되고 싶은 열망을 가지고 있다. 지금의 큰 덩치가 마음에 들지 않는 까닭이다.

"주인님께 바치는 충성을 보고 나중에."

"하, 하겠습니다. 땅의 상급 정령 노에스가 주인님께 충성을 다하겠습니다."

"주인님이 아니라 마스터! 앞으론 꼭 마스터라 불러. 그리고 나는 주인님의 뜻을 대리하는 숲의 요정이니 내 말도 잘 들어야 해. 알았어?"

"그, 그럼요! 그러겠습니다!"

노에스는 순박한 시골 청년처럼 고개를 연신 끄덕인다.

"좋아, 엔다이론은 주인님의 권속이 되면서 예물을 바쳤는데 넌 뭐 없어?"

"예, 예물이라고요?"

"그래!"

"자, 잠시만요."

뭔가가 떠올랐는지 노에스의 신형이 삽시간에 사라진다.

[헤헷! 저 잘했지요, 주인님?]

[그래, 잘했어. 근데 예물 이야긴 왜 해? 별로 필요한 것도 없는데.]

현수는 아공간에 잔뜩 있는 금은보화를 떠올렸다.

이미 지구 최고의 부자이다.

따라서 다이아몬드나 금 같은 것에 대한 욕심이 아예 없다. 처치 곤란할 정도로 많이 있기 때문이다.

노에스가 다시 나타난 것은 10분쯤 지나서이다.

"마스터, 약소하지만 제 예물이옵니다."

"으잉? 이 시커먼 것들은 뭐야?"

아리아니는 노에스의 커다란 손에 가득 담겨 있는 시커먼 돌덩이들을 보고 의아한 표정을 짓는다.

예물이라 하기엔 무리가 있는 돌멩이이기 때문이다.

"이걸 가져가려고 인간들이 애를 쓰더군요."

"…아, 이건……!"

"주인님, 주인님은 이게 뭔지 아세요?"

"응. 이건 망간단괴(Manganese Nodule) 같은데?"

"망간단괴요?"

"그래, 단괴는 말이지."

잠시 현수의 설명이 이어졌다.

단괴는 해수에 용해되어 있는 각종 금속이온이 평균 5,000m 깊이의 심해저 퇴적물 위에 가라앉으며 형성된 검은색 광물 덩어리이다.

퇴적물 위의 상어 이빨이나 돌멩이 등을 핵으로 해 나무의 나이테처럼 동심원을 이루면서 쌓인다.

퇴적층에서 2~6㎜가 쌓이는 데 일천 년 정도 걸린다. 주요 함유 광물은 망간, 구리, 니켈, 코발트 등이다.

하여 해저의 '검은 노다지' 로 불린다.

남서태평양에 1조 톤에 이르는 망간단괴가 있을 것으로 추정되고 있으며, 구리의 양은 약 50억 톤으로 추정된다.

대한민국은 북동태평양의 클라리온—클리퍼톤 해역 내에 약 7만 5천km^2의 망간단괴 광구를 가지고 있다.

2013년 11월, 한국 지질자원 연구원(KIGAM)이 개발한 망간단괴 용융환원 기술 실증 시험이 실시되었다.

이로써 심해저 망간단괴를 제련할 수 있는 상용화 핵심공정을 확보한 것이다.

이제 해양수산부는 망간단괴에서 전략금속을 추출해 내는 제련 기술과 수심 2,000m급 채광 기술 등을 2015년까지 확보할 계획이다.

일본과 지나 역시 ISA[31]로부터 심해광구 탐사권을 획득한

---

31) ISA(International Seabed Authority, 국제해저기구) : 망간, 니켈, 구리, 코발트 등 심해저 광물을 인류 공동의 유산으로 관리하고 이용할 목적으로 '해양법에 관한 유엔 협약' 에 따라 설립된 국제기구.

바 있다. 하여 심해 탐사가 가능한 잠수정 개발에 열을 올리는 중이다.

현재 일본은 수심 최대 6,527m까지 잠수할 수 있는 심해유인잠수정 '신카이6500'을 개발했다.

지나가 자체 개발한 유인잠수정 자오룽(蛟龍)호는 7,000m를 돌파한 바 있다.

그런데 한국은 1987년에 만든 수심 250m까지 들어갈 수 있는 '해양250'이 고작이다.

참으로 한심한 노릇이다.

"그러니까 이게 비싼 물건이라는 거죠?"

"그래. 바다 깊숙한 곳에 있어 채취가 어려워서 그렇지 건져내기만 하면 아주 유용한 자원이 되지. 참, 잠깐만."

노트북을 꺼내 ISA 홈페이지에 접속했다. 여기엔 나라별 심해 광구 영역도가 있다.

"노에스."

"네, 마스터."

"여기 이 그림이 이해돼?"

"잠깐만요."

노에스는 동산만 한 덩치를 현수와 비슷한 크기로 줄인다. 그리곤 노트북에 나타난 화면을 바라본다.

"뭔지 알겠어?"

“파란 게 바다라는 건 알겠습니다. 그런데 색색으로 표기된 건 뭡니까?”

“색깔도 아는군. 좋아, 내 말 잘 들어.”

“네, 마스터.”

노에스는 뭐든 시키는 대로 하겠다는 듯 고개를 끄덕인다.

“여기 이건 보라색이야. 확인했어?”

“네, 보라색이요.”

“이건 청색이야.”

“네, 둘 다 여기저기 있군요.”

“그래, 이거하고 이거.”

현수는 ISA 홈페이지에 있는 각국 독점 광구 보유현황이라는 지도에서 보라색과 청색 부분을 가리켰다.

보라색은 일본, 청색은 지나가 독점한 광구이다.

“여기 이거 빨간색인데 보여?”

“그럼요. 적색이요. 잘 보입니다. 뚝 떨어져 있네요.”

“그래, 보라색과 청색 부분에 단괴 많지?”

“그럼요. 지천으로 깔려 있죠.”

노에스는 지체없이 고개를 끄덕인다. 수시로 돌아다니던 곳이기 때문이다.

“여기 보라색과 청색에 있는 것 전부 적색 쪽으로 옮겨다 줄 수 있어?”

"전부요?"

"왜? 어려운 일이야?"

"…저 혼자 하려면 시간이 많이 걸려요. 하지만 엔다이론이 도와주면 그리 어려운 일은 아닐 거 같아요."

"그래? 그럼 둘이 같이 작업해. 엔다이론, 괜찮지?"

"네, 당연히 괜찮사옵니다."

"시간은 얼마나 걸리겠어?"

"글쎄요? 인간들 시간으로 따지면 석 달은 걸릴 거예요. 워낙 양이 많거든요."

"그래? 일단 시작해. 그러다 내가 부를 거야. 그땐 하던 일 멈추고 곧장 와. 알았지?"

"알았습니다, 마스터."

"소녀, 마스터의 하늘과 같은 명을 받사옵니다."

엔다이론의 사극 투가 영 적응이 되지 않는다. 하지만 어쩌겠는가! 엔다이론으로선 최대한 공경하는 자세이다.

"그나저나 하나 묻자. 내가 너희를 진화시켜 주면 작업 진척도가 나아질까?"

"노에디아가 어떤지 몰라서 잘 모르겠습니다."

"저도 엘리디아가 어떤 모습인지 몰라요."

"알았어. 일단 작업을 시작해. 너희에게 연락은 여기 있는 실라디온에게 일임할 테니 부르면 와야 해?"

"물론이옵니다, 마스터."

"언제든 불러만 주십시오, 마스터."

현수는 아리아니, 이그니스, 그리고 실라디온만 데리고 서울로 텔레포트했다.

[아리아니, 정령들 마나 세례 말이야.]

[네, 주인님. 뭐 궁금한 거 있으세요?]

[이건 순전히 내 생각인데, 지구는 마나가 아주 희박해. 근데 아르센 대륙은 여기보다 훨씬 농도가 짙어. 그치?]

[물론이에요. 훨씬 낫지요.]

[그럼 정령들 다 데리고 차원이동하는 건 어떨까?]

[네? 정령들을 다 데리고요?]

[그래. 아공간에 담으면 되잖아. 거기 당도해서 꺼내는 것만으로도 마나 세례가 될 것 같은데 아리아니 생각은 어때?]

[아! 그런 방법이 있었군요. 역시 주인님은 엄청 똑똑하셔요. 제가 생각하기에도 그러면 될 듯싶어요.]

현수는 아리아니와 의견을 주고받았다. 곁에 있는 이그니스와 실라디온은 이런 사실을 전혀 모른다.

아리아니는 이들 넷을 데리고 아르센으로 갔을 때 정령계로 도망갈 수 있음을 주지시켜 주었다.

지구의 정령들은 같은 속성의 다른 정령들을 만난 적이 없다. 태고부터 각기 하나씩만 존재했기 때문이다.

만일 아르센으로 갔을 때 다른 정령을 보게 된다면 이 후에 어떤 일이 어떻게 벌어질지 전혀 가늠할 수 없다.

정령계로 도망가 버리고 나면 큰 문제가 된다.

지금껏 이들 넷이 지구라는 행성에 어떠한 영향을 미쳤는지 전혀 모른다. 정령들이 사라지는 것이 돌이킬 수 없는 커다란 재앙의 시초가 된다면 절대 데려가면 안 된다. 그렇기에 실라디온이나 이그니스가 듣지 못하도록 한 것이다.

아무튼 둘이 대화하고 있는데 이그니스가 쭈뼛거린다. 뭔가 용무가 있는 듯하다.

"왜? 내게 할 말 있어?"

"마스터, 저는 마스터께 아무런 예물도 바치지 못했어요. 뭐라도 진귀한 걸 드리고 싶은데 제가 드릴 수 있는 건 뜨거운 것밖에 없습니다. 혹시라도 원하시는 게 있는지요?"

"괜찮아. 그런 거 없어도 돼."

"아니, 아닙니다. 저도 뭔가 마스터께 도움이 되고 싶습니다. 듣자하니 실라디온은 정령력의 8할 이상을 써서 지나의 공기를 가둬두고 있다고 합니다."

"그래?"

현수는 실라디온을 바라보았다. 능력치의 8할 이상을 써서 자신이 내린 명을 이행하고 있다는 말에 놀란 때문이다.

한편, 실라디온은 밝혀지는 것이 몹시 부끄러운지 몸을 배배 틀고 있다.

“실라디온, 고마워.”

“어머, 아니에요. 고맙기는요. 마스터의 명이신걸요.”

손사래까지 치며 물러서는 걸 보면 인간이나 다름없다.

“그러니 마스터, 제게도 임무를 주세요.”

“임무? 흐음, 뭐가 좋을까?”

눈은 지그시 감고 한 손으로 턱을 괸다. 뭔가 생각할 때의 습관이다. 그러던 중 번뜩이는 상념이 있다.

“혹시 말이야, 작년에 일본 사쿠라지마 화산이 폭발했는데 그것도 이그니스가 그런 거야?”

큐슈에 있는 화산으로 2013년 8월에 폭발하였다. 관측 사상 최대 규모로 5,000m 상공까지 연기가 치솟았다.

이로 말미암아 가고시마는 화산재로 뒤덮인 바 있다.

“그때도 노에스와 조금 다퉈서……. 죄송합니다.”

“아냐. 죄송할 거 없어. 그리고 그걸 탓하려는 게 아냐.”

“그, 그래요?”

혼이 날까 싶어 쫄아 있던 이그니스가 안도의 한숨을 쉴 때 현수의 말이 이어진다.

“내게 도움이 되고 싶다고 했지?”

“네, 뭐든 시켜만 주십시오.”

"넌 뜨거운 곳이 좋지?"

"그럼요. 마음 같아선 하늘에 떠 있는 태양으로 가고 싶은걸요."

"네가 있던 클루드 화산의 용암은 온도가 1,200℃ 정도밖에 안 되고, 지저의 마그마는 1,600℃라는 거 알아?"

"네, 태양의 온도는 정상 표면은 약 6,000℃, 흑점은 4,000℃, 그리고 중심부는 1,500만℃ 정도 되지요."

"어라? 그걸 네가 어떻게 알아?"

이그니스가 인간의 단위를 쓰니 물은 말이다.

"인간들이 공부할 때 들어보았습니다."

"그렇군. 근데 그 뜨거운 델 가고 싶다고?"

"마스터, 저는 불의 정령입니다. 뜨거울수록 힘이 나지요."

"용암이나 마그마보다도 인간들의 작업장에서 더 뜨거운 열을 쓰기도 하는데 그럼 거긴 왜 안 간 거야?"

"너무 심한 오염과 희박한 마나 때문이에요."

이그니스의 말을 들어보니 주로 화산에 머물렀던 이유가 마나 때문이다. 화산 주변은 인간에 의한 개발 행위가 활발하지 않다. 그렇기에 도심에 비해 마나의 밀도가 높다.

그곳에 머물면서 마그마의 양을 늘리고 있었는데 노에스와의 다툼이 있을 때마다 분기탱천하여 화산 폭발을 일으켰던 것이다.

"그랬군. 아무튼 네게도 임무를 부여할게."

"네, 말씀만 하세요."

"후지산이란 곳 알아?"

"당연히 알죠. 300년쯤 전에 제가 크게 한번 터뜨렸던 곳입니다."

후지산은 일본 최고봉으로 지난 1707년에 대분화를 일으킨 바 있다. 그간 300년 주기로 분화했다.

하여 언제 다시 분화해도 이상하지 않을 휴화산이다.

만일 1707년과 같은 분화가 재현된다면 75만 명 이상이 피난길에 올라야 하는 것으로 추정되고 있다.

도쿄로부터 약 100㎞ 떨어진 곳에 있으니 분화하면 화산재 피해를 입을 수 있다.

"일단은 거기 들어가 있어. 내부 상황이 어떤지 살피고 있으라고. 필요하면 내가 연락할 테니 있는 힘 다해서 한번 터뜨려 봐."

"정말요? 정말 있는 힘껏 터뜨려요?"

이그니스는 진담이냐는 표정으로 바라본다. 자신이 있는 힘을 다하면 후지산이 거의 통째로 날아간다.

분출되는 용암도 당연히 엄청나겠지만 화산재의 양도 무지막지하게 많을 것이다.

"그래. 그때가 되면 실라디온도 할 일이 있어."

"뭔데요, 마스터?"

"바람을 조절하여 화산재를 몽땅 이 근처에 떨어뜨려."

현수가 손짓으로 가리킨 곳은 도쿄와 인근 지역이다.

"정말요? 여기에 그걸 다 뿌리면 화산재가 5m도 넘게 쌓일 수 있어요. 그럼 사람 못살아요."

"괜찮아. 내가 하라면 해."

아베든 누구든 독도가 자기네 땅이라는 망언을 또 하거나 과거사를 부정하는 언동을 하는 경우가 있을 것이다.

그로 말미암아 한국과 군사적 충돌이 빚어지거나 심각한 압박을 가할 경우 후지산이 폭발될 것이다.

도쿄와 인근 지역은 실라디온의 말처럼 사람이 살 수 없는 땅이 된다. 무지막지한 화산재는 건물들을 다 무너뜨릴 것이며 모든 농토가 작살날 것이기 때문이다.

또한 도쿄 인근 간토평야의 게이힌공업지대(京濱工業地帶) 역시 초토화될 것이다.

이곳은 일본 제1의 공업 지역으로 도쿄23구 남부와 가와사키, 요코하마, 가나가와, 사이타마, 지바가 포함된 곳이다.

이곳에서 생산되는 양은 일본 전체의 4분지 1 정도 된다. 기계공업, 중화학공업 비중이 매우 높다.

가와사키는 일본 제3공업도시로 기계공업, 석유화학, 철강공업이 발달해 있다. 한국으로 치면 울산과 같은 곳이다.

요코하마는 제5공업지대로 해안가는 중화학공업이, 내륙 쪽은 다양한 소비재공업이 발달해 있다.

이들이 작살나면 일본은 한동안 기를 펴지 못하게 될 것이다.

제 욕심만 채우려 이웃을 고통스럽게 하고도 그 아픔을 헤아리지 않는 후안무치한 족속은 이런 벌을 받아야 한다.

이렇게 했음에도 정신을 차리지 못한다면 엔다이론과 노에스에게 명을 내릴 것이다.

지나에서 가져온 동풍—21 두 개는 일본 해구 중 가장 민감한 곳에 넣게 될 것이다.

효과가 극대화되도록 계산하면 일본은 열도 침몰이라는 재앙을 겪으며 지구에서 사라지게 될 것이다.

그때가 되면 일본을 탈출한 난민들이 세계 각국으로 입국하려 애를 쓸 것이다. 보트 피플[32]이 되는 것이다.

그들이 목적을 이룰 것인지 여부는 두고 봐야 알 일이다.

일본인들은 이코노미 애니멀(Economy Animal)이라는 말을 듣는 족속이기 때문이다.

오로지 경제상의 실리만을 위해서 행동하는 국가나 기업, 인간을 평하는 말이다. 당연히 좋은 뜻이 아니니다.

일본은 돈 있을 때 힘없는 국가들을 함부로 대했다.

그들이 거지가 된 다음에 그 나라들이 어찌 대할지는 아무

---

32) 보트 피플(Boat People) : 월남 패망을 전후하여 해로를 통하여 탈출한 베트남 난민들을 지칭하는 말. 인접국으로부터의 강제 송환이나 상륙 거부로 인한 참상이 전하여지자 '바다의 아우슈비츠' 라 불리기도 했다.

도 모른다.

한국의 경우는 난민들을 받아들이지 않을 것이다.

물론 정권의 주체가 친일파의 후손들이 득실대는 정당이 아닐 경우의 일이다.

현수는 후지산에서 대기하고 있을 이그니스의 다음 서식지를 머릿속으로 그려 보았다.

1,500만℃나 되는 태양을 아무렇지도 않게 생각한다면 국가핵융합연구소가 운영 중인 KSTAR(Korea Superconducting Tokamak Advanced Research)로 보낼 생각이다.

대전에 있는 초전도 핵융합 연구 장치이다.

1억 ℃라는 고열이 발생되는데 이를 제어하는 것이 관건이다.

이그니스는 불의 정령이니 최상급으로 진화하면 이것이 가능할지도 모른다는 생각이 든다.

『전능의 팔찌』 36권에 계속…